RIBBY'S GEHEIM

Cathy McGough

Stratford Living Publishing

WAT LEZERS ZEGGEN

Verenigde Staten:

"Het hele verhaal is soms lief, maar meestal angstaanjagend. De auteur heeft een interessante manier om een verhaal te vertellen en heeft dit boek zeer vermakelijk gemaakt."

"Net als Bernheimer is McGough's vertelstijl misschien niet voor iedereen weggelegd. Er is een flinke dosis suspension of disbelief nodig om Angela's aanwezigheid en verschillende gebeurtenissen en situaties in het plot te accepteren. Ik geloof dat het de moeite waard is. Ik kijk ernaar uit om meer werk van deze auteur te ontdekken."

"Een plezierig en verontrustend leesvoer en het maakte de belofte waar dat het een psychologische thuisthriller was."

"Een duistere, psychologische thriller die je op het puntje van je stoel laat zitten en weigert het neer te leggen tot je het einde hebt bereikt!"

"Wauw, wat een rit was dit! De manier waarop dit verhaal wordt verteld laat je je afvragen wat er zojuist met je is gebeurd."

"Dit is een volwaardig psycho-biddy vrouwenhorrorverhaal, verteld met droge humor."

Verenigd Koninkrijk:

"Ribby heeft zoveel geheimen. Een mooi maar triest verhaal."

"Ribby's Secret is zowel een interessant en plezierig, maar ook verontrustend op vele niveaus en is het lezen zeker waard."

"Goed geschreven met meeslepende personages en een intrigerende reis."

Inhoudsopgave

Voor denkbeeldige vrienden en degenen die ze nodig
hebben

"Mijn geheimen schreeuwen hardop.

Ik heb geen behoefte aan tong.

Mijn hart houdt open huis,

Mijn deuren staan wijd open."

Theodore Roethke

Gedicht: Aan de oppervlakte

Spiegel,
Je weerspiegelt
Ik met ontslag
Overal geschreven
over mij
Is vlees
gekleurde onzekerheid.
Spiegel,
Je spot met
perfectie
Met deze ingehouden
reflectie
En het
resultaat is altijd hetzelfde
In jouw
kader: Ik blijf onveranderd.

Geschreven
tussen de regels
Vermomd
poëtisch
Onontkoombaar
kenmerken
Stromen
onharmonisch.
Spiegel: I
blijf bij wat ik zie
Want ik ben
jou, door en door
Maar soms
reflectie
zou ik willen dat
Ik op jou leek.

Proloog

Toen hij naar haar uithaalde, ging de sleutel die ze vasthield recht in zijn oogkas. Hij gilde en jammerde toen zijn liezen haar knie raakten. Ze kromp ineen bij het krakende geluid toen ze de sleutel uit zijn oog trok. Terwijl het bloed langs zijn gezicht stroomde, snikte hij en rolde rond terwijl hij zijn lies vasthield. Ze stak de sleutel in de zijkant van zijn nek en raakte een slagader. Bloed spoot als water uit een brandweerslang.

Ze zette een paar stappen bij het lichaam vandaan en doopte haar tenen in het water. Af en toe wierp ze een blik op hem. Totdat hij stopte met bewegen. Ze ging terug en luisterde of hij dood was: dat was hij. Eindelijk. Ze rolde hem, als een zak aardappelen, dieper en dieper in het water. Met elke duw leek het lijk lichter en lichter.

Archimedes had gelijk.

Toen hij zover het water in was als ze kon, zwom ze terug naar de kant, pakte haar kleren en kleedde zich om.

Ze liet zijn spullen liggen waar hij ze had laten vallen.

Terwijl de zon van de nieuwe dag de hemel vuurrood kleurde, keerde ze terug naar het water.

Ze scande de kustlijn en zag geen teken van hem. Ze doopte de sleutel in het water om het bloed af te spoelen en huppelde toen naar huis. Na een lange douche sliep ze als een roos.

HOOFDSTUK 1

D IT IS HET VERHAAL van een vrouw die te aardig was voor haar eigen bestwil: totdat ze dat niet meer was.

Ribby Balustrade's dag begon altijd op dezelfde manier, met haar moeder die dreigde haar ontbijt aan hun wolfshond Scamp te voeren als ze niet opschoot.

Ribby, wier garderobe beperkt was tot de afdankertjes van haar moeder, trok de gebloemde muumuu over haar hoofd, stapte in haar Jezus sandalen en borstelde haar haar, wat niet lang duurde. Toch kwam ze zelden op tijd beneden.

Martha Balustrade was niet het soort moeder dat zich aan een bepaald schema hield. Het ontbijt zou klaargemaakt worden. Wat en wanneer, werd op de dag zelf bepaald.

De winnaar van dit nooit eindigende keukendebacle was Scamp.

"Het is goed, ik heb toch geen honger," loog Ribby, terwijl ze de hond een klopje op het voorhoofd gaf en het huis verliet.

Ribby stond niet stil bij deze gebeurtenissen, haar eigen Groundhog Day. In plaats daarvan haastte ze zich door het park naar de hoofdstraat.

Het bushokje stonk naar urine en koffie. Op een dag als vandaag was ze blij dat ze het ontbijt gemist had, want zelfs nu nog deed de stank haar kokhalzen. Ze kon niet wachten om aan het werk te gaan in de bibliotheek.

Toen de bus aankwam, liet ze haar Presto-kaart zien en ging naar haar gebruikelijke zitplaats achterin. Haar maag rommelde terwijl de bus verder hobbelde en af en toe stopte om nieuwe passagiers aan te nemen. Aangekomen in het centrum van Toronto stapte ze uit de bus en haastte zich naar de winkel op de hoek voor een snelle chocoladereep en daarna naar de bibliotheek.

Ribby was er trots op dat ze nooit te laat kwam. Je kon gewoon niet te laat komen als je in een bibliotheek werkte. Als je dat wel deed, zou de ingang verstopt raken door hordes ongeduldige klanten. En zo was het ook toen ze binnenkwam en de uitzonderlijk lange rij zag met meneer Filchard voorop.

"Goedemorgen, meneer Filchard. Waarmee kan ik u van dienst zijn?"

"Goedemorgen, lieve Ribby. Oh, wat zou ik zonder jou moeten? Alle anderen hebben het altijd zo druk, druk, druk - maar jij, jij mijn schat, jij maakt altijd tijd om een oude man te helpen."

"Ik doe gewoon mijn werk," zei Ribby. "Wat zoek je vandaag?"

"Kunt u alstublieft dichterbij komen? Het is een nogal grof boek: Kreeftskeerkring. Kent u het?"

"Ja, meneer Filchard. Het is een klassieker."

"Is dat zo? Ik hoorde dat het, oh laat maar; als het een klassieker is dan hoef ik toch niet meer te fluisteren?"

"Nee, er zijn veel controversiëlere boeken," glimlachte ze herinnerend aan de poeha over vijftig tinten onzin.

"Het probleem is, liefje, dat ik geen idee heb wie het geschreven heeft. Je kent me, ik kom uit de middeleeuwen en kan die vervloekte computerdingen niet gebruiken." Hij lachte. "Wil je zo lief zijn en het voor me opzoeken?"

"Het is geschreven door Henry Miller," zei ze terwijl ze in de database klikte. "Ja, het is verkrijgbaar net boven in het fictie gangpad."

"Ik zal eerst even kijken. Henry Miller, zeg je. Nooit van gehoord!"

"Eerlijk gezegd was ik niet zo onder de indruk toen ik het las. De critici en recensenten vonden het briljant in zijn tijd. Er zitten een paar grove stukken in."

"Bedankt, Ribby. Nog een fijne dag."

"Graag gedaan," zei ze terwijl hij wegliep.

In haar eentje hielp ze de andere wachtende klanten. Nadat ze de laatste geholpen had, ruimde ze de toonbank op.

Nu het rustig was, zette Ribby een kop koffie voor zichzelf en ging terug naar haar bureau. Op de terugweg stopte ze even om het geluid van water in zich op te nemen. De architect van de bibliotheek had de fontein gebruikt om de geluiden van buitenaf te maskeren. Sommige steden sloten hun bibliotheken, maar Toronto was anders. Het gebouw zelf was een overlevende. Zelfs plunderingen na de oorlog van 1812 hadden de geest ervan niet gebroken.

Ze nam een slok koffie en bleef even staan, terwijl ze naar de trappen keek. Ze zagen er cool uit, met mensen die naar boven gingen en naar beneden kwamen, maar de lift kwam zeker van pas als hij nodig was.

Op de trap boven haar zag ze meneer Filchard naar beneden gaan. Hij was bijna beneden, met één hand op zijn boek en de andere op zijn bibliotheekkaart. Ze stopte en wachtte op hem. Hij was een beetje buiten adem.

"De volgende keer neem ik zeker de lift," zei meneer Filchard.

Ze baanden zich een weg naar de helpdesk waar Ribby zijn kaart afstempelde.

"Vieze oude man!" fluisterde Amanda, een collega, toen hij het gebouw verliet. "Ik krijg echt de kriebels van hem."

Ribby negeerde haar opmerkingen. Ze pakte een arm vol boeken, legde ze op een karretje en duwde het in de lift naar de derde verdieping. Ze ging van plank naar plank en vijlde de boeken weg. Terwijl ze een boek dicht bij het raam aan het bijvullen was, viel haar oog op een flits van de overkant. Een jonge man van begin twintig, van top tot teen gekleed in spijkerstof, liep haar richting uit. Zonlicht glinsterde op zijn neusringen en de kettingen waarmee ze aan zijn oren vastzaten.

Ribby bleef kijken terwijl hij de trap op liep. Nieuwsgierig haastte ze zich naar de begane grond.

Alleen al de gedachte om hem te dienen, deed haar hart sneller kloppen. Ze was nog nooit zo dicht bij een kerel geweest die zoveel gaten in zijn hoofd had. Ribby was er zeker van dat anderen verborgen gaten hadden - emotionele wonden die diep van binnen verborgen zaten. Zoals Vincent Van Gogh die zijn pijn gebruikte om emotie uit te drukken. Het concept om je lichaam als kunst te gebruiken boezemde haar zowel angst in als intrigeerde haar.

Ze kwam terug bij het bureau en keek naar hem. Hij stond in de ingang als een verdwaald jongetje. Hoe klinkt zijn stem, vroeg ze zich af?

Ze nam plaats achter de afdeling Acquisitie waar ze opruimde. Hij had geen centimeter bewogen. Ze kuchte en ging toen onder het bord Help/Informatie staan. Hun blikken ontmoetten elkaar.

"Kan ik helpen?" vroeg Ribby met blozende wangen en zweterige handpalmen.

"Uh, ja, nou, ik hoop het," zei hij met luide stem.

"Praat alsjeblieft wat zachter," zei ze.

"Oh, oké, sorry. Ik zoek een boek, maar ik weet de naam niet."

"Weet je wie het geschreven heeft?"

"Nee."

"Kun je me vertellen waar het boek over gaat?"

"Yep, yep, dat weet ik wel zeker. Het gaat over de toekomst. Nou, toen de man het schreef, was het zijn toekomst. Voor ons is het ons verleden. Big Brother komt erin voor. Niet het tv-programma, maar een ander soort Big Brother." Hij lachte om de slimme manier waarop hij het verleden en het heden aan elkaar had geknoopt. Ribby lachte ook.

"Oh, bedoel je 1984 van George Orwell?"

"Yep, dat klinkt goed. Orwell. Uitstekend. Is het binnen?"

"Een moment alstublieft," zei Ribby terwijl ze het in de computer typte. Het was binnen en Ribby ging het zoeken. De jongeman liep achter haar aan.

Toen ze het boek in handen had, gingen ze terug naar de balie. Ribby bevestigde dat hij de benodigde identificatie had en gaf hem een bibliotheekpas.

De transactie was voltooid en hij stopte de kaart in zijn haveloze portemonnee. Hij bedankte Ribby en slenterde naar de uitgang. Zijn gescheurde blauwe spijkerbroek zakte af - net als Ribby's gemoedstoestand.

✳ ✳ ✳

T OEN DE DIENST EINDELIJK voorbij was, haastte Ribby zich het gebouw uit. Elke maandag deed Ribby vrijwilligerswerk in het kinderziekenhuis. Ze danste en zong. Ze deed alles wat ze kon om hen op te vrolijken. Ze aanbad de kinderen en zij leken dat gevoel terug te geven. Elke week koos ze een kind om in het middelpunt van de belangstelling te staan. Vandaag was Mikey Landers aan de beurt en ze mocht niet te laat komen.

In haar linkerhand droeg Ribby haar tovertas. De kinderen waren altijd opgewonden als ze hun hand erin mochten steken. Er zaten dingen in zoals: kostuums, muziekinstrumenten, schmink, ballonnen, snuisterijen en make-up.

Toen ze eindelijk op de kinderafdeling aankwam, huppelde ze de kamer van Mikey binnen. Zijn ouders zaten, één aan elke kant van het bed, de handen van hun zoon vast te pakken in een stapel vingers en handpalmen. Ze veegden tranen weg met hun vrije handen. Mikey sliep, dus ging ze stilletjes weg.

Ribby probeerde niet te denken aan het verdriet dat in Mikey's kamer hing. Mikey en zijn familie hadden zoveel meegemaakt.

Ze duwde het weg, in haar achterhoofd. Het was Ribby's taak om de kinderen en hun familie op te vrolijken. Ze zouden op haar wachten. Ze zette haar vrolijkste gezicht op.

Billy en Janie Freeman slaakten een gil toen ze Ribby door de hal zagen komen. "Ze is hier! Ze is hier!" riepen ze. Een golf van vreugde vulde de gang. Kinderen en hun familie vormden een kring om haar heen in de gemeenschappelijke ruimte.

Ribby zong een zelfgeschreven nummer dat Jump Like A Caribou heette en speelde op gepaste momenten op de kazoo:

JUMP JUMP JUMP

ALS EEN KARIBOE!

Ribby zette een trein in gang en de kinderen die konden lopen liepen achter haar aan.

JUMP JUMP JUMP

ALS EEN KARIBOE

De oude trein eindigde en Ribby vormde een rij van de kinderen die in een rolstoel zaten of op krukken liepen. De kinderen zongen of zwaaiden of stampten met hun voeten. Elke actie die ze maar konden doen om in het lied te komen en wat lawaai te maken.

JUMP JUMP JUMP

ALS EEN KARIBOE!

Toen het lied was afgelopen, riepen ze: "Nog een keer! Opnieuw!"

De kinderen kenden het liedje omdat Ribby het vaak zong met verschillende dieren, zoals de kangoeroe, de kaketoe, de kakapoe, en ze had zelfs een versie waarin een bezoek aan de dierentuin zat.

Ribby boog en begon meteen aan een ander deuntje. Ze vond het leuk om dingen door elkaar te gooien. Ze liet ze graag raden. Toen de energie in de kamer afnam, veranderde ze van koers en vroeg om ballonvormverzoeken. Ze zong terwijl ze aan de ballonnen trok en ze in dierenvormen draaide. Het populairste verzoek was voor een moeder kariboe en haar kalf, wat haar bezig hield omdat het een moeilijke taak was.

De kinderen die ballonnen wilden hadden ze en het was tijd voor Ribby om te gaan. Ze begon haar tas in te pakken, net toen Mikey Landers al tokkelend op de wieltjes van zijn stoel binnenkwam. Zijn moeder liep achter hem aan en had moeite hem in te halen. Mikey was boos, dat kon ze meteen zien. Ze liep naar hem toe en bood hem met uitgestrekte hand een dierenballon aan.

"Ik, ik had je bijna gemist, Ribby! Je had me wakker moeten maken. Je had beloofd je act deze week vanuit mijn kamer te doen! Het was mijn beurt!" Tranen vielen over zijn wangen terwijl hij zijn armen over elkaar sloeg en haar vredesoffer weigerde.

Ze liet haar hand zakken, knielde om op zijn niveau te komen en zei: "Sorry, sport. Ik ben zo blij dat je er weer bent," - ze keek naar zijn ouders - "maar je was aan het snotteren toen ik langskwam. Ik weet hoe hard je je schoonheidsslaapje nodig hebt! Je staat bovenaan de lijst voor volgende week, oké?"

"Beloofd?" Hij sloeg zijn armen over elkaar.

"Kruis mijn hart en hoop te sterven." Ribby wenste dat ze die woorden terug kon nemen en inslikken. Als het mogelijk was om haar leven te ruilen voor het zijne, dan had ze het daar en toen zonder aarzeling gedaan.

Mikey had de faux-pas niet opgemerkt en hij stak uiteindelijk zijn hand uit en nam haar geschenk aan.

Nadat ze het hem overhandigd had nam Ribby afscheid. Op weg naar buiten zei ze: "Tot volgende week, Rugrats!"

Ribby hield haar tranen tegen tot ze het gebouw uit was. Omdat ze geen tissues had, gebruikte ze haar mouw. Tegen de tijd dat ze de bushalte bereikte, was ze erin geslaagd zichzelf te kalmeren.

Elke week beloofde ze zichzelf dat ze niet zou huilen. Kinderen horen buiten te spelen, plezier te hebben. Ze zouden zich geen zorgen hoeven te maken dat ze ziek worden of doodgaan. Als ze die pijn kon wegnemen... Al was het maar voor even, dan was het het waard om een ritje in de emotionele achtbaan te maken.

$$*\;*\;*$$

D E BUS ZOU PAS over een kwartier komen. Als antwoord op haar knorrende maag haastte ze zich naar de winkel op de hoek. Zout of zoet? dacht ze. Achter de toonbank zag ze een assortiment sigaretten. Nieuwsgierig vroeg ze om een pakje.

"Welke, mevrouw?"

Ze wierp een blik op hun namen. "Cools," zei ze.

"Heb je al een aansteker?" vroeg de verkoper. Zonder op antwoord te wachten legde hij een pakje lucifers bovenop de Cools. "De lucifers zijn van het huis," zei hij terwijl Ribby het geld overhandigde. Hij gaf het wisselgeld terug.

De plotselinge grijns van de bediende, die op een grimas leek, verontrustte haar. Ze maakte dat ze wegkwam. Terug bij de bushalte scheurde ze het pakje sigaretten open en stak er een op. Ze inhaleerde diep, als een actrice die een rol speelt. In de films zag het er zo gemakkelijk uit. In werkelijkheid was het moeilijk om niet over te geven. Na de eerste trek blies ze de rook uit en ontspanning overviel haar.

Toen de bus aankwam, stopte ze het pakje in haar tas en nam haar gebruikelijke plaats achterin in. Ze bedacht hoe ondeugend het zou zijn om een sigaret te roken in de bus van Stan de Man.

Stan de Man was een beetje een nazi en een bekende pestkop. Ze had het zelf gezien. Schreeuwen tegen kinderen omdat ze hun voeten op de stoelen zetten. Ze uit de bus gooien in de vrieskou, alsof ze een moord hadden gepleegd of zo.

Op een keer had een oud vrouwtje haar tassen op de stoel naast haar staan. Hij eiste dat ze die weghaalde, ook al had niemand de stoel nodig. Toen ze daar niet aan wilde voldoen, gooide hij haar uit de bus.

Ribby kon zich nog herinneren hoe haar pruimachtige gezicht omhoog keek toen de bus begon weg te rijden. De vrouw had haar middelvinger zo hoog opgestoken als haar kleine lichaam kon uitsteken en schreeuwde: "Krijg de klere!"

Ribby was zo geschrokken van het incident dat ze vanaf die dag altijd achter in de bus ging zitten. Daar kon ze onzichtbaar zijn. Ze kon toekijken als een vlieg op de muur zonder de aandacht op zich te vestigen. Ze wilde niets doen om Stan de Man kwaad te maken.

Maar Stan kon ook niet alles zien. Zoals de man die in zijn neus peuterde en hem afveegde aan de stoel. Zij zag het, maar Stan niet. Ribby lachte. Stan de Man keek naar haar in de achteruitkijkspiegel. Ze stopte met lachen. Hoe veilig was Stan's rijvaardigheid?

Geobsedeerd door zijn passagiers, het is een wonder dat hij niet verongelukt is.

Ribby greep in haar handtas. Overwoog om er een sigaret uit te halen. Zou Stan het merken? Zou hij haar uit de bus gooien? Het was donker en het was te ver naar huis om te lopen. Ze deed haar handtas dicht. Ze concentreerde zich op de sterren door het raam.

Thuis trok ze de deur open en meteen kwam er gelach uit de keuken. Haar moeder had vaak heren op bezoek. Deze avond was niet anders.

Tom Mitchell zat tegenover haar moeder aan tafel. Ribby knikte in Toms richting. Ze voelde Toms ogen haar uitkleden. Zo keek hij altijd naar haar. Haar moeder leek het niet erg te vinden.

"Hallo, Ribby," zei Tom. "Goed je weer te zien."

Ribby draaide de kraan dicht, haalde diep adem en ging met haar gezicht naar de tafel staan.

Haar moeder wachtte op een reactie.

Net als Tom.

"Nou dan," zei Tom terwijl hij opstond. "Ik kan maar beter gaan, Martha. Het was machtig leuk je weer te zien, zoals altijd." Hij schoof zijn stoel naar achteren en wipte zijn baseballpet in haar richting.

Tom deed een stap in de richting van Ribby. "En jij ook Ribby - ook al denk je dat je te hoog en machtig bent om de beau van je moeder gedag te zeggen, ik mag je nog steeds graag."

Ribby's moeder lachte, een harde en lage buiklach. "Oh Tom, onze Ribby is bang voor haar eigen schaduw. Maakt niet uit. Ik weet zeker dat ze jou ook leuk vindt." Ze draaide zich om naar haar dochter. "Nietwaar, Ribby? Je vindt mijn beaus altijd leuk."

Ribby slurpte het glas water naar binnen. Ze reikte in haar handtas en raakte het pakje sigaretten aan. Het kennen van een geheim gaf haar een gevoel van macht. Ze ging de woonkamer in.

Tom en Martha fluisterden in de hal terwijl ze door een tijdschrift bladerde. Ze werd al snel moe van de schandalige koppen en pakte de afstandsbediening van de tv en klikte door de kanalen. De voordeur sloeg dicht.

"Ik wou dat je aardiger was tegen mijn vrienden," zei Martha terwijl ze op de bank neerplofte. "We hebben tenslotte vrienden nodig in dit leven, en Tom is altijd goed voor ons geweest."

"Wat eten we, ma?"

"Ik heb de hele middag bezoek gehad. Geen tijd om eten te maken, dochter, en ik heb honger," likte Martha over haar lippen. "Absoluut, totaal en compleet uitgehongerd."

"Laten we dan maar bestellen," zei Ribby. "We kunnen wat Special Fried Rice, wat Egg Rolls en Lemon Chicken krijgen om te delen."

"Ja, dat lijkt me prima," zei Martha, terwijl ze de televisieflikker uit Ribby's hand griste. Ze wees en klikte, snel en woest.

"Ik ga naar mevrouw Engle en bel aan."

"Doe dat, dochter, doe dat," zei Martha terwijl ze voor zichzelf een glas whisky inschonk. Ze schoot er een beetje frisdrank in. Ze reikte in de mini-koelkast en haalde het ijsblokjesbakje eruit. Ze propte er twee blokjes in, nam een slok en zuchtte.

Toen Ribby terugkwam zei Martha. "Je bent een goede dochter, meestal." Martha nam nog een slok. "We zouden dakloos zijn zonder jouw loon om de hypotheek te betalen en eten op tafel te zetten." Martha roerde met haar vinger in haar drankje. De ijsblokjes kletterden tegen het glas.

Ribby friemelde een beetje. Dit gesprek gaf haar altijd een ongemakkelijk gevoel.

Toen de reclame begon vroeg Martha: "Al een teken van het eten? De whisky knaagt aan mijn buik."

"Hij zei dertig minuten, mam."

"Dertig minuten, nou, bij God, dertig minuten is te lang om te wachten op een beetje rijst!" Martha sloeg haar linkervuist neer op de arm van de stoel. Haar rechterarm bleef omhoog om de onschendbaarheid van haar glas whisky te bewaren.

"Ik kan nu niet afzeggen. Blijf rustig zitten en kijk naar je programma, dan is het er voor je het weet."

Martha hield zich bezig aan de bar om meer whisky en ijs toe te voegen. Terug op de bank legde ze zich erbij neer dat ze moest wachten op haar avondeten.

Ze hoefde er tenminste niet voor te zingen dacht Ribby met een wrange grijns.

MARTHA BLADERDE DOOR DE kanalen. Ribby wachtte in de hal op de bezorger.

Ze greep in haar handtas en haalde er een sigaret uit. Ze stak hem onverlicht tussen haar lippen en keek naar haar spiegelbeeld. Als haar haar niet zo neutraal was en haar teint niet zo uitgewassen, had ze de potentie om er verfijnd uit te zien. Misschien.

Geschrokken toen de deurbel ging, liet ze bijna de sigaar vallen.

Martha riep: "Pak aan, Ribby!"

Ze schoof de sigaret in haar handtas.

Weer bing-bong.

"Dochter? Dochter! Ben je daar?"

"Ja mam, ik haal het geld." Ze deed de deur open.

"Goedenavond," zei de bezorger.

Hij herkende haar niet, maar zij kende hem. De man van de bibliotheek met piercings en tatoeages.

"Dat is dan $32,50," zei hij.

Ribby overhandigde 35,00 dollar. Hij zag er anders uit toen hij op haar veranda stond. "Hou het wisselgeld maar," zei ze terwijl ze de deur sloot en nog steeds aan hem dacht.

"Het wordt vast koud, Rib!" zei Martha, terwijl ze de tas uit haar hand rukte en de keuken in liep.

Ribby zette haar handtas terug op de haak en maakte een notitie om hem mee naar boven te nemen als ze naar bed ging. Het zou niet goed zijn als Martha de sigaretten zou vinden.

Terug in de woonkamer aten ze het avondeten op tv-bakjes. De favoriete spelshow Jeopardy! begon.

Ribby en Martha hadden een rivaliteit wanneer ze keken. Wie het antwoord het eerst wist, schreeuwde het uit.

"Wat is New York," riep Ribby.

"Wat is L.A.!" riep Martha. Ze had ongelijk.

"Ik zei het toch," zei Ribby. "Iedereen weet dat moeder."

Martha reikte over de tafel en gaf haar dochter een klap in haar gezicht. De klap was zo hard dat het TV-bakje en de inhoud ervan in de lucht vlogen. Ribby's stoel kantelde achterover en haar hoofd sloeg met een dreun tegen de salontafel. Daarna kwam ze met een plof op de grond terecht.

"Dat zal je leren," zei Martha, "voor het tonen van gebrek aan respect. Dit is mijn huis. Wie ben jij om mij te vertellen of ik fout zit of gelijk heb!"

"Maar Ma," fluisterde Ribby. "Hij zei..."

"Het kan me geen reet schelen wat hij zei. Nu ga ik naar bed. Zet een kopje thee voor me - mijn gebruikelijke thee - en kom maar naar boven."

"Oké, Ma," zei Ribby.

Ribby ging naar de bar. Ze pakte de fles, ging naar de keuken en zette de waterkoker aan de kook. Ze propte een theezakje in een kopje en goot het hete water er voor een kwart in. Nadat de thee had getrokken, voegde ze een half kopje Bourbon toe, gevolgd door twee theelepels suiker.

Op weg naar de trap besloot ze iets te doen dat nogal on-Ribby-achtig was.

Ze bewoog haar tong in haar mond, verzamelde speeksel en liet het in haar wangen klotsen. Toen ze genoeg had, spuugde ze in het kopje van haar moeder.

Ze bekeek het op het oppervlak en gaf het toen een roerstaafje voordat ze het op het nachtkastje neerzette. Ze glimlachte terwijl ze het bovenlaken naar beneden trok en daarna de dekens, zoals ze elke avond deed.

Martha kwam uit de badkamer. "Je bent soms een goede dochter."

Ribby zei niets. Ze hielp haar moeder uit haar kleren en in haar nachtjapon. Haar moeders voeten waren koud. Ribby masseerde ze met wat olie voordat ze haar pantoffels over haar oude vlees liet glijden.

Op weg naar buiten wierp Ribby een blik over haar schouder. Martha nam een slok gedoteerde thee en zuchtte toen.

Ribby hield haar lachen in tot ze in haar kamer was.

Toen lachte ze zo hard dat ze het geluid met haar kussen moest dempen.

HOOFDSTUK 2

TOEN ZE WAKKER WERD, ging Ribby rechtop zitten en dacht na over de vorige nacht. Ze lachte, terwijl ze naar haar moeder luisterde die daaronder stond te stampen, zoals haar gewoonte was.

"Het ontbijt is over tien minuten klaar," riep Martha.

Ribby slaagde erin het meeste te blokkeren. Hetzelfde als altijd. Hetzelfde oude.

"Ik heb geen honger, ma," riep Ribby terwijl ze haar haar borstelde. "Bovendien moet ik vandaag vroeg naar mijn werk."

Ribby luisterde hoe haar moeder haar uitscheldde. Ze haalde een borstel door haar haar en stopte plotseling toen er beneden gekakel klonk. Dit gelach was verontrustend. Martha lachte 's ochtends zelden, tenzij een van haar beaus langskwam.

"Tot ziens, ma!" zei Ribby terwijl ze de keuken omliep en recht op de deur afliep. Eenmaal buiten zag ze een busje met een man erin zitten en wachten. Op de zijkant van de vrachtwagen stond de bedrijfsnaam: Zolders-R-Us.

Het woord zolder riep een herinnering op aan de laatste keer dat ze daar naar boven was gegaan. De gedachte alleen al deed haar rillen en beven. Ze neutraliseerde de herinnering en sloot hem met een sleutel op in de bibliotheek van haar verbeelding.

Ze wees zichzelf in de richting van de bushalte. Ze was net op tijd. Ze klom in de bus en staarde uit het raam terwijl de wereld in een waas aan haar voorbijging. Haar maag rommelde. Ze kreeg steeds meer honger. Ze negeerde de honger, omdat ze elke cent wilde sparen voor de reis naar het winkelcentrum. Vandaag was de dag dat ze zichzelf ging verwennen.

Ze opende haar handtas. Alleen al het ruiken van de tabak deed haar buik rommelen.

Op haar werk hing ze haar jas op en deed haar handtas in de tas.

Hoewel haar collega's op hun werkplek waren, hielp niemand de rij wachtende klanten.

Ribby was de oudste bibliothecaresse-assistent en toch had ze geen gezag.

Opnieuw hielp Ribby de wachtende klanten in haar eentje. Hoofdbibliothecaris mevrouw P. Wilkinson leek het niet op te merken.

Tijdens de lunchpauze vroeg Ribby haar collega's waar ze hun kleren kochten. De meesten raadden het warenhuis in het winkelcentrum aan voor kwaliteitsmerken tegen betaalbare prijzen.

Ribby werd steeds enthousiaster nu ze wist waar ze ging winkelen. Ze kon niet wachten om iets te doen wat ze nog nooit eerder had gedaan.

Ribby Balustrade ging een nieuwe jurk voor zichzelf kopen.

✳✳✳

IJ HET WARENHUIS BLEEF Ribby even buiten staan en gluurde door de ramen. Auto's, bussen en tramgeluiden weerklonken door de gebouwen. Een straatmuzikant vlakbij de ingang begon te tokkelen en te zingen. Een menigte begon zich te verzamelen, duwend en duwend, sommigen met warme dranken en sigaretten rokend. Het was zo lawaaierig en zo druk dat ze alleen maar naar binnen wilde. Naar binnen, de stilte in.

Ze ging de draaideuren binnen en even was het stil. Toen zoog haar vakje open en stapte ze in een ander soort chaos. Klanten zwaaiden met tassen, kwamen en gingen. En het was groot, veel verdiepingen. Meerdere mensen vulden roltrappen die omhoog en omlaag gingen. Geuren van gefrituurd voedsel, popcorn en donuts zoemden de lucht en veroorzaakten een zintuiglijke overbelasting.

"Kan ik u helpen?" vroeg een dame bij de informatiebalie.

"Ja, dameskleding, alstublieft."

"Derde verdieping," zei ze.

Het was stil op de roltrap. Reizigers keken op hun telefoon. Ze hield zich vast aan de leuning.

Toen ze op de derde verdieping aankwam, zag ze het - de jurk van haar dromen. Een klein zwart nummer, zoals de tijdschriften in de bibliotheek het noemden, perfect voor cocktailparty's en speciale evenementen. Ze keek ernaar en dacht aan de woorden uit een film over honkbal. Ze glimlachte en veranderde de woorden in: "Als je het koopt, komen de gelegenheden om het te dragen vanzelf."

"Kan ik u helpen?" vroeg een vrouw in een net pak.

"Ja, dat kan. Ik wil mezelf verwennen. Ik dacht dat een zwarte jurk, iets dat makkelijk te dragen en te onderhouden is, wel geschikt zou zijn. Ik vind die op de paspop daar mooi. Als je hem in mijn maat hebt, wil ik hem graag passen."

"Uitstekende keuze," zei de vrouw. "Eens kijken, welke maat heb je? Twaalf? Veertien?"

"Ik, ik weet het niet."

"Je hebt een twaalf. Ik kan meestal vrij goed raden, maar voor het geval dat, neem dan een tien, twaalf en veertien," stelde de bediende voor. "Oh, en je hebt een paar zwarte schoenen nodig om de look af te maken. Heb je maat zeven?"

Verbaasd zei Ribby: "Deze schoenen zijn maat zeven."

"Perfect dan. Wees niet bang om naar buiten te komen als je er klaar voor bent. Ik weet hoe moeilijk het kan zijn als je alleen gaat winkelen."

"Dat zal ik doen, dank je," zei Ribby terwijl ze de kleedkamerdeur sloot.

Omringd door spiegels kon Ribby zichzelf voor het eerst van alle kanten bekijken toen de grauwe afdankertjes van Martha op de grond vielen.

Ribby paste de jurk in maat twaalf. Met zijn halslijn en plooien op de heupen en in de taille accentueerde het echt haar figuur. Ze wist al dat ze het wilde kopen, maar toch wilde ze een second opinion. Ze stapte de kleedkamer uit.

"Wauw!" riep de bediende uit. "Je ziet er geweldig uit! Maar hier, laat me één ding doen."

De bediende verdween om de hoek, maar kwam binnen een paar seconden terug. "Laat me dit in je haar doen en deze nepparels om je nek. Ik zweer het, je ziet eruit als een miljoen dollar!"

"Ik zie er zo glam uit!" Ribby herkende zichzelf nauwelijks.

"Je ziet er sensationeel uit!"

"Ik wil graag nog een paar outfits passen." Ze liep naar een rek, pakte een tweedelig rood pak, een blouse en een broek. Ze ging terug naar de kleedkamer. Het pak zag er prachtig uit, met zijn strak gesneden jasje en bijpassende rok en de schoenen die ze bij de jurk had gepast pasten er perfect bij. De blouse zag er beter uit dan aan en de broek trok te veel aandacht naar haar kont.

"Ik neem het pak, de jurk, de schoenen en de parels," zei Ribby. "Hoeveel kost het? Ik ben vergeten te kijken."

De bediende telde alles bij elkaar op. "Totale kosten voor belasting zijn 760,00 dollar. Is dat contant of op krediet?"

"Oh, dat is meer dan ik had verwacht," bekende Ribby.

"Maak je geen zorgen, waarom neem je de jurk niet vandaag en kom je dan later terug voor de schoenen en accessoires. Of je kunt In-Store Credit aanvragen. Ik controleer of je in aanmerking komt en dan kun je direct krediet krijgen."

"Zou dat kunnen?" vroeg Ribby. "Dat zou handig zijn!"

De bediende stelde Ribby een paar vragen en ze kwam in aanmerking voor een creditcard. Ze kocht de boel. De bediende pakte alles in.

"Heel erg bedankt. Je bent geweldig geweest!"

"Graag gedaan."

Ribby vierde het met een kop koffie en omdat het donker werd, baande ze zich een weg naar de bushalte. Onderweg rookte ze een sigaret.

Het busje van Attics-R-Us stond nog steeds voor haar huis geparkeerd toen ze de hoek om kwam.

Eenmaal binnen ging Ribby de keuken in. Achter de gesloten deur bereikten bekende geluiden van vrijen haar oren. Het was niet de eerste keer dat ze thuiskwam en haar moeder met een van haar beaus aantrof. De Attics-R-Us man hier de hele dag? Ewwww. Ribby trok zich terug naar boven.

In haar kamer verdeelde Ribby het incident beneden in vakjes. Ze zou haar dag er niet door laten bederven.

Ze trok haar nieuwe jurk, schoenen en parelketting aan. Ze greep in haar handtas en haalde er een sigaret uit. Met die in haar hand zag ze er nog verfijnder uit. Ze speelde met haar haar. Ze testte hoe het op en neer zat.

Buiten ging de deur van een voertuig open en weer dicht. Ribby gluurde uit het raam en keek toe hoe het Attics-R-Us busje wegreed.

Even later klonken de voetstappen van haar moeder en in de andere kamer startte de douche.

Ribby trok haar oude kleren weer aan. Terwijl ze zich uitkleedde, duwde ze de gedachten aan haar moeder en haar beaus uit haar hoofd. Toen ze klaar was, sloop ze stilletjes naar beneden, de deur uit en kwam weer binnen. Deze actie versterkte haar compartimentering voor dit incident en het zou haar in de toekomst helpen als een soortgelijk incident zich zou voordoen. Met Martha's reeks heren bellers was deze actie een tactiek voor zelfbehoud.

Ze schonk zichzelf een kop hete thee in en roerde de stoofpot even om, voordat ze naar de woonkamer ging om wat tv te kijken.

Martha kwam kort daarna naar beneden en ze aten het avondeten. Toen haar moeder op de bank in slaap was gevallen, ging Ribby naar boven, naar haar kamer.

Na een tijdje lezen sloot Ribby haar ogen en liet haar fantasie de vrije loop. Ze stelde zich een eigen huis voor, aan het water. Ze stelde zich de woonkamer voor met een comfortabele love seat en bijpassende knapperige stoelen. Aan de muur daarachter Van Gogh en Monet prenten. Bloemen in vazen. Ze stelde zich voor dat ze thuiskwam van haar werk en haar voeten omhoog legde. De controle hebben over de televisie.

De luchtbel barstte en de werkelijkheid sijpelde naar binnen.

Martha zou het nooit toestaan.

Wat ze niet wist, kon haar echter geen kwaad doen.

Naast de pas aangeschafte creditcard deed Ribby mee aan het spaarprogramma voor medewerkers van de Provinciale Bibliotheek, dus ze had wat geheime spaartegoeden, maar die had ze tot vandaag niet aangeraakt.

Ribby dacht aan een artikel dat ze in de krant had gelezen. Het was het waargebeurde verhaal van een man die twee verschillende levens had met twee verschillende vrouwen. Ze vroeg zich af of ze het idee kon overnemen en het haar eigen kon maken. Zou ze een nieuw leven voor zichzelf kunnen creëren?

De slaap kwam, maar Ribby droomde niet. In plaats daarvan nam ze een besluit.

Morgen zou ze een nieuwe versie van zichzelf baren. Een denkbeeldige vriend. Een alter ego.

Een deel van zichzelf, dat dingen zou doen waar ze te bang voor was.

Een vriendin met een prachtige naam: Angela.

HOOFDSTUK 3

Zaterdagochtend. Ribby sprong uit bed opgewonden over de dag die voor haar lag. Ze vouwde haar zwarte jurk en een panty op en stopte ze in haar handtas. Haar hakken zouden niet passen. Een paar sandalen zou moeten volstaan.

Martha zat aan de keukentafel met haar hoofd in haar handen. De katerstand. De koffiepercolator snoof en siste achter haar. Toen ze Ribby zag, kreunde ze. Ribby had de tekenen van te veel whisky bij haar moeder al vaak gezien. Ze schonk zichzelf een kopje koffie in en vulde het kopje van haar moeder bij. Martha's handen trilden toen ze een slok nam.

Ribby liep door de hal naar de veranda waar ze de krant opraapte. Ze keerde terug naar de keuken en nipte aan haar inmiddels afgekoelde koffie terwijl ze las. De krant bleek geen barrière voor Martha's geslurp afgewisseld met gekreun.

Ribby bladerde vooruit naar de rubriek Appartementen Te Huur. Ze ging met haar vinger over de lijst en er waren er genoeg om uit te kiezen in het gebied aan het water waar ze hoopte te gaan wonen. Ze sloeg de krant dicht en spoelde haar kopje weg.

"Ik moet rennen, ma. Tot straks."

Martha sloeg met haar vuisten op tafel. "Kom dan niet terug, als je niet eens een greintje medeleven kunt opbrengen voor je arme ma."

"Neem een paar Tylenols en alles komt goed," zei Ribby terwijl ze de voordeur opende en achter zich dichtsloeg. Toen ze wegliep, merkte ze dat haar moeder de gordijnen aan de voorkant had gesloten. Geen herenbezoekers vandaag.

Ribby pakte de bus en nadat ze in de eersteklas huurwijk was aangekomen, kocht ze nog een krant. Ze omcirkelde een paar mogelijkheden en besloot een paar Open Huis bezichtigingen bij te wonen. Eentje was in een prachtig gebied niet ver van het strand en stond nummer één op haar prioriteitenlijstje.

Voordat ze de huizen kon bekijken, moest ze zich omkleden. Een openbaar toilet volstond. Gekleed in haar nieuwe uitrusting verkende ze het gebied en nam de tijd om naar Lake Ontario te kijken. Ze luisterde terwijl de zachte golven op de oevers klotsten. Boven haar schreeuwden meeuwen om aandacht. Achter haar toeterden auto's terwijl passagiers wachtten tot het licht veranderde. Het geluid van AC-DC met een stevige bas klonk en ze draaide zich om om te zien dat een zwarte auto met het dak naar beneden de boosdoener was. Ze liep verder over de promenade. Het water liep haar in de mond toen ze een hotdogkraampje tegenkwam met uien die aan de zijkant lagen te bakken. Ze keek naar de tijd in een etalage en besefte dat ze zich moest haasten om het eerste huis te bekijken.

Van buiten zag het gebouw er uitnodigend uit. Het was geen wolkenkrabber zoals sommige andere. Het was middelgroot met privébalkons. Balkons versierd met persoonlijke bezittingen zoals fietsen en planten. Balkons waar huurders hun eigen stukje hemel creëerden. Waar ze trots waren op hun eigendommen.

Boven haar zag ze een bordje Te Huur. Zoals beloofd in de advertentie had het uitzicht op het water. Ze kon niet wachten om naar boven te gaan en het van dichtbij te bekijken.

Eenmaal binnen slenterde ze door de lobby om een indruk te krijgen van de plek. In de postkamer las ze de namen op de dozen, bijna alsof ze hoopte iemand te herkennen. Dat deed ze niet. Ze drukte op de knop van de lift en ging naar boven.

Het was gemakkelijk om het appartement te vinden met borden die de weg wezen. De deur stond open. Ze klopte toch aan en ging toen naar binnen. Er liepen anderen rond. Bij de eerste indruk wist ze dat ze het appartement moest krijgen. Het was voor haar bedoeld.

De agent in de keuken sprak met een jong stel. Tegen haar zei hij: "Ik kom zo bij jullie. Kijk gerust even rond."

Het interieur was een saaie tint magnolia. De keuken was goed uitgerust met roestvrijstalen apparatuur, waaronder een vaatwasser. De woonkamer was open. Perfect. Ze stelde zich voor hoe ze daar zat, uitkijkend over het geweldige uitzicht op de golven. Luisteren naar de golven. Ze schoof de balkondeuren open en stapte naar buiten. Kinderen speelden niet ver weg. Ze ging terug naar binnen en bekeek de slaapkamer. Hij was groter dan haar kamer thuis, had een en-suite badkamer en een meer dan ruime inloopkast. Ze zou heel wat nieuwe schoenen en kleren moeten kopen om die ruimte te vullen. Het was prachtig. Alles. Ze wilde het zo graag dat ze het kon proeven.

"Het uitzicht is adembenemend," zei Ribby toen de agent vrij was. "Dit is precies wat ik zoek."

"Er is vraag naar. Als je het wilt hebben," zei de agent. "Je moet vandaag nog een aanvraag invullen. Heb je ooit eerder gehuurd?"

"Nee, ik heb thuis gewoond."

Hij rommelde met wat papieren. "Gaat u alleen wonen? Werk je fulltime?"

"Ja, en ja. Ik werk in de Bibliotheek. Ik ben Assistent Bibliothecaris en werk daar al zeven jaar."

"De eigenaar verhuurt het liefst aan een alleenstaande of een jong stel...als alles klopt met het papierwerk."

Ribby's ogen lichtten op toen ze de aanvraag aannam. De agent bood haar een pen aan. Terwijl ze het invulde, kletste hij wat.

"Zodra je aanvraag geaccepteerd is, hebben we een cheque nodig voor de eerste en laatste maand huur."

"Geen probleem." Ze maakte het formulier af met een handtekening. "Wanneer weet ik of mijn aanvraag succesvol is?"

"Ik zal je bellen. We zouden het dinsdag moeten weten."

"Ik, wij hebben geen telefoon. Als je me je visitekaartje geeft, zal ik je bellen. Is dinsdagochtend goed?"

"Perfect," hij wierp een blik op de applicatie. "Uh, mevrouw Balustrade, tot dan, en veel succes," zei de agent terwijl hij het bordje Open Huis weghaalde. Hij liep met haar naar de lift en het gebouw uit. Toen ze de straat bereikten vroeg hij: "Kan ik je ergens een lift geven?"

"Nee, dank je, ik ga een wandeling langs het water maken en daarna de bus naar huis pakken."

Ribby liep naar het strand. Ze deed haar sandalen uit en liet het zand tussen haar tenen uit sijpelen. Daarna doopte ze ze in het water. Ze verzamelde een paar schelpen, ging zitten en luisterde naar de geluiden van de stad en van Lake Ontario.

Een meeuw landde vlakbij. Toen nog een.

"Wat denken jullie?" vroeg ze aan de vogels. "Is dit de plek voor Angela en mij?"

De meeuwen keken haar aan, maar een gekraak was hun enige antwoord.

H ET WAS NOG VROEG - te vroeg om naar huis te gaan. Ribby besloot om wat meubels te gaan bekijken. In de showroom was een goede selectie geweest. Maar het was allemaal zo duur omdat ze alles nodig had.

Een stemmetje in haar hoofd zei: Tweedehands. Elegantie. Verfijning. Shabby chic.

Ribby keek om zich heen. Had iemand tegen haar gesproken? Ze was alleen. Ze liep met haar vingers langs de rugleuning van een bank en dacht: Shabby chic hè? Perfect.

De stem zei: Vergeet niet - een nieuw appartement vraagt om een nieuwe garderobe.

Ribby pauzeerde. Was ze gek aan het worden? Ze had een gesprek met zichzelf, maar de stem was anders. De stem was Angela. Angela was geboren.

Je kunt niet verwachten dat ik in dit leven geboren wordt in Martha's oude vodden.

Ribby glimlachte. Mee eens. Maar eerst dit. Appartement. Meubels. Je hebt mooie dingen nodig.

Wij hebben mooie dingen nodig. We moeten zorgen dat mam er nooit achter komt. Ze zou een koe krijgen.

Ze is een koe.

Ribby lachte tot ze bijna in haar broek plaste.

Hoe heb ik het ooit zonder jou kunnen redden?

Dat zullen we nooit weten. Hé, steek je ooit nog een sigaret op? Mijn longen schreeuwen erom!

Ribby reikte in haar handtas en haalde er een sigaret uit. Ze schoof hem tussen haar lippen, stak het uiteinde aan en nam een trek.

Ahhhh, zuchtte Angela, dat had ik nodig. Ribby, nu hebben we een plan nodig.

Ik weet het. Als we dit appartement krijgen, hoe houden we het dan weg bij moeder? Hoe ga ik haar blijven betalen en de nieuwe plek betalen, plus al het andere? Ik weet het, ik vraag om opslag.

Vraag niet om opslag, eis er een. En laat die ouwe zak je huur verlagen!

Ik ben over tijd voor opslag. Daar heb je gelijk in. Maar mam zal er nooit mee instemmen, ook al zou ze het huis verliezen zonder mij.

Dat is haar probleem, niet het jouwe Rib. Ze is een volwassen vrouw en als jij er niet bent, kan ze jouw kamer toch wel verhuren?

Het voelde vreemd voor Ribby, om eens iemand aan haar kant te hebben.

Ik ben niet van plan om fulltime in het appartement te blijven. Dat zou nooit goed zijn. Ze zou een manier vinden om alles te verpesten. Nee, ik woon doordeweeks thuis en in het weekend in het appartement.

Ze zal je bankboekje wel doornemen, alweer, Rib en ze zal zien dat het saldo naar beneden gaat, naar beneden en ze zal door het dak gaan. Je weet hoe ze is.

Ribby keek twee keer. Hoe wist Angela daarvan?

Je hebt gelijk; ik moet oppassen waar ik mijn tas laat. Met de sigaretten erin, breng ik hem rechtstreeks naar mijn kamer. Ik zal dat blijven doen en zij zal er niets van merken.

En als ze je om geld vraagt, wat ga je dan doen?

Ik ga haar nee zeggen.

Weet je nog die keer dat je aanbood om elke cent die je verdiende af te staan? Ze hoefde alleen maar te stoppen met het aannemen van heren bellers?

En hoe weet ze dat? Het is alsof ze de hele tijd bij me is geweest.

Ja, hoe zou ik dat ooit kunnen vergeten? Moeder lachte zo hard dat ik dacht dat ze stikte. Ik probeerde haar te helpen lucht te krijgen door haar op de rug te slaan, en in ruil daarvoor sloeg ze me zo hard dat mijn tand eruit viel.

De oude koe zal je missen, Ribby, maar je verdient een leven en ik ben hier om je te helpen. Om ervoor te zorgen dat je er een krijgt. We kunnen beter teruggaan voordat de oude merrie de cavalerie stuurt!

Het geluk lag binnen handbereik, maar soms moest je het grijpen.

HOOFDSTUK 4

MAANDAGOCHTEND WAS RIBBY HEEL vroeg op en de deur uit. Ze wilde Martha niet zien. Voor haar werk droeg ze een Martha-muumuu-specialiteit waarin haar borsten frontaal vochten. Deze kleding viel binnen het kledingbeleid van de bibliotheek. Ze haastte zich om de bus te halen en kwam eerder aan dan normaal.

"Goedemorgen, Ribby," zei mevrouw Duif, een vaste bibliotheekbezoeker. "Als je iets uitstekends zoekt om te lezen, raad ik je deze aan." Ze stak het boek uit en Ribby nam het aan.

"Mijn leven op een bord," las Ribby. "Gaat het over eten?"

"Nee, op geen enkele manier!" zei mevrouw Duif lachend. "Het gaat over het leven, lachen en tranen." Ze pauzeerde. "Stop daarmee, Billy! Jason, kom terug." De kinderen keerden terug naar de toonbank. "Het spijt me dat het boek te laat terug is."

"Je hebt me verkocht. Bedankt, mevrouw Duif." Ze glimlachte terwijl ze het boek terug stempelde.

"Graag gedaan, schat. De volgende keer dat ik binnenkom, kun je me vertellen wat je van Clare Hutt vond. Zeg maar dag tegen Ribby, jongens. Jason stop met spugen naar je broer. Straks krijg je nog problemen als je thuiskomt!" Mevrouw Duif glimlachte terwijl ze Jason bij het oor en Billy bij de hand nam. Het trio ging door de draaideuren naar buiten.

Ribby was te opgewonden om te lezen. Bovendien was het weer maandag en moest ze naar het ziekenhuis.

Om 17.00 uur pakte Ribby haar spullen uit haar kluisje en nam de bus. Onderweg kwam ze in de verleiding om te roken, maar ze wilde niet dat de kinderen sigaretten aan haar zouden ruiken.

Ze ging naar de cadeauwinkel waar ze voor elk kind op de afdeling met helium gevulde ballonnen had gevraagd. De gedachte was prachtig, ze dragen was een andere zaak.

Zoals beloofd begon Ribby bij de kamer van Mikey Landers. Hij was er niet. Ze liep door de gang en stak onderweg haar hoofd in kamers. Achter haar volgden anderen die een zingende parade vormden. Rolstoelen, krukken, iedereen was welkom. Zelfs hoofdzuster Alice deed mee.

Ribby wierp een blik in haar richting en hun blikken ontmoetten elkaar. Er was iets mis, maar dat kon wachten. Ze ging door met de voorstelling.

Ribby stapte het centrum binnen. Ze maakte oogcontact met de kinderen. Lucy May Monroe had een lint voor haar haar nodig, dat Ribby uit haar tovertas haalde. Het was een paars lint, Lucy May's lievelingskleur. Het kind gilde van verrukking. Lucy's moeder wikkelde het om haar stoppelbaardje.

Het vorige bezoek had Benjamin Fish een Drakenkussen gewenst, dat Ribby nu in haar toverzak had verstopt. Ze liet Benjamin erin reiken en hij haalde hem eruit. Hij legde het op zijn schoot - op zoek naar zijn ouders, maar die waren er niet. Omdat hij het niet zonder hen wilde openmaken, wiegde hij het geschenk in zijn rolstoel op schoot.

Er wachtten nog verschillende andere kinderen. Eén voor één vervulde Ribby hun wensen. Ze zong weer. Deze keer danste ze en bracht ze haar vertolking van Elton John's Crocodile Rock. Ze deelde de rest van de ballonnen uit. Alleen de ballon van Mikey Landers bleef over.

Ribby nam afscheid van de kinderen. Ze droeg Mikey's rode ballon en liep door de gang. Verpleegster Alice stond te wachten.

"Ribby, wacht, ik moet je iets vertellen."

Ribby wilde het nieuws niet horen. Ze liep verder. Als ze het niet wist, dan was het niet waar.

Verpleegster Alice pakte Ribby's arm. "Ribby, Mikey had veel pijn en nu heeft hij rust."

Ribby wilde gillen. Ze liep verder en verliet het gebouw. Eenmaal buiten liet ze de ballon los en keek toen tot ze hem niet meer kon zien.

Ze huilde niet.

HOOFDSTUK 5

*R*IBBY WAS ZO OPGEWONDEN *toen ze de makelaar belde vanuit een telefooncel en hoorde dat het appartement van haar was. Over iets meer dan een week zou ze er intrekken. Genoeg tijd om wat benodigdheden te kopen en uit te zoeken hoe ze uit de buurt van Martha zou blijven.*

Waarom mij niet gebruiken? We zijn toch vrienden?

Hoe bedoel je?

Soms ben je zo dik als een baksteen. Vertel de oude strijdbijl dat je op bezoek bent bij een vriendin die in de stad woont en Angela heet.

Wat als ze je wil ontmoeten? Bovendien kan ik niet liegen; mijn huidskleur zou me verraden.

Je liegt niet. Je zult de tijd met mij doorbrengen. Je hebt het perfecte alibi - MIJ!

Die avond tijdens het diner begon Ribby over het onderwerp. "Ik wil vrijdagavond graag uit met mijn vriendin Angela."

"Vertellen?!" *zei Martha met verbazing in haar stem.* "Heb jij een vriendin?"

"We lezen dezelfde boeken en we kunnen het goed met elkaar vinden."

"Dochter wees wel voorzichtig met deze nieuwe vriendin. Kijk uit dat ze geen misbruik van je maakt, want je bent erg naïef over wereldse dingen."

"Ik red me wel, mam. We gaan een film kijken en een kopje koffie drinken."

De dagen gingen sneller voorbij nu haar leven uit de gebruikelijke sleur was en al snel was het vrijdag.

"Ik kan maar beter opschieten. We spreken af voor het theater."

"Kun je voor je gaat je arme oude moeder een paar dollar geven om de fles Jack Daniels te vervangen?"

Ribby aarzelde. Als ze haar moeder geen geld gaf, kwam ze misschien het huis niet uit. Ze moest het geld overhandigen en dat deed ze dan ook.

"Ik kom te laat, mam; het heeft geen zin om op me te wachten."

"Veel plezier," zei Martha terwijl ze het geld in haar beha stopte.

Terwijl ze over het pad liep, haalde Ribby een paar keer diep adem. Ze kon het niet geloven. Vrijdagavond en ze ging de stad in om naar de film te gaan.

Vergeet mij niet.

Hoe zou ik dat kunnen? Zonder jou zou ik daar nog steeds in de voorkamer staan!

Je hebt het goed gedaan Ribby, door haar vanavond het geld te geven. Maar niet meer. We hebben elke Loonie nodig!

Tijdens de film bleef Angela giechelen om de verliefde stukjes.

Dit is zo saai! Over onrealistisch gesproken. Laten we hier weggaan.

Het is romantisch. Geef het een kans.

Ribby propte een stuk chocolade in haar mond.

Ik wou dat we hier konden roken.

Shhhh.

Na de film voelde Ribby zich te geïrriteerd om koffie te halen en ging naar huis.

Wat ga je zeggen als we terugkomen als je-weet-wie op is?

Ze zal niet wakker zijn. Na de Jack Daniels, zal ze uitgeteld zijn.

Dan kun je haar 's ochtends vertellen dat je zaterdagavond bij je nieuwe vriendin Angela blijft. Zondagavond ben je terug. Heb je dat begrepen?

Ze zou weten dat ik loog. Dat weet ze altijd.

Misschien wel, maar dat was voordat je een eigen huis kreeg. Een dubbelleven. Voordat je mij had. Trouwens, het is een technische kwestie. Je verblijft bij mij thuis en ik ben je vriend. Dus... je spreekt echt de waarheid.

Als je het zo stelt, klinkt het best goed.

Ja, steek nu een sigaret op en laten we teruggaan.

HOOFDSTUK 6

HET WAS VERHUISDAG EN Ribby was er klaar voor. Ze liep op haar tenen de trap af in de hoop ongemerkt weg te kunnen sluipen. Het was van korte duur, want Martha wachtte haar op in de keuken.

"Kopje koffie?"

"Bedankt, ma," zei Ribby terwijl ze ging zitten en een blik op haar horloge wierp.

Martha's geslurp en het gezoem van de koelkast waren de enige geluiden die te horen waren.

"Angela en ik hebben afgelopen vrijdagavond een ongelooflijk leuke tijd gehad, mam, en ze heeft me gevraagd of ik het weekend bij haar wil logeren. Ik wil graag gaan."

Martha stak haar neus in haar cuppa. Ze vingerde met haar ene hand het tafelkleed terwijl ze met haar andere hand Scamp onder de tafel aaide.

De stilte van haar moeder was verontrustend. Ze was zelden zo stil geweest. Ribby voelde zich schuldig en haar handen trilden terwijl ze van haar drankje nipte. Ze vroeg zich af of haar moeder het wist.

Ribby dacht erover om iets te zeggen, de stilte was vreselijk, maar ze durfde het niet. Ze dronk haar koffie op, stond op en spoelde het kopje uit. Ze zette het in het rek om te drogen.

"Ik ben blij dat je een vriend hebt en ik hoop dat je het naar je zin hebt."

"Bedankt, Ma," zei Ribby terwijl ze naar boven liep om haar handtas te pakken en naar buiten ging. Ze pakte de bus en was al aan de andere kant van de stad voordat de bezorgers dat deden.

"Kom maar naar boven!" zei ze, terwijl ze in de intercom sprak. De mannen brachten de bescheiden meubels en andere spullen die ze tijdens haar lunchpauze had verzameld. Nadat ze weg waren, maakte ze het zichzelf gemakkelijk en luisterde naar de golven vanaf het balkon.

Tegen de middag maakte Ribby een wandeling langs de waterkant. Ze zag onderweg verschillende bars en nachtclubs. Ze was nog nooit in een geweest omdat alleen gaan haar niet interessant leek, maar nu was het anders. Ze zou later terugkeren.

Met Angela op de wereld voelde ze zich niet meer zo alleen.

LATER DIE AVOND WACHTTE Ribby op de stoep voor de nachtclub.

Stop met ijsberen, Ribby. Ik tel tot tien en dan gaan we naar binnen. Oké, we gaan! Klaar of niet, hier komen we!

Ik ben bang.

Fluitje van een cent, Ribby, fluitje van een cent! Volg mij maar.

Alsof ik daar een keuze in heb.

De trap was smal en schemerig verlicht. Ribby's enkels wiebelden in haar nieuwe schoenen met hoge hakken toen ze naar beneden liep. Toen ze de hoek omging naar het bargedeelte, flitsten en pulseerden de stroboscooplichten op de maat van de muziek.

Stop met dat gedoe over die schoenen. Het paradijs wacht! Hier. Ik ga op deze kruk zitten zodat ik de actie kan bekijken. En niet te vergeten, zij kunnen ons bekijken!

Ik weet het niet. Zien we er niet wanhopig uit?

Niet wanhopig - beschikbaar. Kijk naar deze plek Rib. Het is vol gelach, muziek; we zullen een fantastische tijd hebben. Waarom trakteer je ons niet op een drankje?

Wat moet ik vragen? Ik heb nog nooit een drankje besteld.

Eens kijken, Angela heeft de drankenkaart bekeken. Een van deze zou goed zijn. Ja, bestel een Wodka en Tonic - maak er maar een grote van!

Ribby schraapte haar keel in de hoop de aandacht van de barman te trekken. Hij was in gesprek met een man aan de andere kant van de strip. Ze kuchte, maar met de luide muziek en de flikkerende lichten dacht ze niet dat ze ooit zou opvallen.

Moet ik alles doen? Angela kreunde. "Neem me niet kwalijk, meneer de barman; kan ik hier een grote V&T krijgen als u een momentje heeft, alstublieft?"

De barman keek naar Ribby en hij glimlachte. "Natuurlijk."

Hij liep langs de bar en wierp een blik in Ribby's richting terwijl hij het drankje mixte. "Je komt me niet bekend voor. Ben je van hier?"

"Ik ben dit weekend verhuisd. Ik dacht, ik ga eens kijken hoe het er hier aan toe gaat," zei Angela.

"Welkom in de buurt. En dit is op het huis. Ik ben het welkomstcomité," zei de barman met een knipoog.

Angela klopte met Ribby's oogleden naar hem. Ze boog zich voorover, alsof ze iets in zijn oor wilde fluisteren. Haar borsten vielen naar voren in de jurk, waardoor de barman een volledig zicht kreeg op Ribby's decolleté. "Heel erg bedankt," zei Angela. "Ik heb altijd al het welkomstcomité willen ontmoeten."

"Nu is het zover, in levende lijve. Ik heet Jake, en jij?"

"Ik ben Angela, aangenaam kennis te maken."

"Als je nog iets nodig hebt, fluit maar. Je weet toch hoe je moet fluiten?"

"Zoals de grote actrice Lauren Bacall ooit zei, je doet gewoon je lippen op elkaar en blaast." Jake lachte en Angela liet een flauw gefluit horen.

Deze opmerking verbaasde Ribby, omdat ze de kunst van het fluiten nooit onder de knie had gekregen. Om nog maar te zwijgen over het feit dat ze nog nooit een film van Lauren Bacall had gezien.

Jake bewoog zich langs de bar en bediende een andere klant die de uitwisseling had gadegeslagen.

"Jake, oude man," zei de man die dichterbij kwam. "Wat dacht je van een biertje hier?"

"Nigel. Kerel. Ik heb je al weken niet gezien. Hoe gaat het met je? Ik dacht dat je verhuisd was?"

"Ik? Verhuizen? Waar zou je anders naartoe kunnen verhuizen nadat je het grootste deel van je leven bij het strand hebt gewoond? Het is nergens te vergelijken! Ze zouden me mee moeten nemen in een houten kist," zei Nigel lachend terwijl Jake het bier inschonk.

"Wat heb je allemaal gedaan?"

"Werk, werk, werk, genoeg gezegd," zei Nigel. Hij wenkte Jake dichterbij en fluisterde: "Wie is die babe? Ga je met haar uit of mag ik ook?"

"Ze is nieuw. Vandaag hierheen verhuisd. Haar naam is Angela. Geweldig stel tieten en ook geen slecht gevoel voor humor."

Zie je wel, hij vindt ons leuk!

Hij kent ons niet eens.

Maar hij wil het wel.

"Neem me niet kwalijk, Jake," zei Angela. "Ik wil graag een grote Martini bestellen, geschud en niet geroerd. Maak daar maar een dubbele van."

"Een dubbele Martini, komt eraan," zei Jake.

"Dus jij bent een James Bond fan?" vroeg Jake terwijl hij de Martini voor haar neerzette.

Angela speelde met de olijf, draaide hem rond in het glas en sloeg toen alles achterover.

Ribby huiverde. Net als vroeger had ze nog nooit één James Bond film gezien en ook geen enkele roman van Ian Flemings gelezen. Ze vroeg zich af hoe Angela dingen kon weten die zij niet wist.

Angela was aan het woord. "Sean Connery's vertolking was mijn favoriete Bond. Ze hadden moeten stoppen met het maken van de films nadat hij was gestopt." Ze schoof haar glas over de bar, "Nog een dubbele Martini voor mij alsjeblieft, Jake."

"Whoa, dat is behoorlijk sterk spul," pauzeerde Jake. "Weet je zeker dat je nog een dubbele aankunt, zo snel al?"

"Ik ben de klant, nietwaar, en jij bent het welkomstcomité, dus zorg dat ik me welkom voel. Ik beloof dat ik braaf zal zijn," zei Angela.

Jake keek langs de bar naar Nigel die in zijn eentje zat. Tien jongens kwamen de trap aflopen, lonkend naar Ribby. "Ik wil jullie voorstellen aan een vriend van me. Nigel, dit is Angela. Misschien kan ze wat gezelschap waarderen. Nigel kent het gebied goed en hij is een goede vent. Ik kan voor hem instaan."

"Aangenaam," zei Nigel terwijl hij zijn hand uitstak.

"Ook leuk jou te ontmoeten," zei Angela, terwijl ze in beweging kwam om een verdoofd achterwerk te ontwijken. Ze zwiepte de olijf in de verse Martini en stak hem erin. Ze stak hem in haar mond en goot het tweede drankje in haar slokdarm.

"Ik hoor dat je nieuw bent in de buurt?" zei Nigel, terwijl hij toekeek hoe een klein beetje martini uit Angela's mondhoek sijpelde.

Ribby pakte een servet en depte de vloeistof weg. Het smaakte nog steeds vreselijk. Zoals ze zich voorstelde dat nagellakremover zou smaken. Hoe kon Angela genieten van iets waar ze zelf niet van genoot?

"Ja, we hebben een appartement gehuurd. Het is hier prachtig," zei Angela.

"Wij?"

Ribby kromp ineen.

Angela lachte. "Wij als in de koninklijke zin. Ik woon alleen."

"Wil je dansen?" vroeg Nigel.

Ribby had nog nooit van haar leven gedanst.

Angela probeerde van de kruk af te komen. Ze verloor haar evenwicht en struikelde.

Nigel greep haar arm vast. "Ho, gaat het?"

"Het gaat prima," zei Angela. "Of dat komt wel als ik naar de kamer van de kleine meid ga. Enig idee waar die is?"

"Het is daar, aan het einde van de bar."

"Okie dokie," zei Angela. Ze pakte Nigel bij zijn kraag en keek in zijn diepblauwe ogen. "Verroer je niet. Ik ben over een paar seconden terug en zal je aanbod voor een dans aannemen."

Ribby haalde diep adem toen Nigel knikte en zich terugtrok.

Angela klopte haar jurk af.

Eenmaal in het hokje leunde Ribby tegen de metalen deur die koel aanvoelde op haar rug. Ze scheurde rollen toiletpapier af en bedekte de zitting voordat ze ging zitten.

De kamer draaide.

Ik denk dat ik misselijk word.

Nee, we worden niet ziek, Rib. We gaan hier nog een seconde of twee zitten. Dan gaan we naar de gootsteen en spetteren wat water op ons gezicht. We worden weer beter. Dat beloof ik je.

Even later slenterde Angela naar Nigel toe. Hij zag er bezorgd uit. Hij zag er niet goed uit, maar ook niet lelijk. Hij zag er een beetje normaal uit. Hij droeg een zwarte spijkerbroek, een lichtblauw T-shirt en zwarte laarzen. Ze vond zijn baardje mooi.

"Kom dan," zei Angela, terwijl ze Nigels hand in de hare nam en hem de dansvloer op leidde.

Het was een langzaam nummer.

Ribby wist niet eens hoe hij vastgehouden moest worden. Haar handpalmen drupten van het zweet.

Nigel hield haar op armlengte afstand.

"Dichterbij," fluisterde Angela, terwijl ze hem naar zich toe trok door zijn billen te omhelzen.

Terwijl Chris de Burgh Lady in Red zong, legde Angela haar hoofd op Nigels schouder en ontspande zich. Ribby ontspande zich ook. Ze kon zijn hart tegen het hare voelen kloppen. Ze kon zijn adem in haar nek voelen.

Angela wilde hem mee naar huis nemen.

Ribby niet.

N A DE DANS PAKTE Angela Nigels hand en trok hem mee naar de bar. Ze gingen op de krukken zitten met hun knieën tegen elkaar. Nigel zwaaide met twee vingers in de richting van de barman en zei: "Tequila."

Angela duwde haar haar achter haar oor en leunde dichtbij: "Probeer je me dronken te voeren?"

"Uh, nee. Dat is niet mijn stijl."

Angela raakte zijn knie aan toen de drankjes arriveerden.

Nigel gooide zijn shotje achterover. "Uh, dus, wat doe je? Ik bedoel voor de kost. Ik bedoel, ik denk dat we hier een beetje snel gaan."

Mee eens!

Shhh Ribby. Ga maar weer slapen. Dan naar Nigel: "Een beetje van dit en een beetje van dat." Ze gooide het shotje tequila achterover en zette de limoen tussen haar tanden.

"Ah, een mysterieuze vrouw, hè?" Hij lachte. "Nou, ik zit in Public Relations."

"Wat spannend! Heb je altijd voor hetzelfde bedrijf gewerkt?"

"Ja. Een van de top tien bedrijven heeft me direct vanaf de universiteit aangenomen. Als je voor de besten begint te werken, kun je alleen maar naar beneden."

"Ik begrijp je. Dus, wat vind je leuk om te doen? Dat wil zeggen, naast P.R. en rondhangen in bars."

"Ik hang meestal niet rond in bars."

"Natuurlijk wel," zei Angela.

"Eerlijk," zei Nigel, terwijl hij met zijn hand over haar knie streek.

Ribby voelde zich angstig. Hij werd te vertrouwd. Ze wilde weggaan.

Angela vond het fijn.

Nigel vervolgde: "Ik ken Jake. We kennen elkaar al jaren, dus ik kom af en toe hier naar de Cat's Eye, om er even uit te zijn. Je kunt niet de hele tijd in je appartement Netflix blijven kijken of Xbox-spelletjes spelen. Het is beter om eruit te gaan. Om mensen te ontmoeten, en dit gebied is zo'n happening place!"

"Dat is het ook, maar op dit moment zou ik een moord doen voor een kop koffie. Wil je ergens anders heen gaan, minder lawaaierig en een meisje een kopje koffie kopen? Ik zou je terugvragen naar mijn huis, maar het is een puinhoop sinds ik er vandaag pas ben komen wonen," zei Ribby.

Ik zei dat je dit aan mij moest overlaten. Eruit.

"Er is een cafeetje niet al te ver weg en dan loop ik met je mee naar huis. Als jij dat goed vindt, Angela?"

Eén kop koffie, dat vind ik prima.

Neem een chill pilletje.

Ribby en Nigel liepen arm in arm naar het Night Owl Café waar ze cappuccino's bestelden. Ze kletsten informeel tot 1 uur 's nachts, toen Ribby zei dat ze naar huis wilde.

"Je bent zo'n heer om te vragen me naar huis te begeleiden. Ik ben blij dat Jake ons aan elkaar heeft voorgesteld."

Toen ze bij Ribby aankwamen vroeg Nigel: "Mag ik je telefoonnummer? Ik wil je graag nog eens zien."

"Nog geen telefoon," zei Angela terwijl ze in haar tas naar de sleutels zocht. Toen ze weer opkeek, wilde Nigel haar kussen. Toen zijn lippen die van Angela ontmoetten, kuste ze hem terug. Haar handen gingen over zijn schouders en borst. De zijne gingen op hun beurt op onderzoek uit.

Toen Ribby's knieën begonnen te knikken, nam zij het over. Te buiten adem om te spreken, trok ze zich terug. "Ik kan beter naar binnen gaan." Ze raakte haar lippen aan. Ze tintelden nog steeds.

"Ik hoop dat ik niet te brutaal was. Je leek het lekker te vinden."

"Dat deed ik ook," zei Angela.

"Ik moet gaan," zei Ribby. "Het is een lange dag geweest, met verhuizen en zo." Ze opende de deur en ging naar binnen.

Nigel volgde haar naar de open lift. "Wanneer zie ik je weer?"

Toen de lift begon te sluiten, nam Angela het over. "Volgende week zaterdag, zelfde Bat Tijd, zelfde Bat Kanaal."

Toen de deuren sloten, raakte Ribby haar lippen weer aan. Het was haar eerste kus geweest en ze vond het heel fijn.

Angela wilde meer. Zijn kus maakte haar heet, koortsig.

Ze gooide de deuren naar het balkon open. Nigel stond daar beneden en keek omhoog. Hij zwaaide.

"Welterusten, Nigel," zei Ribby.

"Welterusten, Angela," zei Nigel.

We hadden hem kunnen uitnodigen, weet je.

Ik ken hem nog maar net en ik weet helemaal niets over hem. Bovendien voelen mijn hoofd en maag raar aan.

Hij is volkomen ongevaarlijk.

Als dat waar is, dan komt hij terug.

Ribby ging terug naar binnen. Ze deed de balkondeuren dicht en op slot. Ze ging naar haar en-suite en staarde een hele tijd naar zichzelf in de spiegel, in de verwachting Angela daar te zien. Ze kon geen spoor van haar vinden.

Na een warme douche viel Ribby in bed. Ze had haar slaapkamerdeur gesloten, net als thuis. Toen drong het tot haar door dat ze dat niet meer hoefde te doen. Ze stond op, deed de deur wijd open en plofte weer in bed. Ze droeg haar flanellen nachtjapon omdat de nachtlucht haar een rilling had gegeven. Toen ze weer op het kussen lag, begon de kamer te draaien. Het plafond was de vloer en de vloer was het plafond. Toen ze haar ogen sloot, steeg haar maag naar haar keel. Ze hield zich vast aan de randen van het bed alsof ze op drift was op een reddingsboot, totdat ze het draaien niet meer aankon. Ze rende naar de badkamer en moest overgeven. Ribby sloot vriendschap met dat stuk porselein en knielde ervoor alsof het een god was.

Toen haar maag leeg was, strompelde ze terug naar bed en probeerde te slapen. De kamer draaide niet meer. Ze voelde zich niet op haar gemak met de stem in haar hoofd. Angela leek dingen te weten. Dingen meegemaakt te hebben. Anders dan ze zelf had ervaren. Hoe was het mogelijk? Waarom had ze al die Martini's besteld?

De gedachte aan het drinken van Martinis en Tequila deed Ribby's maag op hol slaan. Het waren de droge golven deze keer; ze had de porseleinen god niets meer te bieden.

Ze sliep aan de voeten van de god en drukte haar voorhoofd tegen het koele porselein.

HOOFDSTUK 7

R IBBY OPENDE HAAR OGEN. Ze was in de badkamer, op de grond. Ze tilde zichzelf op en gebruikte de toiletpot als anker. Onvast deed ze de deksel naar beneden en ging erop zitten. Ze draaide de kraan in de wasbak naast haar open, liet het water een paar seconden lopen, vulde toen een glas en nam een slok. Haar handen trilden terwijl het water in haar maag druppelde.

Toen Ribby weer kon staan, hield ze zich vast aan de gootsteen, keek naar haar spiegelbeeld en zwoer nooit meer alcohol te drinken.

Wat een lichtgewicht.

Ribby douchte, kleedde zich aan en ging wandelen om haar hoofd leeg te maken. Ze stopte in een café en bestelde een sterke kop koffie. Terwijl ze zat te nippen, besloot ze dat ze klaar was om naar huis te gaan en ze nam de bus.

Dat wil zeggen, naar Martha's huis.

Was gisteren echt gebeurd? Het leek wel een droom.

Het overgeven leek meer op een nachtmerrie!

Nigels kus was dromerig.

Mijn eerste kus was beter dan pannenkoeken met boter en stroop.

Sst, je maakt me hongerig.

Ribby stapte uit de bus en ging op weg naar huis Toen ze de hoek omsloeg, zat Martha daar in haar nachtjapon om 4 uur 's middags een slok te nemen uit een fles bier.

"Hoe is het met mijn dochter dan?" vroeg Martha.

"We hebben het heel leuk gehad, mam. Angela is ontzettend leuk. Ze heeft me uitgenodigd om volgend weekend weer te komen logeren."

"Mooi zo. Iedereen zegt dat je veel te serieus bent. Je hebt een vriend van jouw leeftijd nodig om plezier mee te hebben."

"Wie is iedereen, ma?"

Martha stond op. Ze struikelde een beetje, toen Ribby zich terugtrok. De geur van bier in combinatie met een ongewassen lichaam deed haar oppervlakkig ademhalen.

"Maakt niet uit. Ik denk dat jij ook gezelschap van een man nodig hebt."

"Ik heb er gisteravond een ontmoet, Nigel. Hij liep met me mee naar Angela's huis en..."

"Je bent een avond van huis en je laat een man met je mee naar huis lopen! Dat klinkt alsof je meer mijn meisje bent dan ik dacht!"

"Er is niets gebeurd."

"Deze keer niet, dochter, maar het is mijn bloed dat door die aderen van jou stroomt en de tijd zal bewijzen dat wat ik zeg waar is. Als je eenmaal een man in je handen krijgt, als hij je begint aan te raken op plaatsen, o de plaatsen, dan kom je tot leven. Hij brengt je waar je nooit gedacht had dat je lichaam kon gaan. Elke man kan dat voor je doen, dochter, of je nu van hem houdt of niet. Elke man kan dat. Elke man die het weet kan het je leren."

"Ik wil dit niet horen," zei Ribby, terwijl ze de trap op rende naar haar kamer. Ze sloeg de deur dicht en deed hem op slot. Ze liet het bad vol bubbels lopen en pakte een boek van haar bijzettafeltje. Ze lag uren te weken en probeerde niet te denken aan wat Nigel haar zou kunnen leren.

HOOFDSTUK 8

MAANDAGOCHTEND, WEER AAN HET werk. De gebruikelijke rij klanten. Ribby bediende ze, de hoofdbibliothecaris lette niet op. Later was Ribby op de tweede verdieping boeken aan het terugzetten in de schappen. Ze wierp een blik uit het raam om te zien of er iets interessants aan de hand was, maar dat was er niet. Totdat er wel iets was. Een limousine aan de overkant van de straat. Een chauffeur met een pet op stapte uit en opende de deur. Ribby keek toe hoe een paar lange benen op opvallend hoge hakken van een blonde vrouw uitstapten. De chauffeur sloot de deur en de vrouw liep weg in de tegenovergestelde richting van de bibliotheek.

Ik wil er graag anders uitzien.

Ik ook. Wat had je in gedachten?

Ons haar, we zouden het kunnen veranderen. Het verven. Blondjes hebben meer plezier.

Misschien een pruik? Minder permanent.

Klinkt als een plan. Ik kan niet wachten!

Toen de boeken weer op hun plaats lagen, ging Ribby terug naar haar bureau. Ze zocht een pruikenwinkel in de buurt. Wigs-R-Us was een paar straten verderop. Ze keek op de klok en het was bijna lunchtijd. Ze kon gemakkelijk heen en terug. Buiten de winkel keek ze naar de pruiken in de etalage.

Die vind ik leuk. En die.

Echt? Wil je zo kort?

Ja, zeker korter.

De bel ging toen ze de winkel binnenkwam. Het was opvallend stil, stiller dan in de bibliotheek.

"Hallo?" zei Ribby.

Een vrouw dook op van achter de toonbank met uitgestoken hand, "Welkom in mijn winkel. Waar kan ik je vandaag mee helpen?" Zelfs staand was ze veel kleiner dan Ribby.

Ribby opende haar mond om te spreken, maar voordat ze iets zei, sprak de vrouw weer.

"Als u hier wilt gaan zitten, kan ik de pruiken naar u toe brengen. Wijs maar aan welke je wilt passen. Ik pas de pruik op je en dan voila, je kunt de nieuwe jij in de spiegel bekijken."

De vrouw legde haar hand op Ribby's rug en leidde haar naar de stoel. Ribby ging zitten terwijl de vrouw de stoel steeds lager draaide. Ribby schoof verder naar beneden om zich aan te passen.

"Wat doe je?" vroeg de vrouw terwijl ze met haar vingers door Ribby's haar ging. "Ik bedoel, hoe verdien je de kost? Je wilt echt een pruik die bij je levensstijl past. Oh, je haar zit trouwens prachtig."

"Uh, dank je. Ik werk in de bibliotheek. Ik wil graag een blonde pruik. Kort, zoals die in de etalage. Zo."

"Oh jee, dat is een interessante keuze. Het is onze populairste blonde pruik. Je kent het gezegde, blondjes hebben meer plezier."

De vrouw had een doos achter de toonbank gevuld met pruiken precies zoals die in de etalage. Ze bracht die en begon Ribby's echte haar op te binden.

"Ik ben van gedachten veranderd," zei Angela. Ze wees omhoog: "Die wil ik graag passen."

Wat? Wat ben je aan het doen?

Die andere is gewoon. Ik wil iets speciaals.

Eerlijk is eerlijk.

De pruik had pony's die over het voorhoofd waren geslagen en aan de achterkant naar beneden waren geklapt. Het was schouderlengte en voelde vrij stijf aan.

Zeker niet.

Mee eens.

En die daar?

Die was opvallend kort met een scheiding aan de linkerkant, maar die was gespreid. De pony was geveerd, de stijl was overal gelaagd en het haar eindigde net onder het oorlelletje. Zodra de vrouw het op had, vonden zowel Ribby als Angela het prachtig. Het was een totaal contrast met Ribby's alledaagse look.

Ik kan het niet geloven, ik zie er prachtig uit.

Natuurlijk, Angela.

"Perfect! Inpakken!" zei Ribby. "Ik moet weer aan het werk."

Nu hebben we alleen nog nieuwe kleren nodig!

Ribby bracht de middag door met werken op de computer. Ze e-mailde klanten die hun boeken te laat hadden ingeleverd. Voor recidivisten was een telefoontje nodig.

Na het werk gingen ze naar het winkelcentrum en kochten een paar dingen. Het was al laat dus Ribby moest een Uber nemen om op tijd in het ziekenhuis te zijn.

Ze stortte zich op het vermaken van de kinderen. Mikey's afwezigheid hing nog steeds in de lucht, maar toch slaagden de kinderen erin te glimlachen en zelfs een beetje te lachen.

Op weg naar huis in de bus ving de wind Ribby's jas en duwde haar mee.

Waarom gaan we niet naar ons echte huis?

Het is pas maandag, we willen niet dat mama argwaan krijgt.

Oké. Ik doe mee met deze poppenkast.

Shhh.

Ribby draaide de hendel om en opende de voordeur van Martha's huis.

Een mannenstem brak in lachen uit.

Ribby luisterde even en hoorde bestek tegen de borden klikken. Haar maag knorde. Ze had de hele dag nog niets gegeten.

In de keuken doopte John MacGraw zijn brood in zijn halflege kom. Martha schepte stoofpot in Scamps kom en hij likte het op.

Toen ze de keuken binnenkwam keek Ribby naar Martha, die glimlachte. Als John in de buurt was, leek Martha soms een ander mens. Van alle beaus die haar moeder mee naar huis nam, was John de fatsoenlijkste. Hij haalde het beste in haar moeder naar boven, die leek te willen dat hij dacht dat ze close waren.

"Hallo, ma. Jij ook hallo, John."

"Kom erbij zitten," kirde Martha, terwijl ze op de zitting van de stoel klopte die het dichtst bij haar stond. Voordat Ribby kon gaan zitten, sprong Martha op. "Wacht! Ik moet je eerst iets laten zien. Het is een cadeau van John."

"Het kan wachten tot na het eten," zei John, terwijl hij hen allebei met een ferme stem aanmoedigde om te gaan zitten.

"Het ruikt zeker lekker," zei Ribby terwijl Martha haar hand pakte en haar de keuken uit trok.

"Ta-dah!" zei Martha. Het was een nieuwe draagbare telefoon met een heel lang verlengstuk.

"Wauw, dat is geweldig."

"Dat is het zeker, laten we nu teruggaan naar de keuken. We willen John niet laten wachten."

"Je moeder is een geweldige kok," zei John zodra ze gingen zitten.

"Bedankt, voor de telefoon."

"Geen zorgen, het werd tijd dat je er hier een had. Maakt het makkelijker voor me om contact op te nemen," zei John.

Martha schonk nog wat stoofvlees in Johns kom. "Ik weet niet zeker of ik het al eerder tegen je gezegd heb, John. Ribby brengt haar maandagavonden door met het vermaken van zieke kinderen in het ziekenhuis." Ze schepte nog wat in Ribby's kom. "Hoe was het met Mikey vandaag?" Zonder op antwoord te wachten: "Mikey is Ribby's favoriet, hij..."

Ribby barstte in tranen uit. Ze had niet eerder om Mikey gehuild. Nu kon ze niet meer stoppen. De tranen bleven maar stromen, druipend over haar wangen, in de kom met stamppot.

"Hou op, meisje," zei Martha met stemverheffing. Ze wierp een blik op John om te zien of hij het merkte. Tevreden dat hij dat niet was, klopte ze op Ribby's hand en kirde. "Wat is er aan de hand? Wij met bezoek en alles, en jij daar blubberend als een baby. Beheers je." Ze drukte een nagel in de rug van Ribby's hand en fluisterde: "Je brengt John in verlegenheid."

"Auw," zei Ribby, terwijl ze haar hand wegtrok en verder snikte.

"Maak je geen zorgen om mij," zei John. "Een goede huilbui heeft nooit iemand kwaad gedaan. Dit is jouw huis, Ribby, en je mag huilen als je dat wilt."

Ribby begon te lachen. Niet grinniken, maar lachen. In haar hoofd speelde een deuntje: It's my home and I can cry if I want to, cry if I want to, cry if I want to. "Mikey is dood."

HOOFDSTUK 9

"*A*NGELA HEEFT ME UITGENODIGD voor het hele weekend," zei Ribby de volgende ochtend bij het ontbijt.

"Het is een goede timing Ribby, een goede timing. John en ik brengen het weekend samen door. We hebben plannen."

Ribby zuchtte opgelucht.

"Heb een heerlijke tijd en..." Ze pakte Ribby's pols vast. "Ik wil zeggen hoezeer het John en mij gisteravond speet te horen over kleine Mikey. Ik wil niet dat je weer mistig wordt, maar ik ben trots op je. Ik hoop dat je een leuke tijd hebt dit weekend. Je verdient het."

Ribby, geschrokken van de lieve woorden van haar moeder, sloeg haar armen om haar nek.

"Goed dan," zei ze terwijl ze haar dochter een schouderklopje gaf.

Ze gingen uit elkaar en Ribby liep naar de bushalte. Haar dag begon steeds minder op Groundhog Day te lijken.

Wat een onzin. Hoe kon je haar knuffelen na alles wat ze tegen je gezegd en gedaan had? Hoe kon je? Ik kreeg er kippenvel van.

Ze was oprecht.
Je bent zoooo naïef!

M ET DE NIEUWE PRUIK op en een donkere zonnebril op was Angela vastbesloten om te gaan winkelen.

Maar dat kunnen we ons niet veroorloven.

Daar is krediet voor.

Ik moet het nog steeds terugbetalen.

Rustig maar, het komt wel goed.

Angela paste de meest on-Ribby-eske outfits en haalde alles uit haar creditcard.

Eerlijk, geen uitgaven meer.

Oké, oké, maar zien we er niet geweldig uit?!

Ribby gaf toe dat ze zichzelf niet meer herkende.

Je bent er. Jij bent het raam en ik ben het frame.

Hoofden draaiden zich om toen ze over de promenade liep. Er werd gekat en gefloten.

Ze stapte een andere nachtclub binnen die dichter bij het water lag. De uitsmijter controleerde Ribby's I.D. Hij keek twee keer naar de foto.

"Weet je zeker dat jij dit bent?" vroeg hij.

"Natuurlijk," antwoordde Ribby. "Het is een pruik."

"Excuses, ik wilde je niet beledigen. Hier is een coupon voor een gratis drankje."

"Bedankt."

De manier waarop die man naar ons keek beviel me niet.

Ja, het was alsof hij röntgenvisie had en dwars door de jurk heen kon kijken.

Wat een engerd.

Laten we gewoon het gratis drankje halen en dan naar Cat's Eye gaan.

ENIGE TIJD LATER KWAM ze aan bij Cat's Eye en zag Nigel in zijn eentje zitten.

Ik denk niet dat hij ons herkent.

Waarom zou hij? We dragen een donkere bril en een blonde pruik.

Angela bestelde een Martini.

Alleen al de gedachte aan alcohol gaf Ribby's maag een misselijk gevoel.

Nigel wierp een blik op Angela. Ze bedankte hem met een knipoog en gooide toen de Martini achterover. Ze bestelde er nog een.

"Wil je dansen?" vroeg hij.

Nigel sloeg zijn armen om Angela's middel en hield haar dicht tegen zich aan. Hij staarde in Angela's donkere zonnebril.

Angela legde haar hand op Nigels rechterbil. Ze wiegde hem heen en weer tegen haar aan. De twee draaiden in het donker op het pulserende discogeluid. Voordat het nummer afgelopen was, waren ze aan het zoenen. Ze vergaten dat ze in een openbare gelegenheid waren. Nigel pakte haar hand en leidde haar de club uit.

Er waren geen woorden, want de passie tussen hen was te groot. Ze liepen een paar stappen en toen duwde Angela hem tegen de stenen muur en kuste hem nogmaals.

Ze liepen verder, langs de 7-11. Elkaar vasthoudend, zoenend, zat Angela's lippenstift op zijn kraag en over de zijkant van zijn gezicht. Ze zagen er allebei uit alsof ze in een gevecht waren geweest.

Toen ze bij Ribby's huis aankwamen, realiseerde Nigel zich wie Angela was. Ze pakte zijn hand en leidde hem naar boven.

"Uh, wacht even," zei Nigel. "Is dit een soort spelletje?"

"Natuurlijk niet," zei Angela, terwijl ze de knopen van zijn overhemd losmaakte en langs zijn borst kuste. "Kom op."

"Ik weet niet wat er met je aan de hand is," zei Nigel. "I..."

"Oh, hou je mond! En ze zeggen dat vrouwen te veel praten!" zei ze terwijl ze elkaars kleren uittrokken en op het bed vielen.

Nigel raapte zijn kleren op en glipte naar buiten voordat Angela wakker werd.

Ribby herinnerde zich niet dat hij de nachtclub verliet.

Angela herinnerde zich elk detail.

HOOFDSTUK 10

R*IBBY BALUSTRADE HAD GEEN gelukkige jeugd gehad. Ze was een eenzaam enig kind dat baat zou hebben gehad bij een gezin met twee ouders. Omdat ze haar vader nooit had gekend, moest ze zich een voorstelling van hem maken. Ze zag hem als een kruising tussen Atticus Finch's To Kill A Mockingbird personage en Gregory Peck's levensechte persoonlijkheid.*

Toen Ribby naar haar vader vroeg, veranderde Martha van onderwerp.

Ribby ging terug naar het lezen van To Kill A Mockingbird. "Je begrijpt een persoon nooit echt totdat je de dingen vanuit zijn gezichtspunt bekijkt... totdat je in zijn huid kruipt en erin rondloopt."

Na talloze vragen over haar vader en geen antwoorden, bedacht Ribby een plan. Ze zou naar wat haar moeder de 'No-Go-Zone' noemde - de zolder - klimmen en net als Nancy Drew op onderzoek uitgaan. Helaas ontdekte ze daar alleen maar kamerbrede kruipertjes, vooral spinnen. Plus, een ziekelijke stank van oude stoffige en muffe vergeten dozen met spullen die niets met haar vader te maken hadden.

Toen ze weer naar beneden sloop, hoorde ze de schoenen van haar moeder op de veranda klikken. Toen ze zich realiseerde dat ze vergeten was de zolderdeur te sluiten, raakte Ribby in paniek. Ze zette de ladder terug op zijn oorspronkelijke plaats en was van plan hem later te repareren. Ze hoopte dat haar moeder het niet zou merken.

Toen ze aan tafel zaten, bad Ribby keer op keer dat haar moeder het niet zou merken. Ze zei tegen God dat ze de rest van haar leven nooit meer iets slechts zou zeggen of doen. Ze beloofde haar lievelingsspeelgoed op te geven, een blonde pop met een lichte huidskleur die Anna heette.

Martha hing haar jas op en ging meteen naar de keuken. Ze ging zitten. Ribby zette de ketel op het vuur en schonk haar moeder een kop koffie in. Martha nipte, voorzichtig om haar lippenstift niet te bevlekken.

Ribby observeerde deze nuance. Het behoud van lippenstift betekende dat Martha weer naar buiten ging. Ze dankte God dat hij haar hoorde en haar hartslag vertraagde.

"Zo, wat heb je vandaag uitgespookt dan?" vroeg Martha. "Heb je je huiswerk af?"

"Bijna, mama, bijna," antwoordde Ribby terwijl ze zich naar voren boog om het kopje koffie van haar moeder bij te vullen.

"Wat deed je trouwens in de No-Go-Zone, mijn meisje?" vroeg Martha, terwijl ze Ribby's trillende hand vasthield terwijl ze inschonk.

Ribby maakte geen oogcontact met haar moeder. Een paar seconden later spatte de urine langs haar benen, op haar schoenen, op de vloer en begon ze te huilen.

"Verdomme, Ribby. Kijk nou wat je gedaan hebt! Mijn hele vloer onder geplast. Pak de dweil en ruim het op. Maak je geen zorgen om jezelf op te ruimen, ruim dit op! Wat moet een moeder met een dochter die leugens vertelt? Wat moet een moeder met een dochter die over haar mooie schone vloer plast?"

Ribby dweilde verwoed. Het heen en weer klotsen gaf haar tijd om na te denken. Het koude gevoel van de urine op haar huid deed haar rillen. Toen de vloer weer brandschoon was, legde Ribby de dweil terug op zijn plaats en maakte aanstalten om naar boven te gaan en zich om te kleden.

"Niet zo snel, meisje," zei Martha, terwijl ze haar dochter bij de haren pakte en haar naar de ladder sleepte. "We kunnen dat toch niet de hele nacht open laten staan? Griezelige kruipertjes weet je wel. Nou, ga jij maar naar boven," zei Martha terwijl ze haar dochter in een opwaartse beweging duwde.

Ribby sloeg met haar armen. Bang om omhoog te gaan. Bang om naar beneden te vallen.

Toen ze de top bereikte lachte Martha. "Eigenlijk, omdat je het daar zo leuk vindt, zou je er moeten overnachten. Ga maar naar binnen, meisje." Martha klom achter haar op de ladder. "Bedenk jij maar eens wat een No-Go-Zone betekent," toeterde Martha terwijl ze het luik sloot. De ladder zwaaide onder Martha's gewicht. Toen haar hoge hakken de vloer raakten, klikten ze weg en stopten toen. Ribby huilde al. "Ik doe het slot erop en het licht uit. Luister je?"

Ribby snikte nog harder.

"Voor het geval je het je afvraagt, er zitten niet alleen spinnen daarboven. Er zitten ook kleine harige ratten!"

Ribby gilde en bonsde op de deur, haar moeder smekend om haar eruit te laten. Smekend. Zweren dat ze nooit meer ongehoorzaam zou zijn. Er kwam geen antwoord.

Buiten sloeg een autodeur dicht. Martha en een van haar beaus reden weg.

Iets harigs streek langs haar been en ze rende, struikelde en stootte haar hoofd. Ze riep haar moeder weer. Nog steeds geen antwoord.

Toen Martha terugkwam, zei ze: "Ga daar nooit meer heen. Ik bedoel, nooit meer."

"Ja, mama," zei Ribby, en dat deed ze nooit meer.

De herinnering aan de opsluiting op zolder. De vernedering dat ze in haar broek plaste. Alle schuld en schaamte stroomden terug. Dezelfde traumatische herinnering. Ribby werd gedwongen om het steeds weer opnieuw te beleven.

Je moeder is een totale en complete COW.

Ze bedoelde het goed. Het was een geleerde les.

Mijn voet bedoelt het ook goed, en ik zou haar op haar donder geven als ze ooit weer zoiets zou proberen.

Ik ben blij dat je nu aan mijn kant staat.

Het verbaasde of schokte Ribby niet meer, wat Angela wist.

En vergeet dat nooit!

HOOFDSTUK 11

Angela was helemaal verbijsterd over Ribby's loyaliteit aan Martha. Het was ondraaglijk om in Ribby's gedachten te leven met een verslag uit de eerste hand van Martha's wreedheid.

Angela gebruikte haar kracht van de interne dialoog om Ribby te helpen het verleden onder ogen te zien. Ze moedigde Ribby aan om haar vuisten te balken. Dit focuste haar energie in het moment. De actie werkte in het begin, zelfs als Ribby een nare droom of flashback had.

Later probeerde Angela de slechte herinneringen te verzamelen en ze terug te duwen. Weg. Zo ver in Ribby's hoofd dat ze niet meer bereikbaar waren. In theorie was het een goed idee, maar in werkelijkheid kon Angela ze niet blokkeren.

De enige uitweg leek voor de hand te liggen. Ribby voor eens en altijd uit de situatie halen. Ergens, ver weg waar Martha geen misbruik van haar kon maken of haar niet meer kon beschadigen. Angela vond dat het een schone breuk moest zijn. Ze wachtte op het moment dat de timing goed zou zijn.

Goede dingen komen aan degenen die wachten.

Na nog een week in het huis van Martha was Angela blij dat ze naar buiten kon om te feesten. Ze droeg de blonde pruik, een donkere zonnebril en een rode mouwloze jurk. In haar nieuwe outfit voelde ze zich krachtig, onoverwinnelijk. Ze was ook vastbesloten om niets haar plezier in de weg te laten staan.

Op weg naar de nachtclub floot een groep tienerjongens en riep. Het waren pubers, maar jongens die beter hadden moeten weten.

Angela trok de dichtstbijzijnde aan de voorkant van zijn shirt naar zich toe. "Kom nog een keer in mijn buurt, wie van jullie dan ook, en ik ruk je ballen eraf en voer ze aan je als ontbijt. Begrepen?"

De jongens renden weg.

Angela lachte, streek de voorkant van haar jurk glad en keek of ze geen nagel had gebroken. Ze stak een sigaret op en liep verder over het strand de kroeg in.

Fel.

Wow, wat is er aan de hand? Dat was meer dan een beetje O.T.T.

Jongens worden mannen. Ze zouden respect moeten leren.

Ze renden alsof je Bellatrix Lestrange was!

Niet met deze pruik!

In de nachtclub aangekomen, ging Ribby aan de bar staan en bestelde een drankje. Ze nipte met tegenzin. Angela nam het over en gooide de Martini terug. Ze bestelde er nog een en trok de aandacht van een zeer fitte uitsmijter bij de ingang.

Laten we nog een minuut of twee op Nigel wachten.

Hij herinnert zich ons toch niet.

Oh, hij herinnert mij wel.

Twee Martini's later.

Laten we gaan; er gebeurt hier niets.

Geduld, mijn beste vriend, geduld.

De uitsmijter scheidde de jongelui die de trap afkwamen op weg naar waar Ribby zat.

"Hoe gaat het met je?" zei hij terwijl hij te hard probeerde sexy te zijn.

"Heel goed, dank je," zei Ribby.

Hou je mond Rib— laat mij dit maar afhandelen. "Eigenlijk is het hier vanavond Bores-stad."

"Ja, het lijkt hier wel een beetje op Sesamstraat, hè?" zei de uitsmijter voordat hij zichzelf voorstelde als "Ed; Ed de uitsmijter."

"Ik ben Angela."

"Leuk je te leren kennen, Angela," zei Ed terwijl hij langs de voorkant van haar jurk naar beneden probeerde te kijken. "Uh, als je op zoek bent naar een leuke tijd, blijf dan rondhangen tot 2 uur. Dan ben ik vrij van mijn werk. Kunnen we ergens uitgaan?"

"Uh, bedankt voor het aanbod," zei Ribby, "maar, we moeten naar....".

"Ik kan rond half 2 terug zijn," zei Angela. "Waar moeten we afspreken?"

Ed was extreem specifiek over de afgelegen plek op het strand.

Angela hoopte dat hij net zo goed was als hij eruitzag.

IK KAN NIET GELOVEN dat je een afspraak hebt gemaakt met die sukkel. We gaan absoluut en helemaal NIET.

Rib, maak je geen zorgen. Chill. Doe een dutje. Ik vertel het je later wel. Ga nu maar, kiddo, nachtkleding.

Om half drie wachtte Angela op het strand. Ze had zich omgekleed in een zwarte jurk.

Ed de uitsmijter kwam aangesneld en ze riep naar hem. Hij strompelde naar haar toe.

"Je bent boos."

"Een klein beetje, maar niet genoeg." Hij duwde haar op de grond, scheurde aan haar jurk en viel bovenop haar.

"Rustig nou jongen, rustig," zei Angela in een poging de controle te krijgen.

"Kom op, schatje. Ik heb beloofd je een leuke tijd te bezorgen." Hij drukte zijn mond op de hare.

"Auw," zei Angela, "niet zo ruw schatje. Ik hou niet van ruw."

Maar Ed leek er niets om te geven. Zijn handen rukten en scheurden.

"Heeft je moeder je geen manieren geleerd?" zei Angela, terwijl ze hem met gespreide vingers naar achteren duwde. "Vrouwen zoals ik willen dat een man aardig is; zachtaardig." Ze bonsde op zijn borst.

Hij greep haar polsen in zijn massieve handen en schrijde haar. "Sommige vrouwen wel, en sommige vrouwen niet." Hij lachte. "Ik had je al door vanaf het moment dat ik je zag. Zittend aan de bar met je jurk omhoog. Starend naar elke man die de deur binnenkwam. Er wanhopig naar verlangend. Er om kokhalzen."

"Wacht even," zei Angela, terwijl ze worstelde om los te komen. "Ik wil je wel, maar niet hier. Ik wil het graag wat romantischer voor mijn eerste keer."

Ed bevroor.

Ze vervolgde. "Heb je ooit de film From Here to Eternity gezien met Burt Lancaster en Deborah Kerr? Je weet wel die ene waar ze het doen als de branding binnenkomt?"

Hij leunde dichterbij. "Zeker, het is een klassieker." Hij leunde naar beneden en kuste haar nek. "Minder praten, hè, schat?"

"Kom dichter bij het water, zoals in de film, snap je wat ik bedoel?" fluisterde Angela. "Breng me daar, ik wil je daar."

Ed stopte. Ze duwde weg en stond op.

Ze greep in haar handtas, liet hem toen vallen en rende naar het water. Ze wierp een blik over haar schouder. Hij keek naar haar.

Aan de rand van het water tilde ze de zoom van haar jurk op.

Ed rukte zijn shirt uit en rende in haar richting, zijn spijkerbroek latend.

Toen hij naar haar uithaalde, ging de sleutel die ze vasthield recht in zijn oogkas. Hij gilde en jammerde toen zijn liezen haar knie raakten. Ze kromp ineen bij het krakende geluid toen ze de sleutel uit zijn oog trok. Terwijl het bloed langs zijn gezicht stroomde, snikte hij en rolde rond terwijl hij zijn lies vasthield. Ze stak de sleutel in de zijkant van zijn nek en raakte een slagader. Bloed spoot als water uit een brandweerslang.

Ze zette een paar stappen bij het lichaam vandaan en doopte haar tenen in het water. Af en toe wierp ze een blik op hem. Totdat hij stopte met bewegen. Ze ging terug en luisterde of hij dood was: dat was hij. Eindelijk. Ze rolde hem, als een zak aardappelen, dieper en dieper in het water. Met elke duw leek het lijk lichter en lichter.

Archimedes had gelijk.

Toen hij zover het water in was als ze kon, zwom ze terug naar de oever, raapte haar kleren bij elkaar en kleedde zich om.

Ze liet zijn spullen liggen waar hij ze had laten vallen.

Terwijl de zon van de nieuwe dag de hemel vuurrood kleurde, keerde Angela terug naar het water.

Ze scande de kustlijn en zag geen teken van hem. Ze doopte de sleutel in het water om het bloed af te spoelen en huppelde toen naar huis. Na een lange douche sliep ze als een roos.

HOOFDSTUK 12

R IBBY OPENDE HAAR OGEN. De binnenstromende zon deed haar ineenkrimpen. Een bekend déjà vu gevoel deed haar rechtop gaan zitten. Ze rekte zich uit en gaapte, zich afvragend waarom ze zich zo vreselijk voelde. Ze kon zich niets meer herinneren nadat ze aan de bar had gezeten.

Ze klauterde uit bed en zette de koffie klaar terwijl ze zich douchte en aankleedde. Ze zag haar jurk op de grond liggen, verfrommeld. Ze raapte het op en er viel zand op de vloer. Ze haalde haar schouders op en gooide het in de wasmand.

Terwijl ze suiker door haar koffie roerde, dacht ze na over de jurk en het zand. Ze probeerde zich de avond ervoor te herinneren, maar er kwam niets.

Ze keek voor haar deur naar de krant. Ze wierp een blik op de kop terwijl ze haar koffie pakte. Ze stopte de krant onder haar arm en trok de glazen deuren terug en werd overvallen door geluiden van chaos. Politiewagens. Ambulances. Brandweerwagens. De pers. Een menigte toeschouwers. Bedlam en niet ver van haar huis. De politie had het grootste deel van het gebied afgezet met zandbarrières. Vlakbij de waterkant was een ander gebied afgezet met vlaggen.

Angela had een vrij goed idee waar al die ophef over ging.

Ik moet zien wat er gebeurt.

Misschien is het een afgesloten set voor een realityprogramma. Of een film.

Oh, dat zou spannend zijn. Ik ga een kijkje nemen.

Ribby kleedde zich aan en ging naar het strand. Ze wurmde zich in de menigte en vroeg aan een oudere dame wat er gebeurd was.

"Dood," zei de vrouw. "Dood gevonden. Snapperschildpadden moeten hem te pakken hebben gekregen. Wat een gezicht!" Ze veegde haar voorhoofd af met een zakdoek.

Duuun dun duuun dun dun dun dun dun dun BOM BOM...

Het thema van Jaw? Moet dat? Ze zei dat het een schildpad was.

"Mijn hemel, arme man."

Ik deed het op mijn manier.

Jij, shh. Alsjeblieft.

De politieman had een megafoon. Hij vroeg iedereen zich te verspreiden tenzij ze bewijsmateriaal hadden.

Duuun dun duuun dun dun dun, BOM BOM...

Klapschildpad.

RIBBY, BANG DOOR DE chaos rond haar nieuwe huis, keerde terug naar haar oude huis.

Waarom ga je daar terug naartoe? Blijf hier en kijk wat er aan de hand is.

Nee, ik wil weg van het lawaai.

Wat als Martha en een van haar beaus luidruchtiger zijn met de bouncy-bouncy?

Ewww. Die brug steek ik over als ik er ben.

Ze opende de jaloezieën in de woonkamer. Buiten bewoog er niets, zelfs geen briesje. De klok tikte achter haar synchroon met haar hartslag. Het was stil, bijna te stil. Ze sloot de jaloezieën.

Ze pakte de afstandsbediening en zette de televisie aan. Ze klikte wat rond maar vond niets dat haar interesse wekte. Ze bladerde door een tijdschrift en koos toen een boek van de plank. Geen van beide hield haar aandacht vast. Ze ging naar de keuken en zette een kopje thee voor zichzelf.

Op de terugweg ging de voordeurbel. Ze opende de deur en stond oog in oog met hun buurvrouw. Mevrouw Engle was gewapend met twee ovenschalen.

"Hallo, Ribby," zei mevrouw Engle terwijl ze naar binnen duwde. "Nou, je moeder vertelde me dat je hier ruimte voor had in de koelkast." Mevrouw Engle zette de ovenschotel op tafel, opende de koelkast en leunde naar binnen om een plekje te begluren.

"Ik ben het hele weekend weg geweest. Ik heb niet eens de kans gehad om in de koelkast te kijken."

"Er is genoeg ruimte. Ik moet..." Mevrouw Engle maakte haar zin niet af. Ze schoof alles door elkaar en zette toen haar spullen erin. "Ik kom over een paar dagen terug om het te halen, Rib. Mijn betoveroom Phil is overleden. Ze komen allemaal bij mij. Ze eten veel. Je moeder zei dat alles wat ik er in kon doen goed voor haar zou zijn."

"Het spijt me te horen van je oom. Je bent natuurlijk altijd welkom." Ribby begon naar de voordeur te lopen in de hoop dat haar buurvrouw zou volgen.

"Je bent een schat, Rib," mevrouw Engle aarzelde, stond stokstijf stil. "Vermaak je nog steeds die lieve kleintjes in het Ziekenhuis?"

"Dat doe ik zeker. Zonder mankeren, elke maandag."

Ze liepen naar de voordeur.

"Oh, trouwens, je moeder zei dat ze tot dinsdag of woensdag weg zou zijn. Zij en Tom, of Jerry, ik weet niet zeker welke, zijn een paar dagen naar de kust. Hij heeft astma, weet je dat niet? Zijn dokter stelde voor om de stad uit te gaan. Je moeder ging mee voor gezelschap en ze nam Scamp mee."

Ribby sloeg haar armen over elkaar. "Mama op een verlengde vakantie. Had ik het maar geweten, dan had ik wat langer bij mijn vriendin Angela kunnen blijven."

De wenkbrauwen van mevrouw Engle gingen omhoog. "Nou, ze had het telefoonnummer van je vriendin niet."

"Bedankt dat je me dat hebt laten weten." Ribby opende de deur en volgde mevrouw Engle de veranda op.

In het donker zoemden de muggen en tsjirpten de krekels. Haar gekruiste armen boden weinig bescherming tegen de koelte van de nachtlucht.

"Welterusten, Ribby, en nogmaals bedankt."

"Welterusten, mevrouw Engle." Ribby deed de voordeur dicht en op slot.

Ze is een gekke oude laars.

Ze is al onze buurvrouw sinds ik een klein meisje was.

Oh, de verhalen die ze kon vertellen.

Ze is geen roddelaarster, zoals sommige andere buren.

Het leven in de buitenwijken.

Ja, het is meestal erg saai.

Het is hier veel te stil en ik heb dorst. Ik bedoel naar een drankje. Een echt drankje.

Mam heeft waarschijnlijk Jack Daniels, maar ze zal het missen als we een druppel nemen.

Kom op, leef gevaarlijk.

Ribby stemde toe, schonk een glaasje in en gooide het achterover. Het brandde op weg naar beneden. Het brandde goed.

Meer alsjeblieft.

We kunnen dit beter vervangen voordat mam het merkt.

Denk erover na... wie heeft ervoor betaald? Wij.

Ja, maar de hele fles. Mijn maag doet pijn en mijn hoofd tolt.

Tijd om naar bed te gaan. Uitslapen.

Op weg naar boven hing Ribby aan de leuning om zichzelf in evenwicht te houden. In haar kamer gooide ze haar kleren uit en viel in bed. Ze ging rechtop zitten en herinnerde zich dat ze de deur niet op slot had gedaan. Ze zwaaide erheen, deed hem op slot en plofte weer in bed.

Beter veilig dan sorry.

Al snel was Ribby diep in slaap. Ze droomde dat ze Deborah Kerr was die de liefde bedreef met Burt Lancaster in From Here to Eternity.

De golven sloegen over hun lichamen en voerden hen mee naar de zee. Ze waren in een diepe omhelzing aan elkaar gekluisterd. Toen keek Lancaster naar haar op, alleen was hij Burt Lancaster niet meer. Hij was een vreemdeling. Er stak een sleutel uit zijn oog. Er zat bloed aan haar handen.

Ribby werd gillend wakker. Ze sprong uit bed en rende naar de badkamer om het bloed van haar handen te wassen. Terwijl ze de kraan opendraaide, wierp ze een blik op haar vingers. Het bloed was er niet meer. Angela droomde verder.

HOOFDSTUK 13

NEEM EEN VRIJE DAG.

Vraag je me om me ziek te melden? Ik meld me niet ziek.

Vergeet op zijn minst het ziekenhuisoptreden. Ik kan er vandaag niet heen.

Ik zal erover nadenken.

Naarmate de dag vorderde, kreeg Ribby een ongemakkelijk gevoel.

Voor de allereerste keer belde ze het ziekenhuis en annuleerde haar optreden. "Ik maak het goed en doe twee optredens een andere week," zei ze om zichzelf beter te voelen.

Bedankt, Rib.

Ik doe het niet omdat je het me vroeg, ik heb afgezegd omdat ik naar huis moet.

Waarom? Bedoel je naar Martha? Ze is er niet eens.

Ik weet niet waarom. Ik weet gewoon dat ik moet gaan.

Het zal wel!

Na het werk nam ze de bus en kwam al snel bij haar huis aan. Daar, op de veranda, zat een vrouw. Een vreemde. Toen ze dichterbij kwam, hoorde ze gesnik en *de vrouw keek op. Het was de zus van haar moeder, tante Tizzy, die ze al jaren niet meer had gezien. Ribby wist niet wat er tussen hen gebeurd was, maar ze wist wel dat tante Tizzy gezworen had nooit meer een voet voor de deur van haar zus te zetten. En toch, daar was ze.*

Wat doet ze hier?

Geen idee. Dat vertelt ze ons vast wel als het haar uitkomt.

Dat zal interessant zijn. Niet dus.

Ribby haalde herinneringen op aan hun laatste ontmoeting. Het was op haar zevende verjaardag. Tante Tizzy had een speciale Barbie pop taart voor haar gemaakt. Er zat een roze jurk van glazuur op, met rondom strikken van marasquin kersen en kokos. Barbie's lichaam stond in het midden van de taart. Nadat iedereen zijn stukje had gegeten, mocht Ribby als de jarige Barbie eruit trekken. Ze mocht haar houden. Tante Tizzy had verschillende outfits voor Barbie gekocht. Alleen was tante Tizzy vergeten Barbie in te pakken voordat ze haar in de taart stopte. Wekenlang viel er glazuur, kokos en cake uit de aanhangsels van de pop.

"Kom binnen, tante Tizzy," zei Ribby nadat ze zich uit de greep van haar tante had bevrijd. "Wat is er gebeurd? Gaat het goed met mam?"

"Dit heeft niets met Martha te maken," zei ze gevolgd door nog een huilbui.

We hebben dit niet nodig. Zeg haar dat ze naar een hotel moet gaan.

Dat kan ik niet doen, ze is familie.

Ze is een drama koningin.

Eenmaal binnen bood Ribby Tizzy een kopje thee aan. Ze weigerde.

"Laten we je even afleiden en wat televisie kijken. Heb je honger? Ik kan iets bestellen of maken?"

"Als je het niet erg vindt, wil ik graag voor je koken," stelde tante Tizzy voor. "Het zal mijn gedachten van alles afleiden, meer dan tv kijken." Ze liep de keuken in. "Een schort?"

Ribby opende de lade en haalde er een van Martha's schorten uit.

Tante Tizzy maakte het om zich heen vast. "Wat eet je graag?"

"Verras me," zei Ribby. "Als je iets niet kunt vinden, roep je maar."

"Zal ik doen."

Zelfs met de televisie aan kon Ribby haar tante in de keuken horen rommelen en neuriën.

Enige tijd later hoorde ze borden en bestek op tafel gezet worden en ze ging naar binnen om te vragen of ze kon helpen.

"Nee, ga maar zitten," zei tante Tizzy. "Spaghetti Bolognaise en knoflookbrood met kaas komen eraan. Wat wil je drinken? Heb je wijn?"

"Alleen water. Ik kijk wel of er wijn is."

"Nee, dat is prima. Ik hoef niets. Ik dacht alleen dat je wel wat zou lusten."

Ze kletsten en genoten van een heerlijk diner, waarna ze opruimden.

"Ik ben uitgeput," zei tante Tizzy. "De bank is prima. Ik wil niet tot last zijn."

"Helemaal geen probleem, je kunt bij mijn moeder op de kamer slapen. "

"Weet je zeker dat ze dat niet erg vindt?"

"Nee, ik denk dat ze blij zal zijn dat je langs bent geweest."

Ze zou verrast zijn haar te zien.

Uren later lag Ribby te woelen en te draaien in bed. Aan de overkant van de gang klonken de sporadische snikken van haar tante.

Op de lijst om te kopen stond een hoofdtelefoon met geluidsisolatie.

Goed idee!

Daar ben ik hier voor.

HOOFDSTUK 14

IN DE DROOM ZWEEFDE Ribby hoog op een wolk. Alles was zwart en wit, behalve haar rode jurk. Het was net een trouwjurk met een lange sleep die over de wolkenranden heen vloeide.

Ze zweefde haar appartement binnen en zag zichzelf niet één, maar twee keer met iemand vrijen. Toen ze eenmaal in slaap was gevallen, kleedde de man zich aan en verliet het gebouw.

Op straat was ze nu Angela. Ze liep blokken en blokken verder en toen de oceaan in. Dieper en dieper ging ze, terwijl het water tot boven haar hoofd steeg.

Ribby wilde naar beneden reiken en haar grijpen om haar te redden, maar ze kon het niet. Ze riep Angela vanaf haar wolk, gooide de sleep van haar jurk naar beneden en smeekte Angela om hem vast te pakken. Maar Angela leek haar niet te horen.

Angela was volledig ondergedompeld. Alleen belletjes stegen naar de oppervlakte.

Ribby dook van haar wolk in het water.

Toen ze Angela vond, dreef ze met haar gezicht naar beneden.

Ribby werd Angela, Angela werd Ribby en samen braken ze door de oppervlakte.

HOOFDSTUK 15

T OEN RIBBY WAKKER WERD, fluisterden stemmen op de radio de trap op. Ze vroeg zich af of haar moeder was teruggekeerd.

Ze kleedde zich aan en ging naar beneden waar tante Tizzy als de dood opgewarmd aan de keukentafel zat.

De koffiepercolator pruttelde er lustig op los. Tante Tizzy had de tafel al gedekt met graankommen, toast en jam.

"Goedemorgen," zei Ribby. "Heb je goed geslapen?"

Tante Tizzy knikte zonder iets te zeggen.

Ribby had haar willen vragen naar de reden van haar bezoek, maar besloot dat niet te doen. Ze wilde niet dat haar tante weer begon te jammeren. Ze zou wel vertellen waarom ze was gekomen als ze er klaar voor was.

Ik zou willen dat ze doorging. Ze is niet voor niets helemaal hierheen gekomen.

Shhhh. Wees niet onbeleefd.

Na een paar momenten van stilte ging Ribby de veranda op om de krant op te halen. De koppen luidden: "Autopsie voltooid - Vermoord!" Ze bladerde door het verhaal over Jason Edward Thompson, de identiteit van de man die dood bij haar appartement was gevonden. Ze concentreerde zich op de foto en herkende hem: het was Ed de uitsmijter. Het was een grote vent en ze vroeg zich af hoe zoiets kon gebeuren in de buurt waar zij woonde. Het was triest dat hij zo jong stierf en ook al kende ze hem niet, ze had medelijden met zijn familie.

Ribby legde de krant op de keukentafel en schonk zichzelf een kop koffie in. Ze richtte haar aandacht op haar tante. "Als je klaar bent om te praten, ben ik er voor je."

"Ik kon nergens anders heen," zei tante Tizzy. "Mijn man heeft me verlaten voor een andere vrouw. Mijn dochter haat me. Ze zegt dat haar vader niet op zoek zou zijn gegaan naar iemand anders als ik een betere vrouw voor hem was geweest. Jenny is vijfentwintig, is nog nooit van huis weggeweest en ze is daar alleen en leeft misschien wel op straat. Ik moest komen kijken of ik haar kon vinden en thuisbrengen. Haar vriendin zei dat ze er vrij zeker van was dat Jenny deze kant op kwam. Ik hoopte dat ze contact met jou zou opnemen. Heb je iets van haar gehoord?"

Oh broer.

"Het spijt me, maar ik was het hele weekend weg en mijn moeder ook. Heeft ze ons adres?"

"Misschien heeft ze het uit mijn telefoon gehaald. Ze heeft niet veel geld, zelfs geen creditcard. Mijn man geeft mij de schuld. Hij maakt zich net zoveel zorgen als ik, maar hij heeft zijn beetje aan de kant om hem te troosten." Haar stem trilde.

Klinkt als een aflevering van The Young and the Restless.

Gedraag je.

"Je moet zo bezorgd zijn. Het spijt me, maar ik moet me aankleden en naar mijn werk. Als je wilt, kunnen we afspreken voor de lunch en meer praten?" Ribby haastte zich de trap op terwijl ze verder ging. "Ik werk in de bibliotheek. Misschien komt ze langs om de gratis wi-fi te gebruiken. Veel mensen doen dat. Je zou ook de stad in kunnen gaan om haar te zoeken."

"Ik blijf liever hier, maar ze heeft mijn mobiele nummer."

"Heb je contact opgenomen met de politie?"

"Ik heb ze gebeld. Ze hebben mijn nummer en dat van Gordon. Wat kan ik nog meer doen?"

"Heb je een recente foto van Jenny?" Ze trok haar jurk over haar hoofd en voegde er toen aan toe: "Ik zal wat flyers maken en die kunnen we in de hele stad ophangen."

"Goed bedacht. Ik ben zo blij dat ik hier ben gekomen," zei tante Tizzy.

Ribby haalde een borstel door haar haar. Ze haastte zich terug naar de keuken. Tante Tizzy rommelde in haar tas, haalde er een foto van haar dochter uit en overhandigde die aan haar. Ze zei tegen haar tante dat ze het zich gemakkelijk moest maken en ging naar buiten, waarbij ze even pauzeerde om naar het huis te kijken.

Haar tante zwaaide naar haar als een verloren kind vanachter de open jaloezieën.

HOOFDSTUK 16

*R*IBBY GING NIET NAAR *zijn werk omdat Angela zich ziek meldde.*

Angela ging naar het appartement en kleedde zich om in haar badpak. Terwijl het directe zonlicht op haar balkon scheen, ving ze een paar stralen op. Toen het zonlicht wegtrok, gooide ze een zonnejurk over haar badpak, pakte een tas in en ging op weg naar het strand. Angela hield van de drukte, het gezoem en de geluiden van de stad. Tante Tizzy's voortdurende gejammer en gezeur maakte haar gek.

Toen ze langs het schoolterrein liep, zag ze een klein meisje huilen. Het kind keek op en toen weer naar beneden, alsof ze de aandacht niet op zich wilde vestigen.

"Wat is er?" vroeg Angela.

"Niets," antwoordde het kind.

De schoolbel klonk en het kleine meisje veegde haar tranen weg en trok haar jurk recht.

Angela keek toe, hopend dat ze op de een of andere manier had geholpen door te stoppen.

Het kind draaide zich naar haar toe en stak haar tong uit.

Brutaal mevrouwtje.

Angela kocht een exemplaar van Gone With The Wind om op het strand te lezen.

"Ik moet er van huilen," zei de dame achter de kassa.

"Rhett Butler kan altijd crackers in mijn bed eten," antwoordde Angela.

Het zand was gloeiend heet terwijl het door de zijkanten van haar sandalen schuurde. Ze was dol op het strand, maar niet zo dol op zand overal.

Ze spreidde haar deken uit, ging op haar buik liggen en sloeg haar boek open. Ze keek toe hoe stelletjes hand in hand zwijmelend over elkaar voorbij liepen. De meeuwen doken rond haar hoofd en richtten alsof haar blonde pruik een doelwit was.

Angela viel in slaap terwijl ze luisterde naar de geluiden van de meeuwen en de golven die op de kust beukten. Toen ze wakker werd, was het bijna 17.00 uur en ze verzamelde zichzelf en haar spullen en stopte ze in haar tas. De zon gaf geen warmte. Haar rok draaide om haar benen in de wind.

Het was niet haar gebruikelijke avond om in het ziekenhuis op te treden. Dit was een make-up optreden.

Ribby maakte een flyer en drukte er een paar af met de bedoeling er een paar onderweg op te hangen en op het prikbord van het ziekenhuis.

Waarom moeten we blijven optreden voor die snotapen?

#1. Het zijn geen snotapen. Het zijn engeltjes die een slechte hand hebben gekregen. #2. Ik doe alles om ze te laten lachen, om ze te zien lachen. Om de last voor hun

families te verlichten. #3. Als je het niet leuk vindt, kun je het weggooien.

Dat is me verteld.

Precies.

Voor nu.

N A HET OPTREDEN IN het ziekenhuis ging Ribby naar huis. Voor haar huis stond het witte Attics-R-Us busje. Ze wierp een blik op het raam, zag dat de luxaflex openstond en rende de trap op. Er klonk een bloedstollende gil.

Ribby's hart klopte zo hevig dat ze dacht dat het uit haar borst zou breken. Ze rende door de gang, de keuken in waar ze tante Tizzy op de grond vond, met haar vuisten slaand tegen de logge vorm van de Attics-R-Us man.

Ribby aarzelde niet toen ze in de besteklade greep en een groot mes tevoorschijn haalde. Ze viel aan en stak het mes in zijn rug.

Hij viel voorover en maakte een afschuwelijk gorgelend geluid. Ribby trok het mes eruit en het bloed stroomde.

Tante Tizzy zat bekneld onder de lompe man en gaf zijn lichaam een duw.

Ribby hielp haar overeind en de twee stonden naar achteren toen de bloedplas zich uitbreidde.

Tante Tizzy gilde.

Ribby gilde.

Als twee kippen zonder kop renden ze huilend en krijsend door de keuken.

STOP.

Ribby gehoorzaamde en stond stil.

Tante Tizzy bleef rondrennen.

STOP. Je maakt me duizelig, tante Tizzy.

Ze stopte. Ze keek naar het lichaam, naar de plas bloed. Ze tilde haar jurk op. Nog meer bloed. Ze probeerde het weg te vegen.

"Ik moet..." Tante Tizzy liep naar de gootsteen en braakte erin.

Ribby luisterde naar de geluiden van het overgeven en het tikken van de klok. Ze trommelde met haar vingers op de keukentafel.

Kalm. Ik ben nu rustig.

Jezus, Ribby.

Ik moest tante Tizzy redden. Ik moest wel. Misschien is hij niet dood. Misschien moet ik een ambulance bellen?

Geen ambulance. Controleer of hij een pols heeft.

Ribby pakte zijn pols.

Heb je hier geen horloge voor nodig?

Angela nam het over.

Zo dood als een pier.

Ik heb iemand vermoord, ik heb iemand vermoord!

Ja, dat heb je gedaan. Je verraste me. Nu hebben we een plan nodig.

Ik moet eerst met mijn tante praten.

Nee, we hebben een plan nodig. Tante Tizzy kan wachten.

Tante Tizzy probeerde te gaan zitten, maar in plaats daarvan schreeuwde ze en rende naar boven.

We moeten hem omdraaien.

Hoe zit het met het mes?

Onder de gootsteen, pak de rubberen handschoenen. Zoek dan iets om het in te doen, zoals een krant, deken of handdoek. Iets dat niet gemist wordt.

Ribby vond de handschoenen en trok ze aan. Ze pakte een krant uit de prullenbak waarin ze het mes wikkelde, plus een deken en een handdoek uit de linnenkast.

Nu, terug bij het lichaam, bukte ze zich en gaf het een duw. Het stuiterde meteen weer terug. Ze deed nog een poging, dit keer duwde ze het lichaam met de beweging mee en hield het vast met haar been. Ze moest kokhalzen, maar wist de inhoud van haar maag binnen te houden. Ze draaide hem de rest van de weg om. Zijn penis floepte eruit en zijn hoofd raakte de tafelpoot met een doffe dreun. Ze gooide de deken over hem heen, ervan overtuigd dat hij nu dood was.

Van boven riep tante Tizzy: "Wie was die S.O.B. eigenlijk?"

TANTE TIZZY KWAM TERUG naar de keuken. "We moeten de politie bellen," zei ze.

Absoluut niet.

Ze heeft gelijk, we moeten de politie bellen.

Wil je naar de gevangenis omdat je die verkrachtende klootzak hebt vermoord?

Ik zal het uitleggen. Ik redde tante Tizzy.

Maar hoe ga je uitleggen waarom hij hier in de eerste plaats was?

"Tante Tizzy. Hoe kwam hij binnen? Waarom liet je hem binnen?" vroeg Ribby.

"Hij klopte op de deur en kwam meteen binnen, alsof hij verwacht werd. Ik dacht dat hij een vriend van Martha was, dus bood ik hem een kop koffie aan. Op het moment dat ik hem de rug toekeerde, duwde hij me op de grond en...en..." ze sloeg haar handen over haar gezicht en snikte.

Ribby troostte haar met: "Het komt goed. Dat beloof ik. We komen er wel uit."

We moeten van het lichaam af.

Weg ermee! Hoe? Waarom?

Omdat je hem vermoord hebt en omdat zijn busje nog steeds voor het huis geparkeerd staat.

Het busje. Ik ben het busje vergeten.

We moeten hem hier weghalen.

Hij is veel te zwaar om op te tillen. We hebben een kruiwagen.

Goed idee. We zetten hem in de kruiwagen.

"Tante Tizzy," Ribby klopte op haar hand. "Waarom zet je geen lekker kopje thee voor ons? Ik ga even naar buiten...kunt u een kopje thee voor ons zetten, ja?"

"Laat je me daarmee alleen?"

"Ik ben maar een paar minuten weg. Zet de thee, om je gedachten af te leiden. Hij kan je nu niets meer doen."

Eenmaal buiten ontgrendelde Ribby het schuurtje en haalde de kruiwagen tevoorschijn. Ze duwde hem, de wielen gierden over het gazon. Ze probeerde het de trap op te tillen, maar zelfs leeg was het te moeilijk. Ze draaide zichzelf en de kruiwagen om. Achteruit lopend trok ze net zo lang tot hij de trap op stuiterde naar het voorportaal. Uitgeput opende ze de voordeur en duwde de kruiwagen verder door de gang naar de keuken.

Vraag of ze je wil helpen. Ik bedoel om hem erin te krijgen.

Dat zal ik doen. We moeten zijn lichaam kwijtraken voordat de zon opkomt. "En hoe zit het met zijn busje?"

"Welk busje?" Vroeg tante Tizzy.

Oeps. Dat zei ik toch?

Yepper.

"Hij heeft zijn busje buiten laten staan," zei Ribby. Ze deed de voordeur achter zich dicht.

"Laten we het lijk en het busje tegelijk opruimen," stelde tante Tizzy voor.

Nu komt ze in de stemming.

Oh, broer.

Net toen ze zich klaarmaakten om het lijk op de kruiwagen te schuiven, werden ze onderbroken door een klop op de voordeur.

"Wie kan dat zijn?" fluisterde tante Tizzy.

Ribby liep op zijn tenen naar de deur en gluurde door het sleutelgat. Het was mevrouw Engle, gewapend met grote schalen eten in elke hand. Ze had vast met haar elleboog geklopt. Ribby keek naar zichzelf; ze had overal bloedvlekken op haar kleren.

"Joehoe, Ribby. Ik ben het, mevrouw Engle. Ik moet nog een paar dingen in uw koelkast doen. Ik hoop dat u het niet erg vindt."

Ribby pakte haar jas van de haak en gooide die aan, waarna ze de deur opende. Ze bood aan om de bakjes in de koelkast te zetten. Met haar voet probeerde ze de voordeur te sluiten.

"Dank je wel, schat," zei mevrouw Engel. "Oh, en trouwens, ik ga een paar dagen weg en kom dan terug voor de begrafenis. Ik laat mezelf wel binnen met de reservesleutel als je er niet bent." Ze leunde voorover voordat ze fluisterde. "Iedereen komt hier na de begrafenis eten. Ik begrijp nooit waarom begrafenissen familieleden zo hongerig maken. Ik denk dat het een natuurlijke reactie is, geconfronteerd met de sterfelijkheid van een geliefde. Op mij heeft het altijd het tegenovergestelde effect."

"Ik hoop dat alles, eh, goed gaat voor jou en je familie," zei Ribby terwijl hij de deur weer probeerde te sluiten.

"Dank je, schat." Mevrouw Engel liep de trap af en het gazon op.

Ribby haalde opgelucht adem, maar bleef kijken,

Mevrouw Engel draaide zich om: "Hebben jullie trouwens al iets van Martha gehoord?"

"Nee, nee, dat hebben we niet," gaf Ribby toe.

"Oh, ik dacht..." zei mevrouw Engel, terwijl ze naar het witte busje keek.

"Ik kan deze maar beter voor u in de koelkast zetten, mevrouw Engel," zei Ribby. "Ze ruiken zo lekker en ik heb zo'n honger dat ik ze nu zelf wel op zou kunnen eten!"

"Je bent welkom voor restjes bij mij na de bijeenkomst. Het zou zonde zijn om zonder eten te zitten." Ze draaide zich om en ging op weg naar huis.

"Oef!" zei Ribby. Ze schopte de voordeur dicht en ging de keuken in. Tante Tizzy zat ineengedoken in de hoek en handenwringend als Lady Macbeth.

Ribby zette de braadpannen weg, scheurde de jas uit en gooide die in de hal, en ging toen naar haar tante.

"Wat gaan we doen, Ribby?" zei tante Tizzy. "We moeten hem hier weghalen. Wat gaan we doen? Wat? Wat? Wat?"

Ribby gaf Tizzy een klap. Na de eerste schok kwamen ze samen met een knuffel.

"Ik heb een plan, tante Tizzy. Maak je geen zorgen. Maar eerst moet ik een paar dingen uit de schuur buiten halen. Ik ben zo terug, dat beloof ik."

Toen mevrouw Engle en haar zus uit het zicht waren, ging Ribby naar buiten en liet tante Tizzy ineengezakt achter op de bank.

Tante Tizzy keek op haar telefoon of er updates waren. Hij pingelde met een sms van haar man. Jenny was bij hem. Ze was veilig en gezond.

Tizzy sloot haar ogen en liet de opluchting dat haar dochter veilig was over haar heen komen. Het was nogal een dag geweest.

De overweldigende emoties van de afgelopen dagen zwollen in haar op als een enorme golf. Elke emotie kwam naar boven. De pijn, opluchting, pijn, spijt.

Tizzy probeerde te gaan staan, maar haar knieën begaven het onder haar. Ze trilde en schudde terwijl ze zich probeerde te verbergen voor de waarheid en deze probeerde te accepteren.

HOOFDSTUK 17

RIBBY KEERDE TERUG NAAR de keuken. Ze had wat gereedschap bij zich, waaronder: een schop, een bijl, een zeil, een overall, tuinhandschoenen en een schaar. Ze beoordeelde de situatie.

Waar zijn al die spullen voor?

Ik heb gewoon willekeurige dingen gepakt waarvan ik dacht dat ze zouden kunnen helpen.

Dat heb je zeker gedaan.

Ribby zette haar handen op haar heupen. "Laten we hem nu in de kruiwagen leggen."

"Weet je zeker dat hij past?" vroeg tante Tizzy.

Ja, hij past erin.

Hij moet wel, we hebben geen plan B.

"We gebruiken de deken en slepen hem erop," bood Ribby aan. "We hoeven hem niet per se op te tillen. We rollen hem op de deken en kunnen bijsturen als dat nodig is. We hoeven hem alleen maar in de kruiwagen te leggen en vanaf daar is het makkelijk."

"Ribby, je maakt me bang! Het is net alsof je dit eerder hebt gedaan," zei tante Tizzy. "Uh, dat heb je toch niet?"

"God nee, tante Tizzy, maar ik heb boeken gelezen en films gezien. Laten we nu gaan. Pak de andere kant van de deken vast en als ik tot drie heb geteld, verschuiven we hem allebei. Oké?"

Toen ze eenmaal wat vaart hadden, was hij gemakkelijk op de deken te rollen. Nu kwam het moeilijke gedeelte.

"En nog een keer. Na drie."

"Oké Rib, wat jij zegt."

"1, 2, 3—heave ho!" zei Ribby. Het hoofd van de dode man maakte een hol klinkelend geluid toen het in contact kwam met de metalen container.

"Nog een keer!" commandeerde Ribby. "1, 2, 3—ja!" zei Ribby terwijl ze het lichaam voor driekwart op de kruiwagen deponeerden.

"Nu zet ik het rechtop," zei Ribby, "en jij stopt de benen erin en ...zijn stukjes."

"Dat stop ik echt nergens in!" zei tante Tizzy. "Het kan bungelen tot aan de komst van het Koninkrijk!"

Ribby lachte ondanks zichzelf, en al snel viel tante Tizzy ook in lachen uit.

De twee vrouwen waren hysterisch.

Amateurs.

Angela raapte het ingepakte mes op en nam het mee naar boven. Ze veegde het bloed en de vingerafdrukken weg voordat ze het opnieuw inpakte. Ze verstopte het mes helemaal achterin Martha's sokkenlade.

Angela ging terug naar beneden waar ze de bloederige rommel in de keuken opdweilde.

Tegen de tijd dat ze klaar was, waren Ribby en Tiz voldoende gekalmeerd.

Schiet eens op, Rib.
"Kom op, tante Tiz. Laten we dit doen."
"Ik doe mee."
Halleluja! We zijn opgestegen.

O ké, NU MOETEN WE zijn autosleutels zoeken. Reik in zijn zakken, Tizzy."

"Dat doe ik niet!"

"Ga aan de kant," zei Angela. Ze vond de sleutels in zijn jaszak.

"Nu rijden we hem terug naar het busje en dan..."

"Bedoel je hem naar buiten brengen, hierin?" Vroeg tante Tizzy.

"Yepper. We hebben geen keus, Tiz. We moeten dit doen terwijl het donker is. We moeten hem in zijn busje krijgen."

"Hoe gaan we hem erin tillen, Rib? Dat is onmogelijk."

"We moeten wel. We hebben geen keus," zei Ribby.

Ribby gooide het zeil over het lichaam.

Ik zei toch dat het handig zou zijn.

Slimme broek.

Ribby en Tante Tizzy moesten samen duwen om het lijk naar het busje te krijgen. Ribby ontgrendelde het bestuurdersportier en opende de achterkant van het busje. Ze drukte op een blauwe knop net in de laadruimte en de hydraulische lift gromde naar beneden. Samen lukte het de twee vrouwen om de kruiwagen op de lift te krijgen en al snel lag het lichaam achter in het busje.

Ribby ging terug naar binnen en ontdeed zich van haar bebloede kleren en verstopte ze achter in haar kast in een plastic zak.

Hoe zit het met het mes?

Het is in orde, het is me gelukt.

Eenmaal weer buiten zei Ribby: "Jij moet rijden, tante Tizzy, want ik weet niet hoe."

"Maar ik ben te bang om te rijden in zo'n grote stad! Ik kan het niet! Ik wil niet!"

"Kijk, we hebben geen tijd voor deze onzin," onderbrak Angela. "Je bent bang om te rijden terwijl we hier een dikke dooie hebben die we kwijt moeten! Om nog maar te zwijgen over nieuwsgierige buren! We moeten zijn busje en zijn lichaam kwijtraken nu het nog donker is."

"Tenzij je natuurlijk wilt dat ik de politie bel en ze vertel dat we hem vermoord hebben, tante Tizzy?"

Tante Tizzy's kaak viel open.

Technisch gezien hebben jullie hem vermoord. Ik zeg het maar.

Ik weet het.

Tante Tizzy doe dicht, anders vliegt er een mot naar binnen.

"We rijden door naar The Bluffs waar we het lichaam en het busje kunnen dumpen, tante Tizzy, maar je moet er even tussenuit. Je moet ons daarheen brengen! Wat zeg je ervan?"

Tante Tizzy knikte.

"Oké dan, laten we gaan!" Ribby legde de sleutels van de dode man in de palm van de trillende hand van haar tante.

HOOFDSTUK 18

Ondanks alles was tante Tizzy een goede chauffeur, zij het een nerveuze.

Onderweg stopten ze bij een benzinestation, niet ver van The Bluffs waar Ribby een taxi bestelde om hen over een uur op te halen.

Toen ze het afgelegen gebied inreden, zei Ribby: "Doe het grootlicht aan, tante Tizzy." Ze baanden zich een weg naar voren, terwijl de maan aan de horizon hen dichterbij lokte.

"Stop!" zei Ribby. Toen het voertuig tot stilstand kwam, stapten zij en Tante Tizzy uit.

"Woo-ee!" riep tante Tizzy uit. "Het is zeker een heel eind naar beneden!"

"Kom niet te dichtbij," zei Ribby, "de helling brokkelt af."

Ze deden een paar stappen achteruit, net toen de wolken zich scheidden en het sterrenlicht fonkelde. Ze stonden samen, rillend, zij aan zij met de wind om hen heen. Tante Tizzy omhelsde zichzelf.

"Het is zeker prachtig," zei tante Tizzy.

"Ik moet je hier overdag naartoe brengen, zodat je de schoonheid ervan ten volle kunt zien."

"Dat zou ik heel fijn vinden, Ribby. Ik vergat je trouwens te vertellen dat Jenny bij haar vader is. Ze sms'te me een tijdje geleden."

"Dat is uitstekend nieuws."

OMG! Wat is dit, The Young and the Restless? Schiet op Rib!

Oké, oké. "Tante Tizzy, je hoeft het busje alleen maar in de versnelling te zetten en zodra het voertuig vooruit komt, spring je eruit. Het zal over de klif gaan en de snappers zullen hem als ontbijt hebben. Dag, vette klootzak. Tot ziens, busje van de vetzak. Dag problemen. Einde verhaal! Dan kunnen we terug naar ons leven. Het zal ons geheimpje zijn."

"God zal het weten," zei tante Tizzy.

En ik.

"God zal het begrijpen, want het was zelfverdediging. Hij verkrachtte je, tante Tizzy!"

Ze krijgt koude voeten Ribby. Doe het nu.

"God weet het altijd," zei tante Tizzy terwijl ze zich omdraaide en wegliep. Ze wierp een blik over haar schouder, opende toen de deur van het busje en klom naar binnen. Ze trok de deur dicht en de motor startte. Ze gaf één, twee, drie keer gas. Toen liep ze naar de rand van de klif.

"JUMP, Tante Tizzy!"

Het was te laat. Het busje reed door. Over.

Ribby rende naar de rand en was er net op tijd om het busje het water te zien raken.

Ze probeerde te schreeuwen, maar er kwam niets uit.

Niets. Tot het overgeven begon. Ze viel op haar knieën.

Stomme vrouw.

Dat had ze niet hoeven doen. Ze hoefde niet te sterven.

Het was haar beslissing. Haar keuze.

Ik blijf denken aan de Barbiepoptaart die ze voor mijn verjaardag maakte.

Niemand kan die herinnering wegnemen. Laten we nu maken dat we wegkomen.

Het was niet volgens plan gegaan. Maar dat gebeurt nooit, zelfs niet in films. Je denkt dat Cary Grant blijft voor het meisje, maar dat doet hij niet. Je denkt dat Humphrey Bogart Ingrid Bergman zal tegenhouden om in het vliegtuig te stappen, maar dat doet hij niet. Zelfs als je wilt dat het zo is, gebeurt het niet zoals je wilt.

HOOFDSTUK 19

R IBBY HING HAAR JAS in de hal en riep: "Ik ben thuis, mam." Ze liep naar de keuken, waar Martha over de tafel gebogen zat met het moordwapen in haar hand.

"Heb je varkens gedood, Rib?" vroeg ze terwijl ze het mes omhoog hield. Martha stond op.

"Ik heb die dikke klootzak vermoord," zei Angela. "Ik heb hem neergestoken, dood."

Martha opende haar mond, maar er kwamen geen woorden of geluiden uit, dus Angela ging verder. "Hij was een walgelijk beest, gewoon een varken, met zijn pik die uit zijn broek hing."

"Ik moest Ma," onderbrak Ribby. "Hij was tante Tizzy aan het verkrachten!"

Ze leert het nooit. Ik had dit onder controle.

Martha legde haar linkerhand op haar heup. De rechterhand met het mes bleef op armlengte afstand. "Waar heb je het in hemelsnaam over? Dikke klootzak? Tante Tizzy?"

"De man in het witte Attics-R-Us busje. Hij is de dikke klootzak," zei Angela. "En wat je zus betreft, Tizzy, die was zo weerloos als een poesje toen hij zich aan haar vergreep."

"Ik heb haar van hem gered," zei Ribby.

Martha draaide zich om, alsof ze het mes wilde neerleggen. Toen bedacht ze zich blijkbaar en stapte achteruit. "En waar zijn ze nu? Als je hem vermoord hebt, waar is dan zijn lichaam?"

Ribby staarde naar het mes. "We hebben hem in zijn busje gepropt en over een klif gereden."

"Het was een perfect plan," zei Angela. "Totdat die gekke zus van je weigerde uit het busje te stappen en ook over de top ging." Angela liep om Martha heen en plofte pesterig in een stoel.

Ribby begon te spreken maar bedacht zich toen de waterkoker floot. Martha legde het mes neer op de keukentafel. Ze haalde melk uit de koelkast en twee mokken uit de kast. De lepels lagen al op tafel, opgesteld als speelgoedsoldaatjes. Terwijl ze inschonk, zei ze: "Eens kijken of ik dit goed begrijp, Rib. Mijn zus kwam hier. Carl Wheeler dacht dat ik open was voor zaken en probeerde het met Tiz. Je hebt hem neergestoken en daarna van de hand gedaan. Verwacht je dat ik dit geloof? Hij was een uitzonderlijk grote man."

"Zeker weten dat hij dat was," zei Angela. "Rib - ik bedoel wij - stopten hem in de kruiwagen. Zo hebben we hem eruit gekregen."

"Oh, ik begrijp het," tilde Martha. "En toen waren jullie van plan om van het lichaam af te komen, maar Tiz gooide een spaak in het wiel toen ze ook overstag ging? En wat deed Tiz hier eigenlijk? Ik heb al jaren niets meer van haar gehoord."

"Haar man heeft haar verlaten voor een andere vrouw, jonger," zei Angela. "Toen liep haar dochter weg. Ze was een puinhoop."

Martha ging zitten en nam een paar slokken van haar thee. "Nou, we moeten iets aan dit mes doen. Het kan niet hier in mijn huis blijven." Martha pakte het mes op en keek naar Ribby die met haar rechterhand thee aan het drinken was. Haar linkerhand lag met de palm naar beneden op tafel. Martha hief het mes op en haalde het naar beneden, waardoor Ribby's hand van haar vriend, de pols, werd gescheiden.

Het theekopje raakte de tafel en stuiterde. Ribby gilde. Martha greep haar rechterhand en drukte hem met de palm naar beneden op tafel. "Vertel me wat hier aan de hand is en wie je in godsnaam bent," eiste ze. "Want ik weet dat je mijn dochter niet bent." Martha tilde het mes omhoog, zodat de punt bijna tegen Ribby's neus aankwam. "Rot op bij mijn dochter, wat je ook bent. Anders verscheur ik haar ledemaat voor ledemaat."

"Mama, niet doen. Niet doen alsjeblieft. Niet doen!"

"Ik ben Ribby. Gewoon Ribby," kirde Angela met Ribby's watjesstemmetje.

Even dacht ze dat Martha haar geloofde. Nog een CHOP, de tweede hand werd afgehakt waardoor Ribby in een fontein met twee tanden veranderde.

"Sterven. We gaan allemaal dood," zong Angela terwijl Ribby huilde en schreeuwde van de pijn. Angela voelde geen pijn en ook geen echt plezier. Alles wat ze deed, alles wat ze probeerde te doen - het was altijd Ribby die er de vruchten van plukte. Maar deze keer niet. "Arme Ribby," zei Angela. "Hoe zal ze nu voor de zieke kinderen in het ziekenhuis zorgen?"

Ribby werd met een gil wakker in haar appartement. Ze controleerde haar rechterhand. Toen haar linker. Beide waren er nog. Te bang om uit bed te komen, hield ze zichzelf vast en keek hoe het zonlicht patronen op het plafond tekende.

T OEN ZE VOLLEDIG WAKKER was, ging Ribby douchen en zich aankleden. Ze besloot een wandeling te maken om haar hoofd leeg te maken. Ze was dankbaar dat het zondag was. Ze kon het werk en de kinderen vandaag niet aan.

Eenmaal buiten verdween de nare droom naar het achterhoofd. Ze vermeed het strand en het geluid van de golven omdat het herinneringen opriep aan tante Tizzy.

Voordat ze terugging, stopte ze bij een café en bestelde een Cappuccino. Hij smaakte zo goed dat ze er meteen nog een wilde. Terwijl ze wachtte om opnieuw te bestellen, kwam Nigel voorbij. Ze had hem al weken niet gezien. Ze wist niet eens zeker of hij haar nog zou herinneren.

"Yo! Nigel," riep Angela terwijl ze tegen het raam tikte.

Hij glimlachte en kwam het café binnen. Hij kuste Ribby op de wang. Ze vond dit oververtrouwd.

"Hoe is het met je geweest?" Vroeg Nigel.

"Druk met werken," zei Angela. "En toe aan een beetje R & R. Wil je iets gaan doen, vanavond?"

Nigel keek naar zijn voeten. "Ik heb nu een vriendin, dus als ik uitga, gaat ze mee."

"Arme Nigel," plaagde Angela, "Nog niet eens getrouwd en nu al geslagen!"

Nigel gooide zijn hoofd achterover en lachte. Hij pakte Angela's hand en klopte er broederlijk op.

"Hoe heet ze dan?" vroeg Angela. "Of is het geheim?"

"Nee, Heer nee," zei Nigel, terwijl hij naar achteren schoof zodat iemand die in de rij was gaan staan kon instappen en bestellen. "Ze heet Anne-Marie."

Angela bedacht zich over bestellen en begon naar de deur te lopen. "Je moet ons op een dag aan elkaar voorstellen."

Nigel schoof naar voren in de rij.

Angela pruilde de hele weg naar huis.

HOOFDSTUK 20

N A HET ZIEKENHUIS, DE volgende avond, nam Ribby de bus naar huis. Het was al bijna donker toen ze aankwam. De voordeur stond wijd open. Binnen klonk muziek die luid genoeg was om het straatverkeer te evenaren. Voorzichtig liep ze de trap op toen Scamp met zijn poten naar haar toe kwam. Hij sprong op en duwde haar omver. Martha kwam langs en lachte toen de hond Ribby's gezicht likte.

"Ga nu weg, Scamp," zei Martha terwijl ze zijn achterwerk met haar voet van zich af duwde. Ze stak haar hand uit om Ribby te helpen. Eenmaal op haar voeten borstelde Ribby zichzelf.

"Je bent bijna vel over been," zei Martha. "Heb je niet gegeten?"

Ribby greep haar moeder vast en sloeg haar armen om haar nek. Martha knuffelde terug en liet toen los, vragend: "Kopje?"

"Je ziet er geweldig uit, mam!" zei Ribby terwijl ze samen naar de keuken slenterden. "Je hebt een geweldig kleurtje."

Martha lachte. "We hebben een geweldige tijd gehad. Ik zou daar zo wonen als ik het geld had. Tom was een geweldige gastheer." Ze liep door de keuken, zette de waterkoker aan de kook en zette de mokken klaar. "Wat heb je allemaal uitgespookt? En van wie zijn die spullen in mijn kamer?"

"Van tante Tizzy."

Martha liet bijna een mok vallen. "Is mijn zus hier? Rondhangen, neem ik aan. Waar is ze dan? Winkelen?"

"Uh, nee, niet echt," zei Ribby. "Ze kwam hier op zoek naar Jenny." Ribby had een vreemd gevoel van déjà vu. Ze rilde en stak haar beide handen in haar zakken.

"Nou, het is zeker grappig dat ze helemaal hierheen is gekomen. We hebben zeker veel in te halen."

"Ik weet niet of ze terugkomt," stamelde Ribby. "Ik denk dat ze misschien naar huis moest. Ik bedoel plotseling."

Martha roerde in wat suiker. "Zonder haar bagage?" Ze nam een slok. "Heb je haar vandaag gezien?"

"Nee, ik was bij mijn vriendin Angela." Ze dronk de thee niet op en deed ook geen poging. Haar handen zaten nog steeds stevig in haar zakken.

Martha dronk haar kopje thee op. Ze schoof haar stoel naar achteren en gaapte met haar mond zo wijd dat er een bus doorheen had kunnen rijden. "Ik ga nu naar bed."

"Welterusten dan, mam," zei Ribby. Ze ruimde haar mok op en bewoog zich door de keuken tot ze Martha boven aan de trap hoorde roepen.

"Uh, trouwens Rib, ik heb dit gevonden," ze hield een mes omhoog. "Het lag ingepakt in mijn sokkenlade."

"Misschien heeft tante Tizzy er iemand mee vermoord," zei Angela terwijl ze de trap op liep.

Martha overhandigde haar het mes en lachte bulderend. "Je hebt nogal een fantasie. We zullen het morgenochtend eens goed wassen. Welterusten."

Angela nam het mes van Martha aan in een nieuwe handdoek.

Waarom heb je een nieuwe handdoek gebruikt?

Dat is aan mij om te weten en aan jou om uit te zoeken.

Ribby verstopte het mes achter in haar kast bij haar bebloede kleren.

Oké, ga dan maar slapen.

Stop met tegen me te praten en ik doe het.

Welterusten, Ribby.

Welterusten, Angela.

HOOFDSTUK 21

R IBBY VIEL IN EEN diepe slaap. Ze droomde dat ze hoog in de wolken zat en keek hoe andere wolken aan haar voorbij trokken. Soms zaten er mensen op de wolken. Af en toe herkende ze iemand. Een beroemd persoon die om zich heen leek te kijken om te zien of iemand hem herkende.

Het was heel vreemd om Cary Grant te zien glimlachen en naar haar te zwaaien terwijl zijn wolk voorbij surfte.

Ribby riep: "Mr. Grant, oh Mr. Grant, u bent mijn absolute favoriete acteur!"

"Je bent heel lief," zei Cary, terwijl zijn wolk verder surfte.

Ribby's ogen volgden hem tot ze hem niet meer kon zien omdat de meeste wolken waren weggerold. Verdwenen.

Met uitzondering van één grote zwarte wolk die op haar af kwam stormen.

Ze wist niet zeker wat ze moest doen, hoe ze zich voort moest bewegen. Ze sloeg met haar armen, maar dat werkte niet. Ze nam een grote hap lucht en ademde uit in de wolk, maar ook dat werkte niet. Ze had deze keer niet door hoe het was om op een wolk te zitten. Voorheen bewoog de wolk als ze dat wilde, maar deze keer gaf hij geen krimp.

De grote zwarte wolk zweefde dichterbij. Ribby ging zitten en omhelsde toen haar knieën. Het zou gaan regenen en daarom waren de andere wolkenrijders beschutting gaan zoeken. Ze voelde zich heel alleen. Was ze maar op de wolk van Cary Grant gesprongen, dan was ze tenminste niet helemaal alleen.

BOEM! Ze viel zijwaarts in de armen van de pluizige wolk. Donder weerklonk door de lege lucht.

KRAK.

De bliksem flitste van de binnendringende zwarte wolk in Ribby's wolk. Ze gilde. Het was heel dichtbij. Het haar op haar armen stond overeind van de statische elektriciteit. Haar huid verhitte, heter en heter.

"Hou op!"

"IK WIL NIET!" schreeuwde een boze vrouwenstem.

De bliksem sloeg opnieuw in Ribby's wolk, deze keer doormidden. Ze rolde opzij en nam de foetushouding aan. Ze keek op en zag een vrouw die opvallend veel op Tante Tizzy leek. Ze droeg losse, zwarte kleding, niet echt een jurk of een mantel, die omhoog en om haar heen sloeg.

"Je hebt me onrecht aangedaan en daar zul je voor boeten. Je kunt je niet eeuwig verstoppen. Grijp nu je kans - en spring!"

"Maar tante Tizzy," jammerde Ribby, "ik heb je leven gered!"

"Je nam mijn leven en stuurde me naar de hel! Jij stom, stom meisje! Geef nu het jouwe op en JUMP!"

"Maar ik, ik wil niet dood."

"Ik ook niet! Nu word ik gemeden uit de hemel. Van God. Voorbestemd om hier voor eeuwig rond te zweven."

Een andere bliksemschicht scheurde Ribby's wolk in vieren.

De wolk verdween in een nevel en toen helemaal niets meer. Ribby hield haar neus vast, alsof ze in een rivier sprong in plaats van dood neer te vallen. Ze riep "Shiiiiiiiittt!" zoals Redford en Newman deden in Butch Cassidy and The Sundance Kid toen ze van de klif sprongen.

In de open armen van het niets viel Ribby uit bed en landde met een dreun op de vloer.

HOOFDSTUK 22

MARTHA WAS BENEDEN OP de potten en pannen aan het slaan. Ribby luisterde af en hoorde twee stemmen. Haar moeder had bezoek.

Het was vrijdagochtend en Ribby had gevraagd om een late start op haar werk. Ze wilde horen hoe het met haar moeder ging voordat ze naar haar eigen huis ging voor het weekend.

"Goedemorgen, Ma," zei Ribby terwijl ze de hoek omsloeg. Ze zag John MacGraw de krant lezen.

Martha stond achter hem en las over zijn schouder mee.

"Goedemorgen, John," zei Ribby terwijl ze een kopje inschonk en naast de koelkast ging staan.

"Kan het nergens vinden. Heb jij het gepakt, Ribby? Mijn fles Jack Daniels? Hij stond hier en was vol."

"Tante Tizzy heeft het opgedronken," zei Angela. "Ze was in een staat en slokte het op om haar zenuwen te kalmeren. Ik weet zeker dat ze het wilde vervangen. Ik zal straks een nieuwe voor je halen."

"Ik had het nodig om onze eieren te maken, Rib."

"Ja, er gaat niets boven een beetje Jack Daniels in de eieren gieten. Perfect middel tegen een kater," zei John.

"Nou, dan moeten we het vanmorgen zonder doen," zei Martha.

"Dan geen eieren voor mij, liefje," zei John. "Alleen nog een kop koffie."

Martha bracht de pot naar de tafel. "Ga zitten, dochter. Ik -we-hebben iets belangrijks met je te bespreken."

Jeetje waar gaat dit over?

Ribby bestudeerde Martha en John terwijl ze blikken uitwisselden. Ze ging tegenover haar moeder zitten en wachtte tot ze het zouden uitleggen.

Oh, jee ze gaan NIET trouwen. Of wel? Gros.

"Morgenavond komt er een speciale bezoeker om jullie te ontmoeten. Zijn naam is meneer Edward Anglophone," zei Martha.

"Heb ik dat? Maar... wie is hij?"

"Laat me het verder uitleggen. Ik weet dat je snel moet gaan werken. Dit hoeft niet lang te duren."

Ribby knikte en Martha ging verder.

"Toen we aan het water waren, verbleven we in een schattig B&B'tje en ontmoetten we Edward. Zijn vrienden noemen hem Teddy. Hij heeft daar zijn eigen bibliotheek. We ontmoetten hem en konden het goed met hem vinden. Hij nodigde ons uit voor een drankje. Hij had het over zijn bibliotheek en zijn behoefte aan een nieuwe hoofdbibliothecaris."

"Hij wist van jou Ribby," gaf John toe.

"Ik?"

"Hij kent mensen in bibliotheken over de hele wereld," voegde Martha eraan toe. "En bibliothecarissen."

"Hij houdt de vinger aan de pols, want hij wil zelf een nieuwe aannemen," zei John.

"Ja," voegde Martha eraan toe. "Zijn bibliotheek is gesloten. Daarom wil hij jou ontmoeten."

"Om zijn bibliotheek over te nemen?"

"In potentie," zei John.

"Hoofdbibliothecaris? Ik?" riep Ribby uit. "Ik ben niet gekwalificeerd om hoofdbibliothecaris te zijn. Daar heb je een diploma voor nodig!"

Wij zouden helemaal hoofdbibliothecaris kunnen zijn.

"Nou, het enige wat ik weet Rib, is dat als iemand zijn eigen bibliotheek heeft, hij kan aannemen wie hij wil als hoofdbibliothecaris. Het is klein Rib, niet zoals de bibliotheek van Toronto, maar het is de kans van je leven. Dus hij is hier om 8 uur. Je moet iets nieuws kopen om aan te trekken. Kleed je aan om een goede indruk te maken." Martha nipte aan haar koffie. "En dan heb ik het nog niet eens over het feit dat hij helemaal afgeladen is."

Is ze ons nu aan het uithoren?

Zeker niet.

Klinkt wel zo.

"Ja, hij heeft bakken met geld. En geen familie. Ook geen familie," zei John.

"Ik wil hem niet ontmoeten. Mijn baan is prima. Bovendien wil ik niet ver weg verhuizen. Het bevalt me hier."

We willen niet gepimpt worden! Jij, stomme oude vleermuis!

"Sorry mam, maar deze kans is niets voor mij."

"Dochter, je gaat hem ontmoeten en dat is dat!"

"Ontmoet hem gewoon," zei John. "Wat heb je te verliezen?"

Ribby schoof de stoel naar achteren. Angela draaide zich naar de trap.

"Als de hel bevriest," zei Angela.

Martha's stoel schraapte tegen de vloer.

Ribby rende de trap op en deed de deur op slot.

Angela gooide Ribby's kast open en pakte het ingepakte mes. Ze wachtte af.

Als dat kreng probeert deze kamer binnen te komen, zal ze daar spijt van krijgen.

Voetstappen. Stomp Stomp. Stomp Stomp. Twee sets. Rennen. Lachend.

Ribby hield haar adem in.

Minuten later was het duidelijk wat ze van plan waren. Martha riep: "Ja!" terwijl het hoofdeinde tegen de muur bonkte.

Absoluut walgelijk.

Laten we maken dat we wegkomen!

HOOFDSTUK 23

DE BIBLIOTHEEK WAS IN chaos toen Ribby aankwam.

Mevrouw P. Wilkinson, hoofdbibliothecaris, had al maanden een signeersessie gepland. Het was haar kindje, omdat ze persoonlijk bevriend was met de best verkopende kinderboekenschrijfster P.K. Schmidlap.

Toen Ribby naar de ingang liep, riepen twee kinderen: "Hé, waar denk je heen te gaan, dame? We zijn hier al uren. Je mag niet naar binnen!"

"Ik werk hier," zei ze terwijl ze haar badge van bibliotheekpersoneel liet zien.

Eenmaal binnen ging ze op zoek naar mevrouw Wilkinson.

"Het is een chaos buiten," riep Ribby uit. "Waar is mevrouw Wilkinson?"

"Haar man heeft gebeld. Ze ligt in het ziekenhuis met een gescheurde blindedarm. We weten haar wachtwoord niet, dus we kunnen het rooster niet van haar computer halen. We hadden een paar honderd kinderen verwacht - geen duizenden!" Monica zei met trillende stem: "Ik weet niet wat ik moet doen. P.K.

is hier nog maar zestig minuten omdat hij andere verplichtingen heeft." Ze brak in tranen uit.

"Oh jee, je had me moeten bellen. Maak je geen zorgen, ik zal met P.K. praten en kijken of we iets kunnen regelen."

"Je komt niet voorbij zijn oppasser, of beter gezegd, zijn vrouw," zei Monica. "Daar - lang, blond en vol van zichzelf."

Mevrouw Schmidlap droeg een duur designerpak en zes-inch hakken. Ze keek een paar keer op haar horloge toen Ribby zich een weg naar haar toe baande.

"Pardon, mevrouw Schmidlap?"

"Jaeeeeeee."

"Kan ik u even spreken? We hebben een probleem."

"WIJ hebben het probleem niet! JIJ hebt het probleem!" riep mevrouw Schmidlap, waardoor haar man zijn pen liet vallen en de kinderen sprongen.

De spanning bouwde zich rondom Ribby op.

"Eet is oké mijn schatjes," zei mevrouw Schmidlap, terwijl ze Ribby's linkerarm vastpakte en haar opzij trok. "Jullie mensen zijn niet georganiseerd. Mijn man, hij tekent nog een uur en dan, zip, ve zijn weg. Ze kinderen mogen niet teleurgesteld zijn, maar hij kan niet blijven. Hij heeft andere verplichtingen. Ve hebben andere verplichtingen," fluisterde ze met een boze stem.

Ribby moest een oplossing vinden. Er waren minstens 1000 kinderen buiten en nog eens 50-100 binnen. Ze moest P.K. overtuigen om de boeken te signeren voor de kinderen die het langst hadden gewacht. Hij kon het doen als hij er vaart achter zette.

"Hoe zit het met het compromis?" vroeg mevrouw Schmidlap.

"Ja, goed idee."

"We moeten om 12 uur gaan, stipt op tijd, geen mitsen en maren. Wij, P.K., kunnen niet voor iedereen tekenen, niet vandaag. Wat als zeeze kinderen vandaag een exemplaar van ze boek kopen, of het ve zullen zeggen vandaag bestellen? P.K. zal alle bestellingen ondertekenen en ze zullen hier tegen het einde van de week geleverd worden, zou dat werken?"

"We kunnen het alleen maar proberen. Bedankt voor de suggestie. Ik zal kijken wat ik kan doen."

Ribby keerde terug naar buiten. Ze trok de deur achter zich dicht.

"Hé, wat ben je aan het doen, dame? We hebben P.K. nog niet gezien! P.K.! P.K.! P.K.!" riepen ze, zich naar voren stortend.

"Stop met praten iedereen! Wees alsjeblieft stil en ik zal het uitleggen!"

De kinderen werden stil.

"Oké, dat is beter!" zei Ribby. Ze merkte dat de politie uit voorzorg was gearriveerd. "P.K. moet hier om precies twaalf uur weg om een eerdere afspraak na te komen."

De menigte joelde en schimpte. De politie kwam dichterbij.

"P.K. zal al jullie boeken ondertekenen. We hebben jullie orders hier. Als er veranderingen zijn in onze informatie, laat het ons dan schriftelijk weten voor 17.00 uur vandaag. Dan kunt u ze volgende week hier ophalen," stelde Ribby voor.

"Over een week? Iedereen zal dan al klaar zijn met het lezen van hun exemplaren. Ze zullen ons het einde vertellen. Ze zullen het voor ons verpesten."

"Je kunt je boek vandaag meenemen en het ongetekend lezen of het hier achterlaten zodat P.K. het kan ondertekenen, het is aan jou."

Er klonk wat gemopper en Ribby wist dat het beide kanten op kon gaan.

Mevrouw Schmidlap kwam naar buiten om te helpen en fluisterde een suggestie in haar oor.

Ribby bracht haar boodschap over aan de kinderen. "Als je vandaag je boek achterlaat om gesigneerd te worden, krijg je een gratis exclusief cadeau van P.K. - een boekenlegger in beperkte oplage!"

De kinderen juichten. Ribby en mevrouw Schmidlap omhelsden elkaar. De politieagenten gaven hun hoed op. Om stipt twaalf uur vertrok P.K. in een limousine.

Toen het allemaal voorbij was, ontspande Ribby haar schouders terwijl de spanning wegsmolt. De rest van de dag verliep godzijdank rustig.

Op weg naar hun appartement dacht Ribby na over de ongrijpbare meneer Anglo.

Misschien moet ik hem gewoon opzoeken?

Hoofdbibliothecaris zijn zou cool zijn en na vandaag verdien je het.

Ja, door vandaag de leiding te nemen kreeg ik het gevoel dat ik het kon. Ik bedoel, hoofdbibliothecaris zijn en wanneer krijg ik ooit nog een kans?

Hij moet wel heel rijk zijn om zijn eigen bibliotheek te hebben.

Ja. Maar waarom ik? Hij kan het aan iedereen vragen.

Nooit gedacht dat ik dit zou zeggen, maar Martha moet verantwoordelijk zijn voor zijn interesse.

Om nog maar te zwijgen over het feit dat ze mij overwoog voor de rol.

Dus, afgesproken. We zullen hem ontmoeten.

Ja, afgesproken.

HOOFDSTUK 24

H ET WAS 20:34 UUR de volgende avond toen Ribby thuiskwam. Ze droeg haar zwarte jurk en schoenen met hoge hakken.

Een limousine stond op de stoep geparkeerd.

De chauffeur kantelde zijn hoed. "Mooie avond," zei hij.

"Ja, het is zeker mooi," antwoordde Ribby.

"Jij ook," zei de chauffeur met een knipoog.

Dit verraste Ribby.

Angela knipoogde terug.

Ribby huffelde naar binnen, maar zette al snel een glimlach op toen ze de woonkamer binnenkwam. "Goedenavond," zei ze.

Anglo stond op en stak zijn hand uit om haar hand te kussen. Hij was ongeveer 1,80 meter lang en ongeveer tachtig jaar oud. Hij stond met een wandelstok en droeg een duur maatpak met blauwe strepen en een rode halsdoek.

"Wil iemand iets drinken?" vroeg Martha.

"Ik wil graag," zei meneer Anglo, "Ribby meenemen voor een ritje in mijn auto. Tenminste, als ze dat goed vindt?" Hij wierp een blik in haar richting en keek toen op zijn horloge. "We hebben om 9 uur gereserveerd in het Revolving Restaurant."

"Mijn excuses dat ik te laat ben."

Oh mijn god! Hij gaat het diner waarschijnlijk niet eens halen! Hij is absoluut en volledig geriatrisch!

"Oh ja, ik begrijp dat schoonheid tijd kost," zei Anglo terwijl hij opstond en zijn arm naar Ribby uitstrekte.

Ribby nam hem aan.

Ribby en Anglophone baanden zich een weg naar de deur.

"Maak je geen zorgen dat je haar vroeg thuisbrengt, Teddy. We weten dat je voor haar zult zorgen."

Oh mijn God! Daar gaan we zeker NIET mee naar huis.

Ribby staarde haar moeder over haar schouder aan toen ze de auto naderden. Eenmaal binnen zei Anglo: "Chauffeur, u mag naar onze bestemming. Ik verwacht dat je op de kaart hebt gekeken om te zien waar het is?"

"Ja, meneer Anglophone, meneer, de GPS is helemaal ingesteld."

"Mooi zo. Dan leer je het al," zei meneer Anglophone. "Sluit nu de scheidingswand zodat de dame en ik wat privacy hebben."

Vuile ouwe zak.

De ogen van de limousinechauffeur maakten contact met die van Ribby in de achteruitkijkspiegel toen hij op een knop drukte. Er kwam een glazen wand tussen hen in. Roodfluwelen gordijnen zweefden over de achterbank en maakten er een privékamer van. Mr. Anglophone drukte op een knop om een bar met gekoelde Champagne te onthullen.

"Ribby, mijn liefste, ik heb er naar uitgekeken je te ontmoeten."

Ribby wist niet wat hij anders moest zeggen en zei: "Dank u, meneer Anglophone."

"Je mag me Teddy noemen, want mijn naam is Edward. Maar vertel eens, hoe kom je aan je naam, Ribby? Is het een afkorting van iets? Het is een nogal unieke, maar mooie naam."

Ribby lachte. "Vreemd. Niemand heeft me dat ooit eerder gevraagd."

"Als het een geheim is dat je niet wilt delen, begrijp ik dat volkomen, lieverd."

Hij is een oude gladjanus. Een charmeur. Dat moet ik hem nageven!

"Toen ik een klein meisje was, kon ik mijn voornaam niet uitspreken. Het wordt gespeld als Rebecca, maar uitgesproken als Reee-becca. Je weet wel, met die vreselijk overdreven lange 'e'. Ik sprak het altijd uit als Rib-ecca," lachte ze. "Ma hield er niet van om het af te korten tot Becky. Ze vond het te gewoon klinken, dus begon ze me Ribby te noemen. Het bleef hangen en sindsdien is het mijn naam."

"Goed dan, ik noem je Rebecca als je dat wilt, maar ik geef je toch liever een speciale naam."

"De naam waar ik van hou is Angela. Wil je me Angela noemen?"

OMG! Waarom doe je me dit aan?

"Angela," zei Teddy terwijl het van zijn tong rolde. "Heel goed dan, Angela wordt het." Teddy streek met zijn hand over Ribby's knie.

Ribby besloot dat het borstelen een ongelukje was geweest.

Angela was daar niet zo zeker van.

B IJ HET RESTAURANT OPENDE de chauffeur eerst de deur voor Teddy en daarna voor Ribby.

"We zijn zeker twee uur onderweg," zei Teddy. "Ik sms je als we klaar zijn om te gaan."

"Ja, meneer."

"Hij is meestal een verdomde dwaas," zei Anglophone verwijzend naar zijn chauffeur, "maar zo loyaal als maar kan."

HOOFDSTUK 25

*E*R STOND EEN RIJ *bij het restaurant, maar de aanwezigheid van Anglophone maakte de weg vrij.*

Als een heer bood hij Ribby zijn arm aan en begeleidde haar door het drukke restaurant.

Het was als een uittreding voor haar. Gasten draaiden hun hoofden om, groetten haar, hieven zelfs het glas om op haar te proosten. Ze voelde zich net een beroemdheid.

Het stel liep door naar een privékamer. Het plafond was hoog, met een fonkelende kroonluchter die boven hun tafel hing. De tafel zelf was gedekt met prachtige borden, bestek en sprankelende kristallen glazen. Een fles Champagne stond te koelen in een standaard.

Toen ze eenmaal zaten, bestelde Anglophone voor hen allebei.

Ribby voelde zich als Bella in de Grand Ballroom in Beauty and the Beast.

Hij is oud, maar hij is geen beest.

Ssst.

Anglophone sprak nogal over zijn bedrijven en zijn geld.

Ribby vroeg of hij ooit getrouwd was geweest.

"Ik ben twee keer bijna getrouwd. De vrouwen waren niet wie ze leken te zijn. Goudzoekers, weet je wel." Hij pauzeerde en schoof dichter naar Ribby toe. "Ik heb ze allebei laten vermoorden."

"Je hebt wat?" zei Ribby, terwijl ze bijna haar glas Champagne morste.

"Een grapje, om te kijken of je luisterde," zei Teddy. Hij lachte en klopte op de rug van haar hand. "Er zijn er tegenwoordig niet veel die een oude meerkoet als ik leuk vinden!"

Ribby nam nog een slok champagne. Ze voelde zich al licht in haar hoofd.

"Goed dan. Laten we die luie, nietsnut van een chauffeur van me gaan zoeken."

"Ik word erg moe," zei Ribby. "Zou je me naar huis willen brengen?"

"Natuurlijk vind ik dat erg, Ribby, ik bedoel lieve Angela. De nacht is nog jong en we hebben de rol in mijn bibliotheek nog niet besproken."

"Ik heb genoten van deze avond, maar ik denk niet dat ik gekwalificeerd ben om de positie aan te nemen. Ik voel me gevleid, maar..."

"Onzin! Het is niet aan jou om te beslissen! Ik heb een goed gevoel over je en dat is genoeg."

Toen ze weer in de limousine zaten, vroeg Ribby Teddy om zijn laatste uitspraak uit te leggen.

"Ik heb geld. Geld maakt het gemakkelijk om overal ogen te hebben. Ik weet over jou. Bijvoorbeeld hoe je je moeder helpt met haar hypotheek en hoe je ook een appartement aan het water verhuurt."

Ribby hijgde.

Hij vervolgde: "Hoe je belangeloos de arme zieke kinderen vermaakt en hoe je in je eentje een stormloop op P.K.'s signeersessie vermeed. Zijn vrouw, mevrouw Schmidlap, mag niet veel mensen, maar jou mocht ze wel. Als je met haar kunt werken, kun je alles. De baan is voor jou als je wilt."

Ribby's hoofd tolde toen Teddy op de knop van de intercom drukte en de chauffeur zei dat hij terug moest gaan naar haar huis.

Hij volgde ons zelf of hij huurde iemand in om het te doen.

"Ik moet er nog over nadenken."

"Het zij zo dan. Je hebt zeven dagen om te beslissen. Hier is mijn visitekaartje; je kunt me dag en nacht bereiken." Na een pauze zei hij: "Wacht even! Waarom kom je niet naar boven en bekijk je de Bibliotheek zelf? Geen betere tijd dan het heden. We zouden nu samen terug kunnen rijden!"

"Uh, ik weet het niet."

Hij heeft je de baan als hoofdbibliothecaris aangeboden. Je mag hem hebben. Ik weet dat hij nu griezelig overkomt, maar hij zegt het recht voor zijn raap. Hij verbergt niets en liegt er niet over. Dat is al iets. Hij is ons ticket naar buiten. We kunnen hem observeren, zien hoe hij echt is zonder een verplichting aan te gaan. Kom op Ribby, waag het erop. Trouwens, de chauffeur is superschattig. Kijk eens naar die blonde krullen die onder zijn pet vandaan komen.

En dan heb ik het nog niet eens over zijn blauwe ogen.

Ik weet het. Ik weet het. Trouwens, het zou leuk kunnen zijn!

"We zouden er vroeg in de ochtend zijn. Jullie kunnen verblijven in dezelfde B&B waar Martha en John vakantie vierden. Alles wordt klaargemaakt voor jullie aankomst. Het zal je helpen om te beslissen."

"Maar ik heb geen andere kleren—anders dan wat ik nu aan heb."

"Ach, maak je daar maar geen zorgen over."

Ribby opende haar mond.

Hij anticipeerde op haar volgende bezwaar. "Ik zal je moeder bellen en het uitleggen."

Ribby was nergens meer zeker van. Ze ging heen en weer in haar hoofd. Moet ik het doen, of moet ik het niet doen?

"Met alle plezier," zei Angela, terwijl ze Teddy's hand in de hare nam.

Je deed er te lang over om te beslissen.

Ribby, die was afgeleid door de chauffeur die haar in de achteruitkijkspiegel bekeek, kromp ineen.

Teddy beval de chauffeur hen naar huis te brengen.

Ribby deed alsof hij sliep op de terugweg.

Angela hoopte dat Teddy een dutje zou doen, zodat ze bij de chauffeur kon gaan zitten.

Teddy haalde zijn laptop tevoorschijn en begon te typen.

Het overijverige klikken maakt me gek.

Ik weet zeker dat we er snel zullen zijn.

Seconden later: Zijn we er al?

HOOFDSTUK 26

Z E KWAMEN IN DE vroege ochtend aan in Port Dover.

De chauffeur opende de deur voor Teddy. "Breng Miss Angela naar mevrouw Pomfrere. Kom niet terug voordat ze is voorgesteld."

"Ja, meneer Engelstalig."

"Vraag mevrouw Pomfrere om ervoor te zorgen dat mevrouw Angela over vier uur opstaat en klaar is voor het ontbijt. Laat haar weten dat je er meteen zult zijn om Miss Ribby op te halen."

"Ja, meneer," antwoordde de chauffeur, hij stapte weer in de auto en reed weg.

Ribby, die in slaap was gedommeld, opende nu haar ogen. Ze keek uit het raam en probeerde te zien hoe het huis van Anglophone eruitzag, maar het was te donker.

Even later kwamen ze aan bij de B&B. Mevrouw Pomfrere haastte zich naar buiten om hen te begroeten. De chauffeur stelde zich voor, vertelde haar discreet over het ontbijt op het landgoed van Anglophone en vertrok.

"Ik ben ongelooflijk blij u te ontmoeten, juffrouw Angela. Meneer Anglophone heeft me veel over u verteld."

Ribby kon het niet helpen om de kleding van mevrouw Pomfrere op te merken. Hoewel het nog erg vroeg in de ochtend was, droeg ze een avondjurk. "Dank u wel, mevrouw Pomfrere. Als u haast hebt om ergens heen te gaan, laat u dan niet ophouden door mij. Wijs me in de richting van mijn kamer en ik weet zeker dat het me zal lukken."

"Redden? Redden? Waarom ben ik zo gekleed om je te begroeten. Nu, volg mij en we zullen je helemaal installeren!" Ze gingen naar binnen, waar ze zich als een wervelwind door de gang en de trap op naar Ribby's kamer bewoog.

"Je bent nog liefder dan ik me had voorgesteld. Teddy is zeker smoorverliefd op je, en ik kan zien waarom. O jee, die benen van jou gaan eeuwig door, nietwaar?" zei mevrouw Pomfrere op een overdreven bekende toon.

"Uh, nou," stamelde Ribby.

"Dit is je kamer," opende mevrouw Pomfrere een deur.

Rozen in allerlei soorten en kleuren vulden de kamer. Het rook er hemels. De kastdeur stond wijd open, overvol met designerkleding.

"Ik hoop wel dat de maten kloppen. Teddy heeft het geschat. Je zult alles vinden wat je nodig hebt. Mocht je nog iets nodig hebben, ik sta vierentwintig uur per dag voor je klaar."

"Bedoel je dat dit allemaal voor mij is?"

"Oh ja, de kleren en nog veel meer. Je bent een gelukkig meisje, dat ben je. Met meneer Anglo aan je zijde. Hij kan alles. Hij is net magie."

"Uh, ja dat ben ik," zei Ribby, gevolgd door een zwak "Dank je," terwijl mevrouw Pomfrere de deur achter zich dichttrok.

Wow! Hij is me er eentje.

Hij deed dit voor mij.

Ik denk dat hij daarom de hele reis op zijn laptop zat te klikken.

Ribby moest plotseling lachen. Ze voelde zich als een kind in een snoepwinkel. Nu ze een tweede adem had, rende ze van de ene kant van de kamer naar de andere en vond in elke hoek snuisterijen en cadeautjes. In de badkamer stond een Spa bad, gevuld met bubbels, op haar te wachten.

Ze plaatste haar elleboog onder de bubbels en brak toen het wateroppervlak. Een verrukte kreun ontsnapte uit haar keel. De temperatuur was perfect. Ze trok haar kleren uit en liet zich erin zakken. De bubbels tintelden op haar huid. Ze leunde achterover, ademde diep in en sloot haar ogen. Ze opende ze weer om er zeker van te zijn dat ze niet droomde. Ze voelde zich net Doornroosje en ze was wakker geworden om te ontdekken dat ze in het paradijs was!

Ik zou hier zo naar toe kunnen gaan.

Ik ook!

Ontspannen en in een comfortabele nachtjapon kroop ze onder de dekens en viel in slaap.

"**B**ENT U WAKKER, JUFFROUW Angela?" vroeg mevrouw Pomfrere door de gesloten deur. Zonder Ribby tijd te geven om te antwoorden, klopte de persoon opnieuw.

Een andere stem, fluisterend. Die van Teddy.

Ribby bedekte zichzelf, verwachtend dat ze meteen binnen zouden stormen.

"Nou, pak de sleutel en maak haar wakker!" eiste Teddy. "We hebben plaatsen om naartoe te gaan en dingen om te zien."

Laat me binnen! Laat me binnen! Vuile ouwe zak.

"Je had haar wakker moeten maken toen de visagist arriveerde," riep Teddy uit.

Make-up artiest. Interessant...

"Dat heb ik geprobeerd, meneer Anglo, maar ze sliep zo vast, ik wilde haar niet storen."

"Ik kom over vijf minuten, Teddy."

"Ik wacht thuis op je. Mijn chauffeur zal je naar me toe brengen als je klaar bent. Laat me alsjeblieft niet wachten."

Cool. Vrije tijd met de chauffeur.

We hebben vijf minuten om ons klaar te maken.

Ze nam snel een douche, doorzocht de ladekast en ontdekte een scala aan zijden ondergoed.

De oude meerkoet heeft een opmerkelijke smaak.

En zijn ogen zijn ook redelijk goed. Deze maten zijn perfect!

Hij zou een hartaanval krijgen als we naar buiten zouden lopen met alleen de zijden ondergoedjes aan. Ik wed dat de ogen van de chauffeur ook uit zijn hoofd zouden springen.

Doe niet zo walgelijk. Ribby knoopte haar zijden blouse dicht en ritste haar rok dicht.

Toen kwam er nog een stevigere klop. "Neem me niet kwalijk, ik kom de make-up van mevrouw doen."

Hij denkt aan alles.

Een kleine vrouw, rond Martha's leeftijd, voltooide Ribby's make-up in een handomdraai.

"Ik ben Angela!" zei Ribby terwijl ze een glimlach naar haar spiegelbeeld straalde.

"Natuurlijk ben je dat," antwoordde de vrouw nonchalant.

Nee, dat ben je zeker niet.

Jaloers?

"Dank u wel. Ik zou je een fooi willen geven, maar ik heb geen geld bij me."

"Oh, u hoeft me geen fooi te geven; meneer Anglo heeft het onder controle."

Ribby's maag knorde terwijl ze in haar schoenen met piekhakken stapte.

Op weg naar de limo liep ze als een dronkenlap. De chauffeur glimlachte toen ze bijna omviel. Als hij haar leuk vond, liet hij dat niet merken. Hij opende de deur voor haar zonder iets te zeggen.

De rit naar het huis was aangenaam genoeg. De B&B van mevrouw Pomfere stond in het centrum van een klein dorpje. Terwijl de auto over de landweg kronkelde, ving Ribby een glimp op van het Eriemeer.

"De jachthaven en de vuurtoren zijn daar," legde de chauffeur uit. "In de winter is de Polar Bear Plunge erg populair."

"Oh, ik herinner me inderdaad dat ik daar iets over op het nieuws heb gezien. Aangezien ze de duik nemen voor het goede doel, bewonder ik de moed die ervoor nodig moet zijn." Ze rilde.

"Mijn vriend deed vorig jaar mee, hij vroor bijna zijn," hij pauzeerde, "zijn, uh, tackle eraf."

Ribby lachte.

Hij vindt je te primitief en fatsoenlijk om ballen te zeggen waar je bij bent.

Nou, ik ben de gast van zijn baas.

"We zijn er zo," zei de chauffeur.

Ze reden door een paar gehuchten, klein genoeg om op te merken maar in een oogwenk verdwenen.

"We zijn er," zei de chauffeur.

Ribby ging rechtop zitten. Nu ze bij het hoofdgebouw aankwam, wilde ze alles in zich opnemen.

Angela neuriede de themamuziek van het televisieprogramma Dallas.

De oprijlaan naar het huis van Anglophone was te lang. Bomen omzoomden de boulevard, buigend naar de wil van de wind. Ze rilde.

Ze spande haar nek om een glimp van het huis op te vangen. Toen dat lukte, ademde ze in en hield het vast. Het was geen mooi huis. Met zijn smalle ramen en donkere bakstenen bouwwerk voelde het koud, onwelkom. Een totaal contrast met het andere huis waarin ze had overnacht.

Het is ronduit Bronte-achtig.

Maar kijk, rozenstruiken.

Laten we hopen dat het binnen mooi is.

Dat zal vast wel.

De chauffeur stopte de auto en draaide zich om om de deur te openen. Ribby rilde toen ze over het asfalt strompelde.

Voordat ze op de voordeur kon kloppen, deed een man open. Hij was lang, dun, pezig en van top tot teen in het zwart gekleed. Hij droeg een uitdrukking die je zou hebben na het zuigen op een citroen.

"Hallo," zei Ribby.

Met een hoge stem zei hij: "Madame, Mr. Anglophone wacht op uw aanwezigheid. U hebt hem te lang laten wachten!"

"Het spijt me."

Verontschuldig je niet, hij is de hulp. Duw door - alsof de tent van jou is. Je bent de gast van Theodore Anglophone. Je verdient het om hier te zijn.

En dat is precies wat ze deed.

De stomverbaasde man was niet blij, maar hij was een professional. Hij kondigde Ribby's komst aan.

Teddy stond onmiddellijk op en met een zwaai van zijn hand zei hij: "Welkom in mijn huis."

Ribby bekeek de kamer waarin Teddy stond nauwkeurig. Hoewel hij geen lange man was, leek hij in deze omgeving wel groot. Zelfs het harnas aan de andere kant van de kamer was korter dan hij.

Ridders waren een stuk kleiner dan ik me had voorgesteld.

Ribby glimlachte. "Dank je, Teddy. Wat een geweldige kamer!"

Jackpot!

"Mijn liefste," zei Teddy, "je ziet eruit als een plaatje. Eigenlijk moet ik je portret laten schilderen zoals je nu bent."

Teddy lijkt vergeten te zijn dat hij boos op ons was.

Ribby bloosde. "Heel erg bedankt - voor alles."

"Het is me een genoegen, lieve Angela. Kom nu hier en ga tegenover me zitten, zodat ik naar je kan kijken met het ochtendlicht dat achter je binnenvalt." Teddy knipte met zijn vingers en zijn knecht trok de stoel voor Ribby uit. "Ik vertrouw erop dat alles naar wens was in de B&B?"

"Ja, het is prachtig, meneer, eh, Teddy."

"Ik wist niet zeker wat je lekker vond bij het ontbijt, dus heb ik mijn kok van alles twee laten klaarmaken." Opnieuw knipte hij met zijn vingers en de parade van eten begon.

"Oh jee!" zei ze. Dampen van bacon, ahornsiroop, bosbessenmuffins en worstjes bereikten haar neusgaten.

Over een smorgasbord gesproken! Genoeg eten om een leger te voeden!

De knecht dirigeerde zijn ondergeschikten om meneer Engelstalig als eerste te bedienen.

Anglophone klapte in zijn handen.

Het personeel ging meteen Ribby bedienen.

Anglofoon klapte opnieuw in zijn handen. "Tibbles, we moeten Mimosa's hebben!"

Meteen sneed een ober twee sinaasappels doormidden en perste het sap eruit. Een andere ober maakte een fles Champagne open. De eerste ober combineerde de twee dranken. Ribby keek aandachtig toe hoe de ober elke substantie met grote precisie inschonk.

Hij gaf een vol glas aan Teddy om te testen. Teddy knikte dat het bevredigend was. Hij vulde een tweede glas en overhandigde het aan Ribby. Ze proostten op een prettig verblijf en smulden van het eten.

"Ik hoop dat je het niet erg vindt, maar ik heb de hypotheek van je moeder afbetaald."

Ribby staarde.

Teddy vroeg om meer koffie en die werd ingeschonken. Terwijl hij roerde, voegde hij eraan toe: "Ik heb ook het gebouw gekocht waarin je appartement zich bevindt."

Ribby hijgde. Ze gebruikte het servet om haar mondhoeken af te vegen.

Dat was een onverwachte wending.

"Je hoeft natuurlijk geen huur meer te betalen. Spaar het geld op als je hier niet gaat wonen. Ga reizen. Zie de wereld!"

Zeg iets, wat dan ook.

"Oh, en ik heb ook je creditcard afbetaald." Hij nipte aan zijn Mimosa.

"Uh, dank je wel. Heel erg bedankt. Dat is erg aardig van je."

Ribby voelde zich ongemakkelijk na Teddy's aankondigingen en dat was te merken.

"Vertel eens, Angela, wat is je hartewens?"

"Mijn hartewens?" zei Ribby blozend. "Ik weet het niet."

"Je moet weten wat je wilt. Een slimme meid zoals jij. Iets dat altijd te ver van je af is en toch verlangde je hart ernaar. Denk erover na. Ik zal het je te zijner tijd weer vragen."

Ribby luisterde terwijl Teddy sprak over zijn reizen rond de wereld.

"We zouden hier langer kunnen blijven zitten en praten, maar ik wil je heel graag de bibliotheek laten zien."

"Oh, ja. Ik kan niet wachten om het te zien," zei Ribby. De Mimosa was recht naar haar hoofd gestegen. "Maar ik wil graag een beetje frisse lucht. Ik ben Champagne niet zo vroeg gewend. Is het te ver om te lopen?"

Teddy lachte. "Voor een jonge spriet als jij niet, maar je hebt van die ongepaste schoenen aan." Hij knipte met zijn vingers. Er kwam een vrouw binnen. "Breng mijn gast alsjeblieft een paar passende schoenen." De vrouw boog, verliet de kamer en kwam even later terug met een paar hardlopers. "Trek deze aan. Ik neem je hakken mee in de auto." Toen naar zijn knecht: "Tibbles, teken een kaart voor onze gast."

"Denk onderweg na over je hartenwens. Onthoud dat ik wil dat je het een naam geeft."

De lucht was fris en schoon. Het maakte haar hoofd leeg.

Hij is zo aardig en zachtaardig en gevend.

Hij is misschien niet wat of wie hij zich voordoet. Laten we op onze hoede blijven tot we weten wat hij wil. Onthoud dat niets gratis is.

Ribby liep verder, haar gedachten verzonken in het vinden van een antwoord op zijn vraag.

Laat hem maar raden. Geef onze kaarten nog niet prijs.

Ze liep de hoek om, zag de limo en toen de bibliotheek.

Stephen opende de deur voor Teddy die met Ribby's schoenen aan naar buiten stapte. Ze ging in de limo zitten en verwisselde de schoenen, de platte achterin de auto achterlatend.

"Hier is het, liefje," zei Teddy. Op het bordje boven de deur stond: E. P. Engelstalig: Privébibliotheek. Onder het bordje stond een bordje: Hoofdbibliothecaris: lege plek.

Het verbaast me dat onze naam er nog niet op staat. Hij lijkt nogal zeker van zichzelf.

Gedraag je.

"Kom mee," zei hij.

De grote houten bogen verwelkomden haar binnen. Anglo pakte haar hand.

Ribby's hart sloeg een slag over. De bibliotheek was rond. Ronde planken. Boeken, boeken en nog eens boeken zo ver het oog reikte. Duizenden en duizenden. En ladders, in de aanslag, om je naar de bovenste plank te brengen. Tot de hoogte van het plafond, glas in lood tot zo'n drie meter hoog. Toen ze omhoog keek en zich omdraaide, werd ze duizelig.

Teddy begeleidde haar naar een stoel waar ze met een zucht in viel.

"Bevredigend?"

"Oh jee, ja!" zei Ribby, terwijl ze haar emoties probeerde te bedwingen. "Het is net iets uit een droom."

Het is mooi Ribby, maar iets lijkt niet te kloppen.

"Vertel me nu eens. Wat is je hartewens?"

"Dit is het!"

Wat een kleine dwaas!

"Maak je geen zorgen," zei Teddy. "Het kan en zal van jou zijn. Als je..."

Hier stopte Teddy toen zijn chauffeur zijn aandacht trok. "Uh, een momentje alsjeblieft, Angela. Doe alsof je thuis bent."

Ribby stond en wiebelde. Ze klom op een ladder, kwam naar beneden en klom op een andere. Elke auteur die ze maar kon bedenken was hier. Toen ze zich realiseerde dat de chauffeur terug was en onder haar stond, paste ze haar rok aan.

"Oh, je liet me schrikken."

Ik niet! Kom naar me toe.

"Het spijt me zeer, maar meneer Anglo is weggeroepen. Hij heeft me gevraagd je terug te brengen naar het landgoed als je er klaar voor bent."

"Ik, ik was..." zei Ribby, terwijl ze naar beneden stapte zonder volledig op te letten. Ze maakte een misstap en tuimelde.

De chauffeur, wiens naam ze niet eens wist, ving haar op.

Ribby bloosde knalrood. Hun ogen verbonden zich. Hij zette haar neer en liep weg.

"Dank je."

Hij reageerde niet.

Hij denkt dat ik dat expres deed. Dat ik hem leuk vind.

Angela grinnikte.

Ze volgde hem door de deur en naar de parkeerplaats, en besloot toen niet de auto te nemen.

"Ik loop liever," zei ze.

"Weet je het zeker?" Hij keek omlaag naar haar schoenen.

Ze hief haar kin op en begon zonder te reageren te lopen.

"Wat mevrouw wenst."

Je had hem om de lopers moeten vragen.

Ik weet het! Ik weet het!

Terug bij het huis, met pijnlijke en blaren voeten, zag Ribby de chauffeur buiten zitten.

Hij kantelde zijn hoed in haar richting, bedekte toen zijn ogen en ging weer slapen.

God, wat is hij schattig.

Ha! Teddy zou hem ontslaan als ik zei dat hij me mijn andere schoenen niet gaf.

Waag het niet!

Ribby trok uiteindelijk haar schoenen uit en liep de rest van de weg in haar kousen.

De blik die Tibbles haar gaf toen ze het huis binnenkwam met schoenen in haar hand was ergens tussen een grijns en een grijns in.

Naar de hel met hem!

"Neem me niet kwalijk, juffrouw," zei Tibbles. "Meneer Anglo is aangehouden. Hij wil graag dat u terugkeert naar de B&B. Ik zal de chauffeur adviseren u te brengen."

Nou, ik kan niet helemaal daarheen lopen.

Nee, slik je trots in en stap in de auto.

De hele weg naar mevrouw Pomfrere viel er een ongemakkelijke stilte die geen van beide inzittenden wilde verbreken.

Je gedraagt je als een verwend nest!

Dat kan me niet schelen.

De auto reed weg en Ribby waggelde naar binnen.

HOOFDSTUK 27

*R*IBBY GOOIDE DE DEUR *achter zich dicht toen ze terugkwam in haar suite. Ze gooide haar schoenen door de kamer, stortte zich toen op het bed en dempte haar snikken in het kussen.*

Hij is oh-zo-dromerig!

Hij wist dat ik mijn schoenen nodig had en toch gaf hij ze me niet.

Je hebt er niet om gevraagd.

Toch werkt hij voor Teddy. Ik ben Teddy's gast. Hij zou moeten proberen mij gelukkig te maken.

Je overdrijft. Was je gezicht, dan voel je je beter en vergeet het.

Het probleem is dat ik dat niet kan. Ik voel me zo'n dwaas. Dat ik in zijn armen val als Jane Eyre.

Wat maakt het uit? Als hij dat dacht, was hij waarschijnlijk gevleid. Segue. De bibliotheek.

Het is prachtig, het is alles. Maar waarom wil Teddy dat ik, een ongekwalificeerd persoon, zijn bibliotheek leid?

Daarom zei ik dat je niet al je kaarten op tafel moest leggen. Nu weet hij dat die plek je innige wens is. Hij speelt Fairy Godfather en hij heeft ons bij de tieten.

Mijn hart zegt dat hij op het niveau zit. Dat hij geen bijbedoelingen heeft. Maar mijn hoofd, oh mijn hoofd.

Ribby pakte haar tas en haalde het pakje sigaretten eruit. Ze schoof er een tussen haar lippen. Zelfs zonder hem aan te steken kalmeerde de geur haar. Terwijl ze hem tegen haar lippen hield, viel ze in slaap.

"We moeten praten," fluisterde Teddy door de deur.

Ribby ging overeind zitten met de sigaret nog aan haar lippen. Ze stopte hem terug in het pakje. Sprekend door de gesloten deur zei ze: "Sorry, ik moet in slaap gevallen zijn."

"Maak je klaar. Ik moet je nu naar huis brengen. Pak je spullen in en ik zie je beneden in de auto."

Ze luisterde terwijl hij wegliep en zakte toen op de grond, vechtend tegen een snik.

Anglo geeft en neemt.

Maar waarom? Wat heb ik gedaan? Komt dit door Stephen?

Doe niet zo belachelijk.

Het maakt niet uit. Het is het beste zo. Trek zijn kleren uit. Loop met opgeheven hoofd naar buiten.

Maar de bibliotheek. Mijn innige wens. Nu ik het hem verteld heb, wil hij me toch niet.

Ribby kleedde zich om in de kleren waarin ze was aangekomen.

Het is zijn verlies, Rib. Onthoud, hoofd hoog. Bovendien is alles wat we nu verdienen van ons. Geen huur, geen hypotheek, geen creditcard. We zijn in principe schuldenvrij! Stel je voor hoeveel plezier we kunnen hebben!

Op weg naar buiten gaf ze mevrouw Pomfrere een kus op haar wang.

"We nemen nooit afscheid van onze gasten. We hopen je nog eens te zien."

"Dank u."

De chauffeur stond naast de deur te wachten op Ribby. Eenmaal in de auto maakte ze haar gordel vast. Ze draaide haar hoofd en keek uit het raam, alles in zich opnemend wat ze nooit meer zou zien en om haar teleurstelling te maskeren.

"Angela, dit is strikt zakelijk. Het heeft niets met jou of onze afspraak te maken."

"Bedoel je dat je me nog steeds wilt?" vroeg Ribby met trillende stem en haar hart dat op het punt stond uit haar borstkas te springen.

"Natuurlijk, ik wil dat je mijn nieuwe Bibliothecaris wordt," zei hij, terwijl hij met zijn hand over haar dij streek.

De viezerik. Hij speelt met je. Sla zijn hand weg.

Ribby bloosde. Het was een ongelukje. Het was niets.

De wang van de oude viezerik. Ik zei het toch. Geef hem een centimeter...

"Chauffeur, zet alsjeblieft de slagboom omhoog. De dame en ik willen graag wat privacy."

Ribby keek op, ving de blik van de chauffeur in de achteruitkijkspiegel. Kruisde haar armen om zich heen.

Anglophone opende een flesje water en overhandigde het aan Ribby, waarbij ze haar armen los moest maken. Ze nam het aan en nipte.

"Ribby, ik bedoel Angela, als de bibliotheek je hartenwens is, dan is die van jou. Wat ik heb, is van jou."

Ze ging rechtop zitten, luisterend, maar Anglo viel stil. Afwachtend nam ze nog een paar slokken water.

Wacht hij tot ik iets zeg?

Hij speelt een spelletje. Hou je stil. Wij leggen onze kaarten op tafel, laat hem dat ook doen. Houd ondertussen het hoofd koel. Geniet van het uitzicht.

Het is zeker mooi hier, maar mijn hart gaat tekeer.

Kalmeer jezelf. Haal een paar keer diep adem. In. Uit. In. Uit.

Haar ademhalingsoefeningen werden onderbroken.

"Wat geef je me in ruil voor je hartenwens?"

Daar gaan we. Laat mij dit regelen.

"Ik, ik heb je niets te geven, Teddy. Alleen mezelf."

Serieus Rib, hou alsjeblieft je bek!

"Alleen jezelf? Voel je je niet waardig?"

Ribby probeerde te spreken, maar de woorden bleven steken in haar keel.

Hij wil meer Rib; hij wil seks.

Ribby bloosde vuurrood.

"Oh jee, jee," zei Teddy, terwijl hij op de rug van haar hand klopte. "Je ziet er erg bezorgd uit en ik wilde je niet ongerust maken. Ik ben een oude man. Ik leef al ontzettend lang zonder liefde, zonder aanraking. Ik kon nooit van je verwachten dat je van iemand als ik zou houden. Zelfs al was het voor je hartenwens."

"Ik," zei Ribby.

"Ssst, laat me uitpraten. Ik wens je in mijn leven te hebben. Voor gezelschap. Vriendschap. Als je verliefd op

me zou worden - als je van me zou kunnen houden, dat zou mijn hartenwens zijn. Misschien zul je het op een dag vervullen."

Wow, dat was een curveball. Omgekeerde psychologie? Wees voorzichtig.

Er heerste nu stilte in de auto en twee uiterst ongemakkelijke passagiers. Ribby nam nog een paar slokken water en Anglo controleerde zijn telefoon.

"Wil je met me trouwen?" flapte hij eruit.

OMG die tweede curveball was zo ver gezocht, ik ben sprakeloos, Rib.

Ik ook, ik bedoel, wat moet ik zeggen. Ik wil de bibliotheek, maar ik hou niet van hem.

We zijn jong en levendig. Hij is zo ver over de heuvel dat hij bijna aan de andere kant is. Wacht, nu...

Oh nee, je denkt toch niet wat ik denk dat je denkt?

Een middel om een doel te bereiken. Hij wil dat je zijn vriend bent, dat je zijn bibliotheek beheert. Hij vraagt niet om seks, maar om gezelschap en liefde. Toch? Dus als jij zijn hartenwens vervult en hij de jouwe, wat is dan het kwaad?

Waarom dan een huwelijksaanzoek doen? Zelfs ik weet dat het geen wettelijk huwelijk zou zijn als het niet geconsumeerd zou worden. Alleen al de gedachte aan mij en hem...

Ik weet het, ik weet het.

TEDDY HIELD ZICH BEZIG met zijn telefoon.

Ribby en Angela debatteerden over de lopende zaken.

Hij trommelt weer met zijn vingers. Zo irritant! Nu klikt hij met zijn pen-klik-klik, klik-klik, klik.

Hij wacht op een antwoord.

Ik weet niet hoe ik dat kan accepteren. Geef me één reden waarom ik ja zou moeten zeggen. Hoe kan ik ja zeggen?

Makkelijk. Eén woord: bibliotheek. Nog twee woorden: Hoofdbibliothecaris.

Maar hoofdbibliothecaris van wat? Ik heb geen personeel, geen collega's en op dit moment geen klanten.

Maar je bent de baas over de boeken.

Je helpt niet.

Ik probeer het wel!

Ik weet het, maar voor hem is onze relatie niets meer dan een zakelijke overeenkomst. We zouden man en vrouw zijn, maar alleen in naam. Ik wil een man van wie ik kan houden en die ook van mij zal houden. Dit is schikken.

Schikken? Noem je dit schikken? Je bent vijfendertig jaar oud en zesendertig staat voor de deur. Je hebt geen vooruitzichten, geen toekomst. Dit zal je een toekomst geven. Teddy kan de wereld voor je openen, voor ons. Liefde is niet alles wat het lijkt te zijn. Als je het er niet mee eens bent, zul je er de rest van je leven spijt van hebben.

Ribby wierp een blik in Teddy's richting.

Zeg iets. Wat dan ook.

"Ik heb gewoon tijd nodig, Teddy, om erover na te denken."

Teddy staarde in de verte.

Snel, maar niet snel genoeg trok de chauffeur naar de stoep voor Martha's huis.

IN DE DUISTERNIS VAN de achterbank balde en ontblootte Ribby haar vuisten. De snelle bewegingen, het openen en sluiten brachten haar tot een besluit. "Teddy, ik weet zeker dat we tot een passende regeling kunnen komen."

Teddy gooide zijn armen om haar heen en straalde een glimlach. "Oh, dank je wel dat je me de gelukkigste oude man ter wereld hebt gemaakt."

Goed gedaan, Rib! Bravo! Werk met hem samen. Werk het uit. Vergeet niet dat wij hier de baas zijn.

Ribby's stem trilde, maar ze slaagde erin om licht te glimlachen toen ze zich uit zijn omhelzing losmaakte. "Je moet me een paar dagen geven om de losse eindjes aan elkaar te knopen."

"Ik kan op je wachten Angela, maar laat me alsjeblieft niet te lang wachten. Voor jou heb ik al een heel leven gewacht," zei Teddy terwijl hij haar hand kuste.

Oh jee, hij is smoorverliefd!

Ze wisselden kusjes op de wang uit.

De chauffeur opende Ribby's deur en hij hield hem vast terwijl zij de stoep op stapte.

"Ik bel je over vierentwintig uur," zei Teddy.

Ribby knikte. Achter haar op de veranda riep Martha: "Ben jij dat, Ribby? Oh, hallo Teddy." Ze zwaaide.

Teddy zwaaide terug toen de chauffeur het portier sloot en terugging naar de voorkant van de auto. Ze vertrokken.

"Ja Ma, ik ben het."

"Je bent eerder terug dan ik dacht. Kom binnen en vertel me er alles over."

Ribby trippelde de trap op.

HOOFDSTUK 28

R IBBY ZEI SCAMP GEDAG met een klopje op zijn hoofd en het trio ging de keuken in.

"Ribby, ga zitten. Ik heb een miljoen vragen voor je. Hoe is het gegaan?" brabbelde Martha, terwijl ze Ribby er geen woord tussen liet krijgen. "Een kopje koffie, ja, ik zal koffie voor je zetten en dan...Jeetje, je ziet er uitgeput uit."

"Ma, ja ik ben moe. Het is een lange rit. Meneer Engelstalig, Teddy, is interessant."

"Ik dacht dat jullie het goed met elkaar konden vinden. Heeft hij de vraag gesteld?"

Ze wist dat hij de vraag zou stellen? Ze wist het? Wat de?

"Je wist dat hij dat zou doen?"

Is dit onderdeel van een masterplan? Dit is heel verontrustend.

"Hij houdt van de bibliotheek en hij zou hem niet zomaar door iemand laten leiden."

Ha, ha, oh ze bedoelt de bibliotheek. My BAD.

"Natuurlijk niet. Hij is erg gul om me deze kans te bieden."

"Mr. Anglophone was er zeker van - nog voordat hij jou had ontmoet - dat jij de ware was."

Wat heeft dat te betekenen? Zijn we weer terug bij het concept Masterplan?

Ribby hield haar woede in. "Je wist het?"

Mama Liefste bukt weer lager dan laag.

"Nou Rib, maak je niet zo druk. Hij bedoelde het goed. Hij wilde het zeker weten. Met al dat geld moet hij ongelooflijk voorzichtig zijn."

Ribby zat rustig in haar kopje koffie te roeren.

Martha stond op en hield zich bezig met opruimen. Ze wierp een blik op Ribby. "Je bent uitgeput, wil je dat ik een bad voor je laat vollopen?"

Een bad voor je laten vollopen? Oké, zet je masker af. Wie is deze vrouw?

"Dat zou heerlijk zijn."

Later, in bad, viel Ribby in slaap en droomde.

Ze zweefde, poedelnaakt, in een roze luchtbel in de bibliotheek van Anglophone.

Anglophone kwam in beeld. Hij liep rood aangelopen en met gebalde vuisten rond, terwijl zijn chauffeur hem schaduwde.

Anglophone zei: "Ik wil dat die nieuwe boeken onmiddellijk de oude vervangen. Zet ze op ooghoogte, zodat mijn meisje ze kan vinden."

"Dat staat niet in mijn taakomschrijving," antwoordde de chauffeur en draaide zich toen om.

Anglo pakte hem bij zijn arm, trok hem naar beneden en gaf hem een klap op zijn wang. Hoewel de klap hard was, was de chauffeur er op voorbereid en hij deinsde niet eens terug.

"Jouw taak is wat ik je zeg dat het is, jongen!"

"Meneer Engelstalig, ik zal natuurlijk alles doen wat u van me verlangt, omwille van haar en haar alleen. U mag met mij doen wat u wilt," zei de chauffeur.

Anglophone liet zijn arm los. De chauffeur rechtte zijn rug.

Welke greep heeft Anglophone op hem?

Dit is een droom. We dromen. Wakker worden, Ribby! Wakker worden!

Shhh, dit is interessant. Probeer in te zoomen op de boeken die hij ons wil laten zien.

Ik probeer het, maar...verdomme.

"Ik ben gul met jou Stephen, en gul met haar. Ik vraag niet veel van je. Ik ben een oude man. Ik ben je werkgever. Wees in de toekomst niet brutaal."

"Mijn excuses," zei Stephen, terwijl hij met zijn hoed in de hand helemaal naar de grond boog. "Ik kan je verzekeren dat het niet meer zal gebeuren. Ik verwacht dat dit me het grootste deel van de dag gaat kosten."

"Heel goed. Begin dan met het opnieuw vullen van de boeken. Informeer Tibbles als je klaar bent."

"Wat moet ik met de oude boeken doen?" vroeg Stephen.

"Achterin staan lege dozen. Berg ze voorlopig op," zei Teddy. "Ze betekenen niets. Misschien geven we ze in de toekomst weg. Voor nu, zet ze uit de weg."

Teddy ging weg.

Stephen werkte verder. Hij wierp een blik over zijn schouder waar Ribby naakt in haar denkbeeldige bubbel zat.

"Stephen," fluisterde ze.

Dit is een rare droom.

Teddy is echt hard voor hem.

Ja, hij verwacht perfectie.

Wat doet hij dan met mij?

"Wakker worden, Ribby!"

Ribby's zeepbel barstte toen Martha de kamer binnenkwam.

"Ik klop al tijden."

"Sorry Ma, ik ben in slaap gevallen."

"Mooi zo. Dat betekent dat je aan het ontspannen bent. Hier is iets om op te nippen."

Ribby verborg zich grotendeels onder de bubbels.

"Het is niet alsof ik het allemaal nog niet gezien heb, dochter." Martha lachte.

Ribby rilde en greep toen naar het glas Champagne. Martha ging op de rand van het bad zitten.

"Op jou," zei Martha terwijl ze de glazen aan elkaar klikten.

Dit is heel vreemd. Deze vrouw kan je moeder niet zijn. Ze vleit je alsof ze weet dat die ouwe de vraag heeft gesteld en van plan is bij jullie in te trekken.

Het zeepsop droop langs Ribby's arm op de steel van het glas. "Moeder, hoe heb je meneer Anglo ontmoet?"

"Dat heb ik je toch al verteld?"

"Ik denk het niet. Als dat zo is, dan weet ik het niet meer."

"Nou, we zaten aan het diner en Anglophone kwam binnen," herinnerde Martha zich. "Hij was erg onstuimig en veeleisend tegen het personeel en leek van enig belang te zijn. We waren benieuwd wie er zo'n scène kon veroorzaken. Toen ik hem voor het eerst zag, kwam hij me bekend voor. We dachten dat hij een politiek figuur was, of dat we hem op televisie hadden gezien. Hij leek opgewonden en mishandelde zijn limousinechauffeur die achter hem aanliep. Iedereen staarde naar hem."

"Is het hem opgevallen?" vroeg Ribby. "Ik bedoel, dat iedereen in het restaurant naar hem staarde?"

"In het begin had hij totaal geen oog voor de andere gasten. Toen hij zich realiseerde dat hij een scène veroorzaakte, verontschuldigde hij zich bij ons, niet bij zijn medewerker. Daarna kocht hij Champagne voor iedereen."

Hij klinkt als een pestkop.

Mee eens. "En dat was het?" zei Ribby.

"Nee, nee mijn meisje. Daarna vroegen we hem om bij ons te komen en hij accepteerde. Hij trakteerde, en we aten en aten. Het was een heerlijke avond. Hij nodigde ons uit om bij mevrouw Pomfrere te logeren als zijn gast. Daarom hebben we onze vakantie verlengd, want het kostte ons niets."

"Maar hoe kwam ik dan in het gesprek?"

"Tijdens het eten, ik weet niet zeker waar we het over hadden, maar ik heb hem over jou verteld.

Over je rol bij de bibliotheek en je vrijwilligerswerk met de kinderen in het ziekenhuis. Teddy was goed geïntrigeerd. Hij wilde je ontmoeten. Hij had het over zijn bibliotheek. Hij zei dat die gesloten was, totdat hij de juiste persoon had gevonden om hem te runnen. Hij vroeg naar jou."

Vertel ons meer over stalker Teddy.

"Hij is heel terughoudend over alles, aangezien hij al van me wist."

"Van iemand weten is niet hetzelfde als hem leren kennen, dochter."

"Ja, maar het klinkt alsof hij dat al besloten heeft."

"Dat weet ik zo net nog niet."

"Hij, Teddy, heeft me wel gevraagd om zijn Bibliotheek Ma te runnen, maar er waren andere voorwaarden. Complicaties."

"Complicaties zoals?"

"Zoals dat ik mijn baan moet opzeggen. Ergens anders gaan wonen. Ik moet de kinderen achterlaten."

"Iemand anders zal het overnemen. Je moet voor één keer in je leven egoïstisch zijn."

Ribby ontspande zich een beetje en nam nog een slok Champagne.

"Van wat ik van meneer Anglophone heb gezien was hij erg gul. Geen penny pincher."

Ik vraag me af of ze weet van de hypotheek.

Het is niet aan mij om haar dat te vertellen.

"Klopt." Ribby rilde. "Ik moet meer nadenken over deze Ma, en hier weggaan voordat mijn lichaam in een pruim verandert."

Martha stond op en pakte Ribby's Champagneglas. "Dochter, zo'n kans krijg je waarschijnlijk nooit meer. Ik weet dat ik niet altijd de beste moeder ben geweest. Ik weet dat je de juiste beslissing zult nemen."

"Bedankt," zei Ribby. Toen de deur eenmaal dicht was, stapte ze uit bad, droogde zich af en trok haar nachtjapon aan.

Dat was absoluut en volledig 'knevel me met een lepel' moeder en dochter tijd.

Mama deed haar best om haar te steunen.

Ja, dat deed ze zeker. Ik kon de dollartekens in haar ogen zien. Maar laten we van onderwerp veranderen. Laten we het over die rare droom hebben.

Ja, in mijn droom heette hij Stephen.

Ik dacht altijd dat hij me deed denken aan Stephen Moyer uit True Blood.

Ik heb die serie niet gezien, maar ik weet wie je bedoelt.

Het was wel raar, Anglofiel die boeken vervangt door nieuwe. Ik snap het niet.

Weg met het oude en in met het nieuwe. Dat is een dubbel doel. Nieuwe boeken met een nieuwe Bibliothecaris. Ik vind het heel logisch.

Het voelde meer als een voorgevoel.

Ribby lachte. Ik ben niet slim genoeg om voorgevoelens te hebben.

Maar dat ben ik wel.

Je bent zo grappig.

HOOFDSTUK 29

N *A EEN HAASTIGE OCHTEND*, omdat ze zich verslapen had, kwam Ribby aan op haar werk en liep het gebouw binnen.

Meteen trok een spandoek met de tekst: "Gefeliciteerd RIBBY!" trok haar aandacht.

Ro-ro. Het lijkt erop dat iemand de kat uit de zak heeft gelaten.

Wie? Ma? Ik zal...ik zal....

Een lawine van geschreeuw en applaus.

Oh nee, ik moet hier weg!

Nee, dat moet je niet. Daar is het te laat voor. Ze zien je. Lachen!

Ribby glimlachte toen haar collega's zich om haar heen verzamelden.

"Goed gedaan Ribby!"

"We wisten dat je het kon!"

"We zijn enorm trots op je! Hoofd Bibliothecaris! Wauw!"

Op het prikbord hing het volgende briefje:

"Gefeliciteerd met onze eigen Ribby Balustrade!

Hoofdbibliothecaris, E. P. Engelstalige privébibliotheek.

Getekend, mevrouw P. Wilkinson, hoofdbibliothecaris."

Ribby wreef ongelovig in haar ogen. Toen ze ze weer opende, mompelde ze onder haar adem. Hoe had hij dit kunnen aankondigen zonder het haar eerst te vragen? Ze balde haar vuisten terwijl de hitte in haar wangen steeg. Ze had geen controle meer over haar leven, haar lot. Ze ging achter de toonbank staan en legde haar hoofd op haar bureau.

Doe normaal, Rib. Je bederft hun vreugde. Ze zijn zo trots op je en het is je laatste dag hier. Doe het rustig aan. Hou je hoofd hoog.

Maar hij heeft het beloofd! Hij zei dat ik de tijd mocht nemen. Nu is dit mijn laatste dag. MIJN LAATSTE DAG!

Wat gedaan is, is gedaan. Je kunt hem er later op aanspreken. Geniet nu van het moment. Wees een inspiratie.

Mevrouw Wilkinson liep naar het bureau. "Ten eerste wil ik je bedanken dat je me gedekt hebt toen ik in het ziekenhuis lag. Ten tweede ben ik zo trots op je, Ribby! Toen Mr. Anglophone me belde, ik bedoel Theodore Anglophone, voelde ik me zo trots op je. Ik heb gehuild. Echt waar. Je bent altijd als een dochter voor me geweest."

"Dank u, mevrouw Wilkinson."

"Ik bedoel, zo'n machtige man. Dat hij jou kiest, op jouw leeftijd, om hoofdbibliothecaris te worden. Jij gaat het maken."

"Heb je wel eens van meneer Anglophone gehoord?"

"Ik ken hem niet persoonlijk, maar wel van hem. Daarnaast stond de architectuur van zijn bibliotheek in verschillende tijdschriften. Net als zijn huis."

"Ja, de bibliotheek is best mooi, zijn huis ook, maar ik wist niet van de tijdschriften."

"We houden een lunch ter ere van jou. Volledige catering, dankzij Mr. Anglophone, die erop stond om alle kosten te dekken."

"Oh, deed hij dat?" zei Ribby.

Die sluwe oude bedelaar.

"In de tussentijd," ging ze verder, "geniet van je laatste dag."

"Dank u, mevrouw Wilkinson."

Ribby wierp een blik in de richting van haar collega's die weer aan het werk waren gegaan. Nieuwsgierig geworden logde ze in op de computer en googelde Theodore Anglophone.

Het meest gezochte item was een krantenartikel in de plaatselijke krant. De kop luidde: "Verdachte dood in plaatselijke bibliotheek".

Hoezo?

Ribby las verder.

De hoofdbibliothecaris was overleden?

Daarom sloot hij de bibliotheek. Klinkt alsof de vrouw gek was.

Teddy heeft haar lichaam gevonden. Dat moet vreselijk voor hem zijn geweest.

Nee, kijk hier. Hier staat dat hij de politie heeft gebeld, maar de verslaggevers waren er eerst.

Verslaggevers zijn er altijd als eerste. Oh, ze hebben foto's van de vrouw. Ze ziet er krankzinnig uit. Waar zijn haar kleren? En ze ziet eruit alsof ze naar de verslaggevers spuugt.

Velen zouden willen spugen naar verslaggevers.

Mee eens, maar kijk naar haar ogen. Ze ziet er wanhopig uit. Angstig.

Hysterisch. Er staat dat Teddy de bibliotheek daarna heeft gesloten en gezworen heeft hem nooit meer te openen.

Tot nu. Ik moet hier weg voor wat frisse lucht voordat de lunch begint. Ze ging naar mevrouw Wilkinson toe en vroeg toestemming om te gaan.

"Nou, ik kan je nu toch moeilijk ontslaan?" brulde mevrouw Wilkinson. "Dit is tenslotte je laatste dag!"

"Ja, oh waar," zei Ribby. Er juichten nog meer welwillenden toen ze langsliep. Eenmaal buiten haalde ze een sigaret uit haar tas en stak hem op.

Misschien zijn we een beetje overhaast geweest.

Een beetje!

RIBBY WAS OP TIJD terug in de bibliotheek voor de lunch. Het buffet had meer dan genoeg eten voor iedereen. Iedereen knabbelde, mengde zich en kletste.

Mevrouw Wilkinson begon te zingen, "Want ze is een vrolijke goedzak." Ribby's wangen werden heet. Mevrouw Wilkinson hield een korte toespraak en overhandigde Ribby toen een cadeau.

"Maak open! Open het!" zongen haar collega's.

Ze scheurde het pakje open. Het was een mobiele telefoon.

"We hebben al onze contactgegevens er al op gezet, zodat we contact kunnen houden," zei mevrouw Wilkinson.

Alsof we contact zouden willen houden met dit stel!

"Heel erg bedankt," zei Ribby.

"Speech! Speech!" riepen ze.

Ribby was niet gewend aan spreken in het openbaar en mompelde een paar onsamenhangende zinnen.

Ik word verklempt.

Ze zei dat ze ze allemaal zou missen.

Het is je gelukt, Rib. Laten we nu maken dat we wegkomen.

Ze applaudisseerden. Mevrouw Wilkinson trok ieders aandacht door haar keel te schrapen. "Ik geef Ribby de rest van de dag vrij! Dank je wel Ribby, voor de jaren van uitstekende service bij de bibliotheek van Toronto. Houd alsjeblieft contact."

Het personeel vormde een stoet.

Het lijkt wel een bruiloft.

Of een begrafenis.

Buiten stond een limousine op de stoep te wachten.

Ribby balde haar vuisten.

Even diep ademhalen.

De chauffeur stapte uit.

Stephen.

Hij kantelde zijn hoed en opende de achterdeur. Binnen wachtte Teddy met een enorme grijns op zijn gezicht. Hij klopte op de stoel en moedigde Ribby aan om binnen te komen.

Stap in en koel eerst af voordat je iets zegt.

Juist. Ze balde haar vuisten. Ze ging zitten en maakte haar gordel vast. Ze haalde diep adem. "Hallo, Teddy."

"Doe de deur dicht, Stephen!" Teddy blafte.

Stephen. Hij heet echt Stephen.

Beetje Twilight Zone-achtig, nietwaar?

"Vooruit," beval Anglofoon. De slagboom ging omhoog en de chauffeur reed verder.

"Ik hoop dat je een fijne dag hebt gehad, Angela."

"Het is nogal vreemd geweest," zei Ribby. "Het was toch mijn laatste dag." Ze haalde diep adem.

"Ik wist niet dat je mevrouw Wilkinson op de hoogte zou brengen van onze afspraak. Ik wilde zelf ontslag nemen. Het was een belangrijk ding voor me om te doen." Haar wangen bloosden en haar stem trilde terwijl ze vocht om haar kalmte te bewaren.

"Waarom zou jij doen wat ik voor jou kan doen?" fluisterde Teddy. Hij legde zijn hand op haar been.

Deze keer was er geen twijfel over zijn bedoelingen. Hij liet hem daar liggen. Ze verwijderde hem niet.

"Ik weet dat deze mensen in de Bibliotheek niet altijd goed voor je zijn geweest. Ik weet dat ze misbruik van je hebben gemaakt en dat ze je niet hebben gewaardeerd. Ik wil dat je ze verlaat. Ik wil dat ze weten dat jij beter bent dan zij. Jij wint en zij verliezen."

Wat? We wisten dat hij ons in de gaten hield, maar dit is...extreem...

Waar. Ik vraag me af wat hij nog meer weet?

Ribby haalde diep adem.

"Ik weet heel veel dingen over jou. Over de wereld," bekende Teddy. "Snotterende dwazen zijn een dubbeltje in een dozijn. Ze zijn niet geschikt om je laarzen te likken. Als iemand je pijn heeft gedaan, wijs hem dan aan en ik reken met hem af."

En een huurmoordenaar! Rib, dit gaat helemaal de verkeerde kant op.

Ribby had haar nagels in de deurklink geslagen. Ze liet hem los. "Nee, nee, zo iemand is er niet. Ik leid een vrij eenvoudig leven. Ik werk, ik ga naar het ziekenhuis, ik kom thuis en ik heb helemaal niet zo'n sociaal leven."

Blijf kalm. Blijf kalm.

"Dat komt nog wel." Hij hief zijn hand met open handpalmen op, alsof hij van plan was haar een high five te geven. Ze volgde zijn hand toen die omhoog ging en toen hij hem weer aan zijn zijde neerlegde. "Als we samen zijn, zal de wereld voor je buigen en zal iedereen van je houden en je willen behagen."

De beschrijving van een koningin of prinses.

Hij keek in Ribby's ogen. Haar maag kromp ineen. Ze kuste hem.

Ah jee, Rib...wtf?

"Het spijt me," zei Ribby, walgend van haar acties. Het is jouw schuld. Ik zag mezelf als een koningin of prinses.

Ik ook, maar we zaten opgesloten in een ivoren toren.

"Het was een mooi gebaar," zei Teddy. "En nog mooier omdat je zelf de impuls had om het te doen en het hebt opgevolgd. Ja, ik zie dat we samen gelukkig zullen zijn. Kom nu met me mee terug. Kom naar ons huis. Laten we vandaag ons leven samen beginnen."

"Wacht, Teddy, wacht. Ik moet nog wat dingen op een rijtje zetten."

"Laten we vanavond samen dineren. Laten we het vieren!"

"Ik ben uitgeput Teddy en ik wil wat tijd doorbrengen met de kinderen in het ziekenhuis. Ik moet afscheid nemen en wat losse eindjes aan elkaar knopen."

Teddy keek even weg toen ze pauzeerde.

Hij weet het.

Misschien, maar ik heb hem gekust.

Ja, dat heb je zeker gedaan. Waarom?

Ik weet het eerlijk gezegd niet.

Raar.

"Ja, ik zie dat dat iets is wat je moet doen. Maar ik voel me tot je aangetrokken. Ik wil bij je in de buurt zijn. Ik wil dat we samen zijn. Laat me je naar huis brengen, Angela," smeekte Teddy.

"Eigenlijk waardeer ik het aanbod, maar ik pak liever de bus."

Ze raakte de rug van zijn hand aan.

"Waar wil je dat we je afzetten?"

"Hier, hier is prima."

Stephen stopte de auto. Voordat hij kon uitstappen en de deur kon openen, deed Ribby hem open en stapte uit.

"Tot we elkaar weer ontmoeten," zei Teddy, terwijl hij een kus in haar richting wierp en zonder het contact met haar ogen te verbreken.

Ribby betrapte zichzelf erop dat ze hem opving en haar vingers naar haar eigen lippen bracht.

Blech, Rib. Je gaat veel te ver.

Het was alsof ik bezeten was of zo.

Dat was een Academy Award winnend optreden. Ik bedoel, ik heb sommige dingen gezegd en ik heb sommige dingen gedaan, maar jij, Ribby, jij neemt de taart.

Bijt me!

HOOFDSTUK 30

R IBBY KWAM WEER THUIS en hoorde haar moeder snikken.

"Wat is er, ma?"

"Het is je tante Tizzy. Ze is dood."

"Ik geloof het niet."

Goed geacteerd, Ribby.

"Ja, ik kon het zelf ook niet geloven, maar ze hebben haar lichaam gevonden. Ze zat in het Attics-R-Us busje met een van mijn beaus."

"Oh."

"Hij was een vreemde man," zei Martha.

Dat kun je nog wel een keer zeggen.

"Dat is vreselijk. Arme tante Tizzy."

"Ik kom net terug van de identificatie van haar lichaam. Ze zijn nu haar man en dochter aan het bellen. Ze mogen haar niet zien, niet als ze er onderuit kunnen. Ze moeten zich haar herinneren, hoe ze was. Niet zoals ik haar zag. Helemaal opgeblazen en ...." Ze liep naar de bar en schonk zichzelf een slok whisky in. Ze dronk het naar binnen.

"Hoe, hoe is het gebeurd?"

Ribby, dit is weer een Academy Award winnende prestatie. Rustig. Houd je stem rustig.

"Ze denken dat ze in zijn busje van een klif is gereden nadat ze hem had neergestoken, want hij had een steekwond in zijn rug. Het forensisch team belde me, ze zeiden dat ze verkracht was."

"Verkracht? Mijn hemel, wat verschrikkelijk."

"Wacht eens even. Weet je nog dat mes dat ik laatst vond? Waar is dat mes? Het zou een moordwapen kunnen zijn. Wat hebben we ermee gedaan?" zei ze schuddend tegen Ribby. Toen stopte ze en werd bleker dan bleek. "En meneer Anglophone...oh, dit schandaal kan alles voor je verpesten!"

"Wat heeft hij ermee te maken?"

"Ik bedoel, met mij. Over mijn heren bellers. Als het uitkomt, verpest het je kansen."

Ribby gaf Martha een harde klap.

Nog een keer. Nog een keer.

"Je moet jezelf vermannen, Ma. Dit heeft allemaal niets met jou te maken, met ons, en Mr. Anglophone zal er niets om geven. Bovendien is hij geen vreemde van schandalen."

"Weet je het dan?" vroeg Martha.

"Ja, ik weet van de voormalige Bibliothecaris die stierf in de bibliotheek van Anglophone. Het klinkt allemaal heel bizar."

"De mannen," zei Martha. "De mannen mogen het vertellen, en hun vrouwen mogen het vertellen, en iedereen zal weten dat je moeder een hoer is."

"Oh, alsjeblieft moeder, stop met doordrammen. Ik krijg hoofdpijn van je."

"Beloof me iets, Ribby. Beloof me dat je Teddy belt en hem vertelt dat je nu bij hem wilt zijn. Ga hier weg en de stad uit. Voordat het schandaal toeslaat."

"Maar Ma, het Anglophone landgoed is niet ver van de stad. Teddy zou erachter komen. Ik heb hem net verlaten. Ik moet nog wat dingen afhandelen. Ik ben nog niet klaar om te gaan."

"Neeeee!" schreeuwde Martha. "Je moet NU dit huis uit!" Martha rende de trap op en begon Ribby's spullen in een koffer te gooien.

Ribby volgde.

Ze wordt gek, Rib.

Ik zie het al. Ze stort in elkaar.

Martha ging door met inpakken, vouwde en rolde haar afdankertjes op. In zichzelf mompelend: "Ik red jou. Jij bent het enige dat telt."

Ribby, die niet wist wat hij anders moest doen, schreeuwde: "STOP!"

Martha stond zo stil als een hert in een koplamp.

Ribby legde uit. "Mr. Anglophone heeft me een kledingkast vol geweldige nieuwe kleren gegeven." Ze pakte de tas die ze tijdens haar ziekenhuisoptredens had meegenomen en gooide die over haar schouder.

Die ga je niet nodig hebben!

Misschien wel en misschien niet, maar ik laat hem hier niet achter.

"Oh, ik begrijp het," zei Martha terwijl ze uitpakte. "Bel hem maar terug. Hij kan niet ver weg zijn. Dochter, als je ooit van me gehouden hebt. Als je me ooit zou kunnen vergeven en dit voor jezelf zou kunnen doen, doe het dan alsjeblieft NU!"

Ik denk dat je dat moet doen, Rib.

Mee eens. Als ik weg ben, zal ze zichzelf vermannen.

De staat waarin ze nu is, ik weet het niet.

Ze moet wel.

Ribby belde Teddy.

"Natuurlijk, ik ben niet ver weg. Ik kom je ophalen."

Martha en Ribby omhelsden elkaar.

Terwijl de limousine wegreed, keek Martha naar haar dochter tot ze haar niet meer kon zien. Ze sloot de voordeur en zakte door haar knieën. Daar bleef ze een seconde of twee met haar rug tegen de deur rusten.

Martha's leven flitste aan haar ogen voorbij, alles wat ze goed en slecht had gedaan. Er waren meer slechte dingen dan goede. Alleen Ribby viel in de laatste categorie. Ze herinnerde zich haar zus toen ze jaren geleden nog hecht waren. Een zus met wie ze ruzie had gemaakt om niets. Een zus die ze nooit meer zou zien.

Haar gedachten dwaalden terug naar het mes dat ze had gevonden. Hoe terughoudend haar dochter erover was geweest en hoe ze er zelfs een grapje over had gemaakt dat Tizzy er iemand mee zou vermoorden. Vreemd. Om nog maar te zwijgen over hoe vaag haar dochter was geweest over de terugkeer van haar zus. Het was allemaal nogal vreemd. Er klopte iets niet. Ze vroeg zich af waar het mes nu was. Haar dochter was erbij betrokken, daar was geen twijfel over mogelijk.

Ze stelde zich voor wat er gebeurd kon zijn. Carl Wheeler zou kunnen zijn komen opdagen. Had Tizzy de gordijnen geopend? Als ze per ongeluk open waren geweest, was Carl als een genodigde gast naar binnen gewandeld. En toen hijgde ze. Ze ging zitten en dacht na over wat er had kunnen gebeuren. Hoe haar dochter naar binnen had kunnen lopen... wat ze had kunnen zien...

Ze rende de trap op naar Ribby's kamer. Haar dochter verstopte dingen in haar kast, dat deed ze al sinds ze klein was. Martha vond het mes, gewikkeld in een handdoek. En niet alleen het mes, maar ook de bebloede kleren van haar dochter.

Ze nam het mes mee naar buiten en begroef het samen met de bebloede kleren onder de vloer van de schuur.

Ze ging terug naar binnen en schonk zichzelf nog een whisky in. Deze keer een grote. De telefoon ging, maar ze nam niet op. Ze zat daar maar, nippend en nippend tot hij vanzelf overging.

HOOFDSTUK 31

D E RIT NAAR TEDDY'S huis was rustig. In haar perifere blik zag ze dat Teddy in slaap was gevallen. Omdat ze zelf niet kon slapen, besloot ze Martha te bellen.

Het ging een paar keer over zonder antwoord. "Neem op Ma, neem op. Ik weet dat je er bent."

"Ah, eh, wat?" zei Teddy, die geschrokken wakker werd.

"Het spijt me dat ik je wakker maak, Teddy. Ik probeer mijn moeder te bellen."

"Oh, hoe is het met Martha dan?"

"Geen antwoord," zei Ribby, terwijl ze de telefoon weer in haar handtas stopte.

"Laat maar," zei Teddy, terwijl hij Ribby op haar dij klopte. "Je kunt haar morgenochtend bellen. Kun je me vertellen, Angela, waar je aan dacht?"

"Wanneer?" vroeg Ribby.

"Voordat ik in slaap viel," merkte Teddy op. "Je leek ergens diep in gedachten verzonken."

Ribby begon iets te zeggen, maar Teddy onderbrak - "Angela, het is geen kritiek op jou, maar als we samen zijn, zou ik hopen dat je alleen aan mij zou denken. Aan ons."

Nu wil hij je gedachten controleren.

Ik denk niet dat hij dat bedoelt.

"Sinds ik een klein meisje was, moest Ma me alleen opvoeden."

"Dat weet ik, Angela. Martha heeft het me verteld. Ze zei dat ze vaak een slechte moeder was. En toch maak je je zorgen om haar. Hoe eigenaardig." Hij nam haar hand in de zijne.

Haal de violen tevoorschijn.

Hij viel weer in slaap terwijl hij haar hand vasthield.

Meer slaaptijd is goed!

HOOFDSTUK 32

D E VOLGENDE OCHTEND WAS er onrust buiten Martha's huis. Claxons toeterden. Piepende banden. Flitsende camera's. Luide stemmen.

Martha tilde de hoek van de jaloezie op. Het was een chaos. Eén vrouw droeg een bord met de tekst: "Ga onze buurt uit, hoer!"

"Daar is ze!" riep iemand, terwijl camera's klikten en flitsten.

"Ze is thuis!"

Martha ging naar de keuken en maakte een kopje thee. Terwijl ze nipte, zat Scamp dicht genoeg bij haar zodat ze hem kon aaien.

Ze belde John MacGraw en liet een boodschap achter. "Ik ben het. Kom vandaag niet langs. Hou je de komende weken gedeisd. Journalisten, klootzakken, kruipen overal rond. Ik wil niet dat je erbij betrokken wordt. Bel me als je kunt..." Het bericht eindigde met een pieptoon. Martha legde de telefoon terug op zijn plaats in de hoop dat hij het bericht eerder zou horen dan zijn vrouw.

Ze ging zitten, bladerde door de tv-kanalen tot er op de deur werd geklopt.

"Martha, ik ben het, Sophia."

Door het sleutelgat zag ze haar buurvrouw, mevrouw Engle.

"Achteruit jullie, aasgieren!" riep Sophia met haar vuisten in de lucht. "Deze vrouw is in de privacy van haar eigen huis. SCHREEUW! Jullie schooiers! Ga achter een ambulance aan of zo!"

Martha opende de deur. Een verslaggever riep: "Waarom was die Attics-R-Us man hier zo vaak? Ze hebben zijn afsprakenboek gevonden en hij bezocht jullie wekelijks."

"Geen commentaar," zei Martha terwijl ze de deur achter haar buurvrouw sloot.

Mevrouw Engle glipte naar binnen. "Oef! Ik heb een kopje thee nodig, Martha, mijn vriendin."

"Dat heb je zeker verdiend. Ik heb er net een voor mezelf gemaakt. En bedankt, Sophia."

"Het was niets. Ik hoorde het van je arme zus. Die adders zouden je moeten laten rouwen in plaats van ophef te maken over van alles en nog wat."

"Het is vast een dag met weinig nieuws," zei Martha terwijl ze de koffie inschonk en Sophia suiker en melk aanbood.

Sophia wuifde beide weg. "Waar is Ribby?"

"Ze is weg. Gelukkig maar. Ze heeft een nieuwe baan, buiten de stad."

"Fijn voor Ribby. In de tussentijd zal een andere gebeurtenis vast hun aandacht van jou afleiden. Die gieren kunnen nog wat leren over manieren!"

"Dat kunnen ze zeker," zei Martha.

Sophia belde 911.

Martha glimlachte toen Sophia begon te praten.

"Ja, is dat de politie?" Ze pauzeerde. "Nou, jullie kunnen beter allemaal hierheen komen, anders moet ik het recht in eigen hand nemen. Mhmmmm. Overal verslaggevers. Mijn rozen vertrappen. De rust verstoren. Ik weet niet hoe ze het durven. Oké, ja, Sophia Engle, 44 Midas Lane. Ik zit hiernaast vast, 42 Midas Lane, oké. Zal ik doen. Oké. Dank u, meneer. Tot ziens dan maar. Prijs de Heer!"

Martha en Sophia wachtten op de politie.

Het leek niet zo erg nu ze iemand bij zich had.

HOOFDSTUK 33

H ET WAS MIDDERNACHT TOEN de limousine voor het Anglofoonse landhuis stopte. Het was niet helemaal donker en een lichte gloed van iets kaarsachtigs kwam uit de ramen.

Het huis opende zijn armen en Ribby stapte naar binnen, gevolgd door Stephen met haar tas.

Teddy stopte bij de deuropening waar zijn knecht stond.

De knecht hielp zijn meester door zijn jas uit te trekken.

Toen hij een blik op Ribby wierp, liep er een rilling over haar rug. Hij glimlachte, een onwelkome glimlach. Een glimlach die nog steeds leek op iemand die op citroenen had gezogen.

Het moest zijn gebruikelijke toestand zijn.

Zijn gebobbelde lippen veranderden in een getande glimlach toen Anglo tegenover hem stond.

"Dit is je nieuwe thuis, Angela. Welkom!" zei Teddy stralend. "Stephen, zet de tas neer en je mag gaan. De auto heeft een schoonmaakbeurt nodig, zowel van binnen als van buiten."

"Ja, meneer," zei Stephen.

Stephen boog eerst naar Teddy en toen naar Ribby en vertrok.

"Dit is mijn bediende, Tibbles. Je hebt hem laatst ontmoet. Hij is verantwoordelijk voor het runnen van het huis. Tibbles, juffrouw Angela. Ik vertrouw erop dat alles in orde is?"

"Ja, meneer, alles is klaar voor de aankomst van uw jongedame," terwijl hij Ribby's tas opraapte en wegliep.

Ribby keek Teddy aan, onzeker over wat hij moest doen.

"Het is een lange dag geweest en ik wil me terugtrekken, mijn liefste," zei Teddy terwijl hij haar hand kuste. "TIBBLES!" brulde hij. "Laat alsjeblieft juffrouw Angela haar kamer zien."

Tibbles wachtte bovenaan de trap met Ribby's tas.

Ribby klom de trap op in de richting van Tibbles, "Kom je niet naar boven?"

Teddy bleef onderaan de trap staan, zoals Rhett Butler naar Scarlett O'Hara keek.

"Mijn kamers zijn op de begane grond. Welterusten, mijn engel. Slaap lekker."

Toen Anglophone buiten gehoorsafstand was, bromde Tibbles. "Volg me," zei hij en leidde haar door de gang. Een paar deuren verder gooide hij de deur open en wuifde Ribby naar binnen. Hij volgde haar naar binnen en wachtte op instructies.

Ribby nam haar nieuwe onderkomen in zich op. Haar nieuwe thuis. Bloemen vulden elke beschikbare ruimte. Rozen. Honderden. Alles in de kamer was roze, mooi en prachtig.

"Ik vertrouw erop dat dit naar tevredenheid is," zei Tibbles. Hij liet de tas op de grond vallen.

"Ja, oh jee, ja." Ze draaide zich om en gooide een knopvaas om, die op de grond viel. Ze liet zich op haar knieën vallen en begon de stukken op te rapen, terwijl ze zich verontschuldigde.

"Ik pak dat wel," zei Tibbles, terwijl hij haar opzij duwde en een kleine bezem en stoffer uit zijn jas haalde. "Als er verder niets is, juffrouw Angela, mag ik me dan terugtrekken voor vanavond?"

"Oh ja, dank u en, heel erg bedankt. Voor alles."

Tibbles boog en glimlachte bijna.

Misschien heeft hij gas.

Ribby lachte.

Tibbles sloot de deur op zijn weg naar buiten.

Toen hij weg was, opende Ribby een deur, waarvan ze hoopte dat die naar de badkamer leidde. Het was een inloopkast. Ze opende een andere deur; het was een poederkamer maar geen toilet. Waar was de badkamer dan?

"Tibbles?" riep Ribby, maar hij was al weg. Ik denk dat ik tot morgen moet wachten.

Is er geen bel of zo die je kunt luiden om hem terug te roepen?

Ik zie er geen.

Als je Koningin van het Huis bent, krijg je er een geïnstalleerd.

Ja, dat staat bovenaan mijn prioriteitenlijstje.

Ribby rilde in haar nachtjapon. Ze deed de elektrische deken aan en deed haar best om zich niet te voelen als een prinses die moest plassen.

Ribby werd midden in de nacht wakker met pijn langs haar hele zij. Ze moest opstaan en naar de wc, en hoe eerder hoe beter. Ze stapte op het berenvel naast het bed, rilde en zocht naar een mantel. Ze vond er een aan een haak in de kast. Hij paste. Nogmaals, Teddy kende vrouwenmaten.

Hij denkt aan alles.

Ja, behalve vertellen waar de plee is!

Dat had Tibbles met zijn poepkop moeten doen.

Ribby opende de deur en tuurde door de gang naar de badkamer. Elke stap die ze zette was pijnlijk.

Die man zou ontslagen moeten worden.

Nee, het is mijn schuld - ik had het moeten vragen.

Ribby liep naar het einde van de gang. Ze begon deuren te openen. Deur nummer één was een logeerkamer. Deur nummer twee was een jongenskamer, helemaal in het blauw.

Wat...?

Misschien heeft hij een zoon? En heeft hij zijn kamer gelaten zoals hij was toen hij verhuisde?

Ja, sommige ouders maken heiligdommen voor hun kinderen.

Bij deur nummer drie sloeg Ribby haar vingers om de klink.

"Kan ik u helpen?"

Ribby draaide zich om en zag Tibbles met zijn hand op zijn heup in een nachtjapon, een muts en een kaars. Hij zag eruit als een personage uit een roman van Charles Dickens.

"Uh, sorry dat ik jullie stoor, maar ik moet naar de wc. Ik weet niet waar die is."

Tibbles bloosde. "Volg mij maar." Hij leidde haar terug door de gang, langs haar eigen deur en, twee deuren verder, naar rechts, naar de badkamer. "Is er nog iets anders vanavond, juffrouw?"

"Nee, nee, Tibbles. Heel erg bedankt," zei Ribby terwijl ze zich naar binnen haastte en zich een weg baande naar het toilet. Plassen had nog nooit zo goed gevoeld, en ze merkte dat de akoestiek in de kamer erg luid was. Ze had de neiging om iets te zeggen om te zien of het terug zou galmen, maar besloot het niet te doen.

Angela kon het echter niet laten en begon het refrein van Madonna's "Like A Virgin" te zingen. Deze akoestiek is geweldig!

Toen ze klaar was met haar wasbeurt, keek ze de badkamer rond.

Wauw, handdoeken met "Angela" erop geborduurd.

Hoe had hij dat kunnen regelen?

De knecht naait waarschijnlijk.

Hij lijkt erg...

Stijf? Stijf?

Ja, en ja.

Anglo denkt zeker aan alles, ik bedoel, griezelig.

Ja, hij is bedachtzaam.

Dat bedoelde ik niet. Laat maar zitten.

Ribby ging terug naar haar kamer en ging weer slapen.

Angela begon zich te vervelen met Ribby's kijk op alles. Ze wilde wat opwinding; ze miste het uitgaan en alles wat daarbij hoorde.

Angela vroeg zich af hoe het met Stephen was. Was hij vrijgezel? Hield hij van plezier maken?

Ze wilde het optreden met de oude man echter niet verpesten.

Als de timing goed is, zal alles van mij zijn!

Toon sinister gelach!

HOOFDSTUK 34

D E VOLGENDE OCHTEND OPENDE Ribby haar ogen voor het geluid van iemand die op haar deur klopte. Voordat ze kon antwoorden - dit voelde als een déjà vu - klopte de persoon opnieuw.

""Ik kom er zo aan," zei ze, terwijl ze de dekens naar achteren gooide, zich uitrekte en gaapte.

"Meester Anglophone wacht op uw aanwezigheid, juffrouw. Hij houdt er niet van om te wachten. Haast u alstublieft."

"Ik zal mijn best doen," zei Ribby, waarna de vrouw wegging. Ribby douchte, bond haar haar vast en fatsoeneerde haar gezicht door in haar wangen te knijpen. Ze ging terug naar haar kamer en pakte het eerste wat ze te pakken kon krijgen uit de kledingkast. Het was een suède broekpak dat haar perfect paste. Ze ging naar beneden.

"Goedemorgen, Teddy," zei Ribby, terwijl Tibbles de weg naar de eetzaal leidde.

"Eindelijk!" mompelde een vrouwelijke bediende onder haar adem.

Tibbles staarde haar aan met zijn ogen die bijna uit zijn hoofd puilden en vervolgens naar Anglophone. Toen hij zeker wist dat Anglophone haar niet gehoord had, werd ze weggestuurd.

"Ja, nou, Angela, ga zitten en geniet van het eerste van vele ontbijten die we met z'n tweeën in dit huis zullen delen. Heb je goed geslapen? Ik begrijp dat Tibbles je om 2 uur 's nachts heeft bijgestaan?" Teddy klapte in zijn handen. Het personeel begon met serveren.

"Euh, ja," zei Ribby, die vuurrood werd. Ze wierp een blik op Tibbles. Hij keek naar zijn schoenen.

"Tibbles is berispt voor het verwaarlozen van zijn taken. Het zal niet meer gebeuren."

"Mijn excuses, juffrouw Angela," zei Tibbles, terwijl hij laag boog voor Teddy en daarna voor Angela.

"Het was niet zijn schuld. Ik had het moeten vragen."

"Ik verzeker je dat het altijd de schuld van de hulp is. Als je werkgever bent, zou je het nooit hoeven te vragen."

Ribby concentreerde zich op haar eten. De serveerster kwam naar haar toe en bood aan om room in de havermout te gieten. Ribby bedankte haar. "Ik geloof niet dat we elkaar al hebben ontmoet?" zei Ribby tegen de serveerster die achteruit stapte en haar gezicht bedekte. Ribby keek in de richting van Teddy. Zijn bovenlip trilde. Ze besefte dat ze geblunderd had.

"Mevrouw Haberdash, mag ik u voorstellen aan juffrouw Angela," zei Teddy op sarcastische toon.

"Laat ons nu rustig ontbijten. Ik wil niet dat jullie hier allemaal rondlopen. Slecht voor de spijsvertering!"

"Meneer?" vroeg Tibbles.

"Ja, ik bedoel ook jullie. Ik laat het je weten als we iets nodig hebben."

"Ja, meneer Engelstalig, meneer."

Het is hier allemaal zo formeel, ik krijg er de kriebels van.

Ja. Ze lijken bang.

Teddy leidt een strak schip.

Tibbles is enger.

Anglophone moet ze goed betalen.

Ribby keek op en realiseerde zich dat Teddy aan het woord was geweest.

"...Wees niet bang om suggesties te doen voor de toekomst, zodat je de bibliotheek je eigen kunt maken."

"Teddy, voordat je nog iets zegt, wil ik je bedanken."

Teddy straalde en stak zijn borst vooruit.

"Jij, mijn engel, bent alles en meer. Ik wil je geven wat van mij is. Alles wat je wenst, zal ik je geven. Je hoeft het alleen maar te vragen."

Ribby stond op en kuste Teddy op de bovenkant van zijn hoofd. Ze omhelsde hem. Hij moedigde haar aan om op zijn knie te gaan zitten. Ze kusten elkaar. Staarden in elkaars ogen.

Neem een kamer! Ik bedoel, de bedienden kunnen elk moment terugkomen!

Teddy stond op en legde zijn handen op Ribby's wangen. Hij staarde in haar ogen en zij in de zijne. Hij leidde haar aan de hand weg.

Helemaal aan het kotsen hier.

Langs de gang, naar het hart van de ingang, de trap op.

Kom eruit, Rib! Het is te vroeg om je te laten meeslepen.

Geen antwoord.

Ribby, luister je naar me? Hij heeft je gehypnotiseerd of hij controleert je. Ribby! Luister naar me. Kom terug naar mij!

Angela probeerde de controle over te nemen. Weg te kijken. De band verbreken was alles wat ze hoefde te doen, maar het lukte haar niet.

Ze schreeuwde Ribby's naam opnieuw en opnieuw en opnieuw.

Nog steeds geen antwoord.

HOOFDSTUK 35

D E KOPPEN SCHREEUWDEN: "EEN hoerentent in ons midden." Martha pakte de krant die voor de deur lag en gooide hem meteen in de prullenbak.

Ze haalde hem weer tevoorschijn en tegen beter weten in las ze het artikel. Martha Balustrade, 62, exploiteerde een bordeel in de buurt van het centrum. (Foto op pagina 3).'

Martha bladerde naar de foto. Ze hijgde. Ze hadden haar trouwfoto gebruikt. Ze voelde zich verraden. Een traan liep over haar wang terwijl ze het papier in kleine stukjes scheurde.

Martha voelde elke centimeter van de holle ruimte, alsof haar huis niet langer haar thuis was. Ze had de telefoon van de haak genomen en weigerde de televisie aan te zetten uit angst voor wat er over haar gezegd werd. Ze wenste dat ze nooit uit bed was geklommen, maar ze moest naar zolder.

Ze klom de ladder op. Helemaal achterin de hoek, bedolven onder dekens, spinnenwebben en allerlei andere spullen, stond een ladekast met een hangslot waarin privédocumenten lagen.

Martha begon de papieren één voor één uit de kist te halen en stopte af en toe om te lezen. Daar was het. Ze opende het boek en vouwde het document open: Ribby's geboorteakte. Ze sloot het boek en draaide het om. Een paar seconden keek ze naar de afbeelding op de achterkant. Ze vouwde het document weer op, legde het terug in het boek en legde het op de stapel 'weggooien'.

Toen de avond viel, klom Martha naar beneden, zoveel als ze kon dragen. Ze ging weer naar boven en vulde haar armen, waarbij ze er goed op lette dat ze twee aparte stapels hield. Na verschillende keren de trap op en af te zijn gelopen, had ze alle documenten bij zich. Ze was van plan om de stapel 'bewaren' grondiger te lezen met een whisky of twee. De andere stapel zou vernietigd worden.

Ze legde de 'weggooi' stapel op de bank bij de open haard en de 'bewaar' stapel helemaal achteraan.

Bovenop de weggooistapel lag het boek met Ribby's geboorteakte. Ze wierp er een korte blik op. Naar de lege plek waar de naam van Ribby's vader had moeten staan.

Martha liep naar de open haard en stak de houtblokken aan. Ze gooide Ribby's geboorteakte erin en opende toen het rookkanaal. De wind waaide meteen naar beneden waardoor de papieren op de bank trilden en schudden. Ze pakte het boek op en gooide het in het vuur. Ze keek toe hoe het in brand vloog en gooide toen de rest van de 'wegwerpstapel' erbij.

Toen alles weg was, keek Martha naar de opkomende zon die over de heuvels scheerde. Het groene gazon contrasteerde met het purperrode van de zonsopgang. Haar ogen dwaalden af naar een kleine schaduw voor de deur. Ze kon niemand zien en vroeg zich af wat het was.

Ze liep naar de deur en gluurde door het kijkgaatje. Ze wist zeker dat het een fles van iets was. Melk? Nee, de melkboer was hier al meer dan tien jaar niet meer geweest. Uiteindelijk overwon haar nieuwsgierigheid en opende ze de deur. Het was een fles mousserende wijn, met een briefje waarop stond: 'A Toast to You, All My Love.'

Het moest van John zijn. Hij was vast langsgekomen toen ze op zolder was. Ze pakte de telefoon om hem te bedanken, maar kreeg alleen zijn antwoordapparaat. Dit keer hing ze op zonder een boodschap achter te laten.

Martha schonk een glas in en slikte tegelijkertijd een paar slaappillen. Ze ging door met de wijn en de pillen tot beide flessen leeg waren. Toen ging ze terug naar de Jack Daniels en dronk het op.

Ze viel in en uit de slaap.

Een vonk in de open haard maakte contact met de rand van de stapel 'bewaar'. Al snel stond de stapel in brand. Toen de bank.

Martha sliep verder.

Mevrouw Engel belde de brandweer.

Martha had ervoor gezorgd dat de stapels gescheiden bleven. Uiteindelijk kwamen ze allebei op dezelfde plaats terecht.

HOOFDSTUK 36

T EDDY LEIDDE ANGELA DOOR de gang.

Ribby, wat doe je? Het is te vroeg. Slaap je? Word wakker! Wakker worden!

Teddy stopte met lopen en gooide een deur open.

DAT had ik niet verwacht.

Ik ook niet!

Eindelijk ben je eruit geknapt! Ik maakte me echt zorgen.

Waarom? Wat is er gebeurd? Wat heb ik gemist?

Hoorde je me niet roepen?

Nee, maar ik kon de oceaan horen.

Hij moet iets met je gedaan hebben.

Ik denk het niet.

Ze strompelde naar voren, verwachtte een weelderig boudoir te zien, maar wat er voor haar lag was niets van dat alles. In zijn huis had hij een exacte replica van de bibliotheek gemaakt.

"Het is voor jou," zei Teddy terwijl hij Ribby's hand kuste. Hij stond naar haar te kijken terwijl ze alles in zich opnam. "Dit is jouw heiligdom, jouw speciale plek, Angela, en niemand zal de sleutel hebben, behalve jij.

Kom hier om je gedachten tot rust te brengen. Om te ontsnappen aan de wereld. Van mij als je dat wilt. Kom hier om te schrijven, te schilderen, wat je hart maar begeert. Kom hier vaak. Leer elk boek kennen - lees alles - want ik heb ze allemaal al gelezen - en we zullen veel te bespreken hebben. Op een dag zullen we reizen en alle plaatsen zien waarover je in deze boeken leest. Ik wil je alles laten zien."

Ribby haastte zich naar hem toe en kuste hem. Niemand was ooit eerder zo attent, zo geweldig voor haar geweest.

Rustig aan, Ribby. Rustig aan!

Hij nam haar gezicht in zijn handen en kuste haar hartstochtelijk.

Ribby's knieën knikten.

Tibbles schraapte zijn keel. "Neem me niet kwalijk, meneer."

Godzijdank voor Tibbles! Ribby heeft het gebouw verlaten. Herpak je, Rib.

"Wat is er?" zei Teddy, met een stamp van zijn voet.

"Een zaak van groot belang, meneer." Tibbles' stem trilde. Hij hield zijn ogen naar de grond gericht.

"Niet nu, Tibbles. Hou het onder je hoed, oude man, ik kom er zo aan," zei Teddy, terwijl hij Ribby's rug streelde.

"Maar meneer..."

"Goed dan," riep Teddy terwijl hij zijn handen op zijn zij liet vallen en Ribby alleen liet staan.

Ribby voelde zich warm, veilig en gelukkig terwijl ze rondkeek naar de boeken in haar eigen bibliotheek. Ze kneep zichzelf om te controleren of ze niet droomde.

Ik begrijp het niet. Waarom een exacte replica van de andere bibliotheek hier?

Het is erg attent, vind je niet?

Ik denk dat het betekent dat hij je hier wil hebben, niet daar.

Ik kan hier geen hoofdbibliothecaris zijn. Er zijn geen klanten. Ze rilde.

Ja, het slaat allemaal nergens op.

De andere bibliotheek had er een goed gevoel over. Het lijkt hier koud.

Er hangt een thermostaat aan de muur, misschien is het koeler omdat sommige boeken breekbaar zijn, misschien zelfs oud? Kijk eens naar die plank daar. De banden zien er authentiek uit. Wacht even, ik realiseer me net... is dit de bibliotheek uit de droom?

Een onverwacht geklop op de deur deed haar opspringen. Ze stond op en opende de deur om Tibbles aan te treffen met een ernstige blik op zijn gezicht.

"Mijn meester moest het huis verlaten voor dringende zaken. Hij komt pas morgen terug. We staan tot uw beschikking." Hij boog laag.

"Voor nu gaat het goed, dank je, Tibbles." Ze sloot de deur en ging weer lezen.

HOOFDSTUK 37

"WANNEER HEB JE HAAR voor het laatst gezien?" Anglo blafte terwijl Stephen wegreed van het landhuis.

"Vrijdag. Ik was er vrijdag. Ze was radeloos, maar ik had nooit gedacht dat ze dit zou doen!" zei Stephen, terwijl hij zijn vingers in het stuur graafde.

"Ze is een dwaze vrouw," zei Anglo terwijl zijn vuist neerkwam op de armleuning.

Het laatste wat Stephen wilde was überhaupt met hem praten. Maar hij had geen keus omdat 'Teddy' de rekeningen betaalde van het ziekenhuis waar zijn moeder lag. Stephen's moeder was op een dag voorgoed veranderd in de bibliotheek van Anglophone. Ze was bijna gestorven. Nu was ze een omhulsel van de moeder die hij ooit gekend had.

Terwijl hij reed, herinnerde Stephen zich hoe zijn moeder hem vertelde hoe zij en Teddy's toekomst met elkaar verstrengeld raakten. Hoewel hij als baby bij Anglophone was binnengekomen, werd Stephen nooit als familie behandeld. Natuurlijk, hij had een mooie kamer met alles in blauw, maar een jongen had meer nodig.

Stephen was een eenzaam kind geweest. Een kind dat verlangde naar een vaderfiguur. Anglo sloot zich af voor zijn stiefzoon. Sterker nog, hij verliet de kamer wanneer Stephen binnenkwam. Stephen voelde zich een doorn in het oog van de man en niets meer.

Hij veegde een traan van zijn wang terwijl hij steeds dichter naar het psychiatrisch ziekenhuis reed. Verpleegster Beemer vertelde hem dat zijn moeder een flesje pillen had ingeslikt. Toen hij vroeg waar ze die vandaan had, wisten ze het niet zeker. Dat deed er niet toe. Wat uitmaakte was dat zijn moeder bewusteloos was. Haar maag pompte. Haar toekomst was onzekerder dan ooit. Zou ze blijven leven of sterven?

"Stomme vrouw," mompelde Anglo. "Stomme, stomme vrouw."

Nadat Stephen de deur voor Anglophone had geopend, rende hij vooruit. Hij wilde zijn moeder vinden; hij moest haar onmiddellijk vinden. Hij kon Old Lead-foot achter zich aan horen zwalken. Hij had nooit kunnen begrijpen hoe zijn moeder verliefd op hem had kunnen worden. Maar nu was niet het moment.

Stephen stapte op de verpleegster af. "Mijn moeder? Waar is ze? Hoe is het met haar?"

"Ze is buiten gevaar, maar het was kantje boord, meneer Franklin. Kamer 208. De gang door, naar links." De verpleegster liet de zoemer los.

Stephen ging naar binnen. Hij was vastbesloten om zijn moeder alleen te spreken. Hij zette het op een lopen.

Anglophone zat hem op de hielen.

Zijn moeder lag bewusteloos, omarmd door het beddengoed. Slangen en draden staken uit haar borst en armen en leidden naar een reeks machines.

Stephen kuste haar op het voorhoofd, ging zitten en nam haar slappe hand in de zijne. De machines zoemden en piepten.

"Ze ziet er goed uit," zei Anglophone van achter Stephen's linkerschouder.

"Nu, sta op en laat een oude man de stoel hebben. En haal een kop koffie voor me," voegde hij eraan toe, terwijl hij Stephen een paar biljetten toewierp. "En wat bloemen voor je moeder, mooie, in een vaas."

Stephen deed wat hem gezegd werd.

Een van de dingen die een man deed als hij zoveel jaar lang elke dag in de buurt van een Anglo was dat hij leerde hoe hij zijn mond moest houden.

$$*\,*\,*$$

"ROSEMARY, KUN JE ME horen?" fluisterde Teddy tegen de vrouw op het bed. "Rosemary, het is Teddy."

Er kwam geen verandering of beweging uit de vrouw. Teddy herinnerde zich de dag dat ze elkaar voor het eerst ontmoetten. Ze was zo levendig geweest, zo levendig. Nog maar een paar weken geleden had ze haar verjaardag gevierd. Hij had haar narcissen gestuurd, haar lievelingsbloemen.

Gelukkig zei Rosemary dat ze zich niet veel herinnerde van de tijd van het ongeluk. Het nieuws over haar dood ging het internet op. Tijdens de media-ellende liet Anglophone zijn vriend, de lijkschouwer, een auto sturen om haar weg te brengen. Weg naar deze plek, waar ze na verloop van tijd kon genezen.

"Ze leeft nu niet echt meer, zo," mompelde Teddy tegen zichzelf toen er voetstappen naderden. Stephen kwam terug. Teddy had nog niet eens met zijn vrouw gesproken. Want ja, omdat ze niet dood was - Teddy was nog steeds een getrouwd man. De helft van alles wat hij bezat behoorde toe aan de bewusteloze vrouw en zijn erfgenaam.

"Hoe is het met haar?" Stephen knielde bij het bed van zijn moeder en nam haar hand nogmaals in de zijne.

"Ze ademt, maar niet uit vrije wil. Het wordt tijd dat we het erover hebben om haar in vrede te laten gaan."

"Maar dat kan niet. Ze is mijn moeder en dat laat ik niet toe."

"Praat niet zo hard. Jij, brutale imbeciel!" schreeuwde Teddy.

Rosemary opende haar ogen. Ze opende haar mond.

"Ze probeert te praten!" Tranen stroomden over Stephen's wangen. "Moeder, ik ben hier, het is Stephen. Je zoon Stephen. Als je me kunt horen, knijp dan in mijn hand."

Hij wachtte en hield zijn adem in, maar ze kneep nooit in zijn hand.

In plaats daarvan kneep ze in Teddy's hand.

HOOFDSTUK 38

TERUG IN HET HUIS voelde Ribby zich eenzaam. Ze wilde naar de bibliotheek maar had geen sleutel. Ze overwoog om Tibbles te vragen of hij ergens een exemplaar had, maar besloot het niet te doen.

Ribby pakte de telefoon in de hal, van plan om Martha te bellen.

Tibbles verscheen uit het niets. "Kan ik u helpen, juffrouw?"

"Ja. Ik wil graag mijn moeder bellen en ik schijn mijn mobiele telefoon kwijt te zijn."

"Tijdens uw inwerkperiode mag u niet bellen, juffrouw."

"Maar waarom?"

Worden we gevangen gehouden?

"Ik volg de instructies van mijn meester. Als er niets anders is..."

"Nou, er is wel iets anders. Ik wil graag een sleutel van de Bibliotheek verderop, zodat ik nog eens kan gaan kijken."

"Er is geen sleutel voor u, juffrouw. U kunt gaan wandelen of gebruik maken van de faciliteiten in het huishouden, zoals uw eigen persoonlijke bibliotheek. Het kuuroord is ontspannend als je wilt dat ik je laat zien waar het is."

"Nee, dank je. Ik wacht wel tot Teddy, eh, Mr. Anglophone terug is."

"Ik kwam je spreken over meneer Anglophone. Hij wordt nog een dag vastgehouden. Ik heb instructies om ervoor te zorgen dat u zich thuis voelt. Laat het me weten als er nog iets is, juffrouw."

"In dat geval ga ik een wandeling maken. Hoe ver is het dichtstbijzijnde dorp?"

Tibbles stapte dichter naar Ribby toe, leunde voorover en fluisterde. "Het is te ver om te lopen, juffrouw, en ik ben bang dat de auto en chauffeur bij meneer Anglophone zijn. Verken het tuingedeelte, laat ons weten wanneer u wilt dineren." Hij liep weg.

"Dank u," mompelde Ribby. Ze draaide zich om en vocht tegen de drang om ergens tegenaan te schoppen. In plaats daarvan liep ze de deur uit.

Ik mis mam.

We zijn sowieso beter af zonder die heks! Kijk naar de plek waar we wonen, en als we onze kaarten goed uitspelen, kunnen we hier iets van onszelf maken. Hoewel hij een beetje vreemd is, is Teddy erg op je gesteld. Je hoeft alleen maar mee te spelen, totdat we erachter zijn wat zijn spel is.

Wat bedoel je met zijn spel? Hij wil dat ik zijn metgezel word. Hij is ontzettend lief. Ik zou verliefd op hem kunnen worden. Als je stopt met insinueren. Waarom ben je zo achterdochtig?

Het is een onderbuikgevoel. Alsof hij dit eerder heeft gedaan.

Hij is zo lief en teder.

Hij geeft om je. Maar toch, na wat er gebeurde voordat hij je de replica van de bibliotheek liet zien, je weet wel, toen je er niet bij was? Wees op je hoede. Tem hem. Laat hem langzaam gaan. Laat hem wachten. Gissen.

Zijn aanraking is heel zachtaardig.

Nadat ze een tijdje had verkend, keek Ribby voor zich uit, en er was niets dan water. Achter haar het huis van Teddy. Daarna kilometers ver niets.

Ze had nagedacht over ideeën voor dingen die ze in de bibliotheek zou willen introduceren. Zoals een kinderclub. Een plek waar kinderen op zaterdagochtend naartoe zouden kunnen gaan. Om verhaaltjes voorgelezen te krijgen, spelletjes te doen. Het zou een veilige plek zijn, waar ouders even pauze konden nemen. Ja, dat was haar beste idee tot nu toe!

Ze wilde ook met Teddy praten over het hervatten van haar optredens in het plaatselijke ziekenhuis. Ze miste al haar kinderen en vroeg zich af hoe het met ze ging. Haar leven was zo veranderd en ze voelde zich er een beetje door overweldigd.

Het is nog maar het begin, dacht Ribby terwijl de mist van de golven haar gezicht kuste.

Een auto reed de boulevard op en scheurde vlak langs haar heen.

Ik vraag me af wie dat is?

Het was een vrouw.

Ja. Op bezoek bij Tibbles als zijn baas weg is. Interessant.

Het kan ook niets zijn. Als hij iets van plan is, zou Teddy dat willen weten.

Het zou leuk zijn om erachter te komen.

Laten we gaan!

HOOFDSTUK 39

D E HEL WAS LOSGEBROKEN. Nadat Stephen's moeder in Teddy's hand had geknepen, kneep hij terug. Hij dacht dat hij dat onopvallend deed, totdat de patiënt zei: "Teddy, hou godverdomme op, je doet me pijn!"

"Mam, oh mam, je bent wakker. Ik kan beter iemand hierheen halen." Hij drukte op de knop van de intercom. "Verpleegster, verpleegster, kom naar kamer 208! Alsjeblieft!" Stephen veegde zijn tranen weg en kuste zijn moeder op haar beide wangen.

"Hou op met kwijlen, jongen," zei Stephens moeder terwijl ze hem bekeek. "Ik weet niet wie je bent. Teddy, zeg hem dat hij weg moet gaan zodat we samen alleen kunnen zijn. Haal hem hier weg!"

Haar ontkenning sneed door hem heen. "Maar mam, ik ben het, Stephen, je zoon." Hij raakte haar hand aan, liet er iets in vallen. "Je hebt me dit St. Christoffel medaillon gegeven. Zie je? Je naam staat erop, mam. Lees het."

Ze keek naar het sieraad en las hardop: "Aan Stephen met liefde van mama. Hmmfff. Nou, ik herinner me jou niet. Haal hem hier weg, Teddy!"

   Stephen vertrok vechtend tegen de drang om met zijn vuisten tegen de ziekenhuismuren te slaan.

HOOFDSTUK 40

RIBBY RENDE DE TRAP op.

Ze opende de deuren. Een grote achterkant van een vrouw met een lange rok met zonnebloemprint kwam in zicht. Het kledingstuk veegde over de vloer toen ze achter Tibbles aanliep. Een grote slappe hoed en een jade blouse met lange mouwen en vloeiende manchetten maakten haar ensemble compleet. Hoewel ze achter Tibbles liep, leek ze het gesprek te leiden.

Laten we hier weggaan. Ze ziet er saaier uit dan Tibbles.

Nee, Teddy zei dat ik het mezelf gemakkelijk moest maken. Dus mezelf voorstellen, en niet te vergeten nieuwkomers controleren en verwelkomen, zou gepast zijn.

Dat is Tibbles' taak.

Ribby besloot te onderbreken; om hun aandacht te trekken riep ze: "Hallo!"

De twee draaiden zich in haar richting, Tibbles met een scheve blik en de mond van de vrouw open omdat ze midden in haar zin zat.

Ribby haastte zich naar de plek waar ze stonden te gapen. Ze stak haar hand uit naar de nieuwe gast en zei: "Mijn naam is Angela. En u bent?"

De vrouw sloot haar mond en keek in Tibbles' richting.

"Ah, juffrouw Angela. U bent teruggekeerd," zei Tibbles. "Ik vertrouw erop dat je genoten hebt van je wandeling?" Hij wachtte niet op antwoord en deed ook geen poging om de twee vrouwen voor te stellen. "De lunch wordt geserveerd in de Bibliotheek. Ik heb strikte orders van Mr. Anglophone om voor zijn gasten te zorgen. Geniet van uw lunch. Mocht u nog iets nodig hebben, laat het ons dan weten."

Tibbles, met zijn hand op de rug van de vrouw, leidde haar door de gang naar zijn kantoor. De deur klikte dicht.

Hmpft! Hij is zo'n bazige betweter.

Waarom zouden we eigenlijk tijd met haar willen doorbrengen? Ze zag eruit alsof ze iedereen in steen kon veranderen! Of ze dood te vervelen.

Je hebt waarschijnlijk gelijk.

Laten we eens kijken wat er op het menu staat voor de lunch.

Ze liep naar de bibliotheek. Ze tilde het zilveren deksel op en vond een broodje kreeft, overladen met mayonaise. Een fles Champagne stond te koelen.

Ribby at haar eten en bestudeerde de boeken terwijl ze at. Eén boek viel haar op. "Tovenarij door de donkere middeleeuwen." Ribby pakte het op.

Voelde je dat?

Dat deed ik zeker. Het, ademde. Ribby sloeg de bladzijden om. Het staat vol met zwarte magie. Spreuken en bezweringen. De pagina's zijn erg breekbaar. De meeste afbeeldingen zijn met de hand getekend.

Ik denk dat het papier gemaakt is van huid.

Geen menselijke huid?

Ik kan het niet met zekerheid zeggen ja, maar het is mogelijk. De inkt op de pagina's zou bloed kunnen zijn.

Menselijk bloed? Ewwww.

Ik denk dat je het terug moet leggen.

Ik heb al veel oude boeken gezien, maar geen enkele zoals deze. Ik krijg er trillende handen van. Trouwens, het is maar een boek. Wat kan het kwaad?

Ik krijg er de kriebels van.

HOOFDSTUK 41

"**I**K BEN ER VOOR je, lieve Rose," fluisterde Teddy terwijl hij haar hand vasthield.

"Hou op met die onzin," zei Rosemary. "Mijn jongen is buiten gehoorsafstand."

Teddy lachte. "Ah, blij dat je terug bent. Ga alsjeblieft verder."

"Eerst het belangrijkste, Teddy," zei Rosemary. Ze leunde dichter naar hem toe. "Ik wil hier weg, vandaag, morgen - snel. Ik heb je wensen ingewilligd, omwille van onze zoon. Ik liet ze me drogeren, me onder narcose brengen - alles doen behalve een lobotomie - om mijn zoon veilig en gezond te houden, en nu is de tijd gekomen. Stephen is nu een man en hij moet weten wie zijn vader is en waarom we hem dat nooit verteld hebben."

"Rose, onze afspraak is dat onze zoon vijftig procent van alles krijgt. Op één voorwaarde. De voorwaarde is dat hij er nooit achter komt dat ik zijn biologische vader ben," zei Teddy. Zijn stem eindigde met een norsheid die bijna leek op een blaf. "Je hebt na het incident in de bibliotheek afgesproken om weg te gaan. Om me verder te laten gaan met mijn leven - in vrede - zolang er maar voor je zoon, onze zoon, gezorgd zou worden. Ik heb me aan mijn deel van de afspraak gehouden en jij... jij hebt geen andere keuze dan je aan de jouwe te houden. Anders wordt mijn aanbod ingetrokken. Het staat in mijn testament. Als hij erachter komt, krijgt hij niets. NIETS!"

Een verpleegster die buiten de kamer passeerde zei. "Shhhhhhh."

"Oh, sorry," zei Teddy.

Rosemary fluisterde: "Ik heb ingestemd, maar ik kan hier niet leven, in dit ziekenhuis...deze gevangenis. Vierentwintig uur per dag bekeken worden - als een gekooid dier. Ik wil dat onze zoon krijgt wat hij verdient, maar het doet me pijn elke keer als ik hem vertel dat ik niet weet wie hij is. Het doet pijn voor een moeder om haar kind pijn te zien lijden."

Anglo overhandigde haar zijn zakdoek.

Ze vervolgde: "Het is de enige manier waarop ik alleen met je kan praten. Om door te gaan met deze list en ik ben het zat. Ik wil een eigen leven. Begraaf me anders hier en nu, zodat hij niet meer bij me hoeft te komen. Ik kan het niet verdragen! Ik kan het niet meer verdragen om zo te leven." Rozemarijn hief haar handen op om haar gezicht te bedekken.

"Dus daarom slikte je die pillen, om de wereld van jezelf te verlossen! Jammer dat het je niet gelukt is. Jammer."

"Ja, het is jammer. Ik zou blij zijn geweest als ik je nooit meer had gezien."

Anglo stond op. "Ik ga nu en laat jullie alleen." Hij keerde zijn voormalige vrouw en geliefde de rug toe en bewoog zich in de richting van de deur.

"Als je nu gaat, zal ik het hem vertellen. Ik zal het hem vertellen."

"En hem alles laten verliezen?" Hij liep terug naar haar bed. "Je zult het hem niet vertellen. Je hebt al te veel opgeofferd." Hij aarzelde en tikte met zijn knokige vinger op zijn kin. "Ik zal de verpleegster vragen je elke dag mee uit te nemen voor een wandeling, zodat je wat frisse lucht hebt als dat helpt. En boeken. Ik kan je boeken sturen. Maak een lijst. Mijn bibliotheek is jouw bibliotheek."

"Dank je, Teddy. Dank je wel. Ja, stuur me de nieuwste romans. Tijdschriften. Roddels. Zelfs kranten. Ze laten ons hier niet naar het nieuws kijken...Ik weet niet eens welk jaar het is."

"Het is 2016. We houden je hier aan onze ketting, maar we zullen de halsband losser maken. Zorg ervoor dat je niet weer een scène maakt met een zelfmoordpoging. Ik zal mijn deel van de afspraak nakomen als jij het jouwe nakomt. Voor nu, welterusten mijn Rose. Ik kom niet meer terug. Ik zal zorgen dat je alles krijgt wat je nodig hebt als je Tibbles een brief stuurt met de tekst vertrouwelijk."

"Dank je, Teddy. Dank je," zei Rosemary. De klapdeuren begaven Teddy's vertrek en even later Stephen's terugkeer.

"Gaat het, moeder?" vroeg Stephen, terwijl hij zich naar haar bed bewoog.

"Ik voel me al iets beter. Sorry dat ik je zo liet schrikken. Natuurlijk ken ik je. Jij bent Stephen, mijn jongen."

"Als je me niet zou kennen, nooit meer, dan zou ik..."

"Stil nu. Het was een door drugs veroorzaakte inzinking. Ik ben nog steeds herstellende."

"Ja. Zie je de dingen anders in het licht van de dag?"

"Dat doe ik, Stephen, en ik ga beter mijn best doen om beter te worden, zodat ik hier weg kan. Ik ga weer beginnen met lezen. Misschien zelfs weer schrijven. Op een dag zullen ze me hier uit laten. Dan kun je me je leven laten zien."

"Om beter te worden moeder, moet je praten over wat er gebeurd is. Al die jaren geleden. In de bibliotheek."

"Stephen. Stephen. Stephen. Stephen," bleef Rosemary zijn naam keer op keer zeggen. Stephen schudde haar door elkaar, maar ze was weg.

H ET WAS MOEILIJK VOOR Stephen om zich later te concentreren.

In zijn gedachten herhaalde zijn moeder zijn naam. Stephen. Stephen. Stephen. Dat hoorde hij haar nu altijd zeggen. Elke nacht. Elke dag.

Ze riep zijn naam en wist nooit dat hij probeerde te antwoorden.

HOOFDSTUK 42

R*IBBY ZAT IN KLEERMAKERSZIT* op de vloer van de bibliotheek. Haar oog viel op een ander boek: Alles wat je ooit wilde weten over zwarte magie (maar niet durfde te vragen). Ze moest lachen om de titel en om het silhouet op de achterflap.

Wat een sukkel.

Ik vraag me af wat Anglo doet met deze rare boeken?

Hij zei dat dit mijn bibliotheek is.

Ja, dat is ook raar. Waarom zou hij ze in jouw bibliotheek zetten.

Er zijn hier veel boeken, het is niet alsof hij had kunnen weten welke zouden opvallen, waardoor ik erin zou willen kijken.

Je voelde je meteen aangetrokken tot die twee. Bijna alsof ze oplichtten.

Ah, je maakt er te veel van. Luister gewoon:

Ook jij kunt een expert worden in Hexing. Je hoeft alleen maar door te zetten. Kies eerst een onderwerp waarop je een Hex wilt plaatsen. Let op: hexen zijn negatieve dingen.

Plaats geen Hex op iemand van wie je houdt (tenzij het een haat-liefde verhouding is of tenzij je er een kick van krijgt om iemand om wie je geeft pijn te zien lijden).

Als je eenmaal je onderwerp hebt gekozen, begin dan met het verzamelen van hun persoonlijke voorwerpen. Het haar van een kam, borstel of kussen. Vingernagels. Teennagels. (Let op: weggegooide!) Ringen. Horloges. Wees er niet te duidelijk over. Vergeet niet om ze op een veilige plek te verstoppen.

Speciale opmerking: Oefen voor de spiegel hoe je zult reageren als ze vragen: "Heb je mijn horloge gezien?". Vooral als je niet zo'n goede leugenaar bent. Bereid altijd een antwoord voor. Een alibi. Wees voorbereid op verdachtmakingen.

Ribby probeerde nog een glas Champagne in te schenken: de fles was leeg.

Ze stak haar wijsvinger in de pagina waar ze was gebleven. Het huis was stil, bijna te stil naar haar zin. Ze sloop als een ondeugend kind de trap op en klom volledig aangekleed in bed.

Wat een lichtgewicht.

✳✳✳

"WAKKER WORDEN, RIBBY. HET is Stephen. Word wakker."

Ribby bedekte zichzelf, verwachtte Stephen te vinden, maar hij was er niet.

Het was een droom. Jammer.

Haar hoofd bonkte. Het zweet liep van haar voorhoofd op de kaft van het boek. Op wankele benen droeg ze het door de gang naar de badkamer. De vlek was al uitgehard. Ze gebruikte een washandje om het uit te vegen.

Ze haalde de föhn tevoorschijn en richtte zich op de vochtige plek. Ze ging terug naar haar kamer en legde het boek op het nachtkastje om te drogen.

Nu ze niets meer had om zich op te concentreren kwam de misselijkheid opzetten en deed haar heen en weer slingeren. Ze haalde diep adem en probeerde te vechten tegen de behoefte om te kokhalzen, maar het lukte niet. Ze rende door de gang, net op tijd. Ze voelde zich iets beter toen ze haar mond spoelde en haar tanden poetste.

Omdat haar hoofd nog steeds bonkte, keerde ze terug naar haar kamer. Ze klom weer in bed en trok de dekens over haar hoofd.

HOOFDSTUK 43

O MDAT HIJ NIET KON slapen in de motelkamer, was Anglophone geobsedeerd door Angela. Hij had nog veel te doen en de tijd tikte weg. Eerst moest hij haar aan de wereld bekendmaken, als zijn nieuwe bibliothecaresse en als zijn beoogde vrouw. Ze was al in zijn ban, makkelijk te verleiden en zijn behoefte aan haar groeide met de dag.

Jarenlang had hij gezocht naar een geschikte partner: een engel op aarde. Zijn Angela voldeed. Haar onbaatzuchtigheid ten opzichte van de kinderen in het ziekenhuis, haar naïviteit ten opzichte van mannen. En niet te vergeten, ze was zonder twijfel vijfendertig jaar maagd. Vrijwel ongehoord in deze tijd. Een perfecte kandidaat om te bestuderen voor zijn nieuwe boek. En toch, nadat ze getrouwd waren, nadat... hij zich afvroeg of ze net zo zou worden als al die anderen.

Hij zette de televisie aan en keek de rest van de avond naar herhalingen van Supernatural.

HOOFDSTUK 44

D E VOLGENDE OCHTEND ZOEMDE Stephen's pieper. Mr. Anglophone riep hem op. Stephen negeerde één pieptoon, maar toen kwamen er twee lange pieptonen en uiteindelijk nog drie. Hij wist uit ervaring dat Anglophone laten wachten niet verstandig was.

"Piep." Meneer Engelstalig begon zijn geduld te verliezen.

Stephen kreunde. Hij kon het zich niet veroorloven om zijn baan te verliezen met al het andere.

"Oh, oké," schreeuwde Stephen terwijl hij de deur van zijn motel achter zich dichttrok. Hij liep de hoek om en zag Anglophone naast de limousine op hem wachten.

"Meneer, sorry dat ik u liet wachten, meneer," zei Stephen.

"Schiet op, ik kon niet slapen in dit verdomde motel en ik wil naar huis om in mijn eigen bed te slapen. Kom nu. We kunnen niets meer voor je moeder doen."

Stephen opende de deur voor Anglophone. Hij wachtte tot hij zijn gordel om had en ging toen weer op de bestuurdersplaats zitten. Hij startte de auto en reed weg. Hij wierp een blik op Anglophone in de achteruitkijkspiegel. "Ik heb zojuist het ziekenhuis gebeld, moeder lijkt aan de beterende hand. Ze zeiden dat ze een goede nachtrust heeft gehad en wat heeft ontbeten."

"Ze ligt in de beste zorg," zei Teddy.

"Bedankt voor—"

"Graag gedaan, Stephen."

HOOFDSTUK 45

R GINGEN WEKEN VOORBIJ die al snel maanden werden.

Anglo was het grootste deel van de tijd weg. Als hij en Ribby samen waren, vroeg ze om dingen, dingen waarvan ze dacht dat ze haar bestaan meer bevredigend zouden maken.

"Ik wil graag leren autorijden," vroeg ze tijdens het eten.

Anglo depte dan zijn mondhoek met een servet. "Maar je hebt al een chauffeur tot je beschikking."

"Hij is meestal bij je weg," pruilde ze.

Vraag het hem niet, zeg het hem. Zeg dat we ons dood vervelen. Zeg dat we...

"Laat me erover nadenken," zou hij antwoorden. Dat deed hij nooit.

Overdag bracht Ribby de meeste tijd door in de bibliotheek. Ze verhuisde dingen, reorganiseerde ze. Maar het was een stille en eenzame plek. Iets aan het feit dat ze daar was, maakte dat ze zich nog eenzamer voelde. Het was te stil en ze verlangde naar de rustgevende geluiden van de waterfontein in Toronto.

Ribby zei niets meer over leren autorijden. De volgende keer dat hij terug was, had ze andere verzoeken in gedachten.

"Ik wil graag wat dingen bestellen, voor de bibliotheek. Ik bedoel de hoofdbibliotheek," vroeg ze.

"Wat je hartje maar begeert," antwoordde Anglo.

"Ik koop een computer, een laptop..."

"Niet nodig. Je kunt de computer in Tibbles' kantoor gebruiken." Hij nam een slok van zijn koffie. "TIBBLES!" Zijn knecht arriveerde. "Laat Miss Angela de computer in uw kantoor gebruiken wanneer ze maar wil om dingen voor de bibliotheken te bestellen."

"Ja, meneer," antwoordde Tibbles. Hij wierp een blik op Ribby, boog en vertrok toen.

De volgende dag vroeg Ribby om de computer te mogen gebruiken en werd Tibbles' kantoor binnengeleid. Hij stond de hele tijd achter haar en ze vond het moeilijk om zich te concentreren, laat staan om iets te bestellen. Uiteindelijk gaf ze het idee op.

Een andere keer tijdens het diner: "Ik wil graag de auto reserveren om me naar het Simcoe Hospital te brengen, zodat ik de zieke kinderen kan bezoeken."

"Het is zo'n klein ziekenhuis, niet zoals je gewend bent. Bovendien heb je de bibliotheek en je verantwoordelijkheden zullen toenemen als we ons klaarmaken voor de heropening," antwoordde Anglo.

Ik wilde er toch niet heen.

Verdrietig als hij weg was en verdrietig als hij terugkwam. Haar nieuwe leven was niet zoals het was aangekondigd.

HOOFDSTUK 46

T IBBLES STOND BIJ DEZE gelegenheid buiten te wachten toen Anglophone terugkwam.

Nadat Stephen weg was, probeerde Anglophone zich volledig aangekleed terug te trekken.

"Ik zit vol bonen, Tibbles."

"Dat ben je zeker, maar waarom?"

"Oh, het ziet er goed uit. Ik licht je later wel in."

Tibbles stond erop om de kleding van zijn meester te verwijderen. Hij verving ze door Anglofoons favoriete rode satijnen pyjama.

Toen zijn meester eenmaal onder de dekens lag, zette Tibbles het muziekdoosje in werking. Een koor van Lullaby en Goodnight zong uit het apparaat.

Vijf windjes moet genoeg zijn, dacht hij.

Tibbles raapte Anglofoons kleren op en verliet de kamer. Hij keek op zijn horloge. Op verzoek van zijn meester zou er over een paar uur een nieuw meisje beginnen. Hij keerde terug naar zijn kamer.

HOOFDSTUK 47

RIBBY GEEUWDE EN REKTE zich uit. Boven haar op het plafond liepen patronen van spookachtige figuren in eindeloze cirkels. Ze bekeek ze met een gevoel van nieuwsgierigheid.

Je voelt je hier thuis, ontspannen, maar je moet op je hoede blijven. Wees voorzichtig, want Teddy is geen Prince Charming. Hij is meer opa Charmant.

Dat is onbeleefd en je bent paranoïde.

Ribby snuffelde even aan haar oksels en ging toen onder de douche staan. Aangekleed en haar haar föhnend dacht Ribby weer aan Martha.

Hoe kun je die oude zak missen?

Wat er ook gebeurt, ze blijft mijn moeder.

Je bent te goed van vertrouwen! En soms ben je een sentimentele dwaas.

Ik heb het gevoel dat ik haar moet bellen. Ze was er zeker van dat het uit de hand zou lopen.

Ze weet waar je bent; als ze je nodig heeft, zal ze bellen.

Ribby ging terug naar de kamer en keek uit het raam. Ze zag Stephen naast de limo staan.

Een klop op de deur onderbrak haar gedachten. "Wie is daar?"

"Wilt u vanochtend op uw kamer ontbijten, juffrouw?"

"Is meneer Anglophone nog steeds weg?"

"Hij is teruggekomen, maar hij is verhinderd. Aangezien u alleen dineert, wilt u liever in de tuin eten?"

Ribby opende de deur om een jong meisje met een vriendelijk gezicht aan te treffen. "Dat is een geweldig idee. Je bent nieuw, hè? Hoe heet je?"

"Ja, dat ben ik. Ik ben A-Abbey, juffrouw. Mijn naam is Abbey."

"Nou, Abbey, ik ben blij kennis met je te maken," pauzeerde Ribby toen ze iemand hoorde naderen. Het was Tibbles.

"Kan ik u van dienst zijn?"

"Nee, dank je. Abbey heeft alles onder controle."

Tibbles wierp een blik in Abbey's richting en het meisje beefde. Daarna ontsloeg hij zichzelf met een buiging en verdween om de hoek.

"Het is mijn eerste dag. Dank u, juffrouw."

"Waarvoor?" Vroeg Ribby met een glimlach. "Aangezien we hier allebei nogal nieuw zijn—kunnen we het samen leren," terwijl ze het meisje uitnodigde in haar kamer.

"Ik zal alles klaarzetten, juffrouw. Over een kwartiertje?" Abbey maakte een buiging. Haar ogen glimlachten toen Ribby weer sprak.

"Ja, ik kom zo," zei Ribby, terwijl ze de deur achter zich dichttrok. Ze nodigde Abbey uit om bij haar te komen zitten.

Zij is de hulp, Rib, doe niet zo belachelijk.

"Maar, juffrouw, dat kan ik niet," zei het meisje, haar ogen heen en weer bewegend alsof ze verwachtte dat Tibbles elk moment kon komen opdagen.

"Zelfs niet als het een bevel was?" zei Ribby met een knipoog.

Probeer je dit meisje ontslagen te krijgen?

"Juffrouw, dat zou verkeerd zijn. Tibbles is mijn meerdere," fluisterde ze.

"Dat begrijp ik. Wat Tibbles niet weet, zal hem geen pijn doen, toch? Breng morgen ontbijt naar mijn kamer als meneer Anglophone niet eet."

"Het zou me een genoegen zijn," zei Abbey opgelucht.

Je vraagt de hulp niet om mee te eten. Stomme dwaas. Ik kan Tibbles ook niet uitstaan, maar hij is de rechterhand van Anglophone.

Dat kan me niet schelen.

Ik zeg alleen dat Teddy het niet leuk gaat vinden.

Ik steek die brug over als ik er ben.

HOOFDSTUK 48

NA EEN PAAR UUR slaap riep Anglo Tibbles bij zich.

"Een feestje! Vanavond. Hier. Vandaag. Cateraars. Hier is de gastenlijst. Vertel ze dat ze aanwezig moeten zijn... ik bedoel iedereen die iemand is. Bezorg de uitnodigingen onmiddellijk per koerier of persoonlijk. Mijn chauffeur staat tot je dienst. Bel deze top tien gasten. Ze moeten aanwezig zijn. Begrepen?"

"Ja, dat zal gebeuren. Dus je hebt besloten dat zij de ware is?"

"Ik heb gewacht op de juiste timing en vanavond is de avond. Ik voel het in mijn botten. Het is tijd om iedereen te vertellen over de heropening van de Bibliotheek. We introduceren tegelijkertijd onze nieuwe hoofdbibliothecaris, mijn verloofde."

"En juffrouw Angela, zal ik haar op de hoogte brengen van je plannen?"

"Ze is op de hoogte van mijn voornemen om haar nieuwe positie en onze verloving aan te kondigen."

Tibbles pluisde het kussen uit en legde het terug achter Anglofoons hoofd.

"Ik wil haar met alles verrassen. Zeg tegen de modecrew dat ze hier om 17.00 uur moeten zijn ---niet eerder en niet later. Het feest begint om 20.00 uur precies. Wie te laat komt, krijgt geen toegang. Zorg ervoor dat ze begrijpen dat ONMIDDELLIJK! betekent," zei Teddy. "Voor nu ben ik veel te opgefokt, maar ik moet rusten. Laat me alsjeblieft tot 3 uur. Maak tegen die tijd een Afternoon Tea voor Miss Angela en mij klaar in de tuin."

"Ja, meneer," zei Tibbles met een buiging. "Wil je dat ik de muziekdoos opwind, om je weer in slaap te helpen?"

"Natuurlijk, natuurlijk Tibbles. Dank je wel. Drie keer draaien moet voldoende zijn; het is tenslotte maar een dutje."

Na het opwinden van het muziekdoosje boog Tibbles zich een weg uit de kamer. Hij mompelde in zichzelf terwijl hij op weg naar beneden de trapleuning controleerde op stof.

Er was niets.

Tibbles zat in de foyer en nam de details van het feest door. Hij had de cateraar al geregeld. Alles kwam op zijn pootjes terecht.

✱✱✱

ENIGE TIJD LATER PROBEERDE Anglophone te slapen. Zijn privé-lijn klonk. Hij wachtte tot het antwoordapparaat aansloeg. Toen dat niet gebeurde, stapte hij uit bed om op te nemen.

"Hallo, Teddy," zei Martha. "Ik weet dat je zei dat ik je alleen op deze lijn mocht bellen als het een noodgeval was."

"Ik luister."

"Ik heb je hulp nodig."

"Hoezo?" vroeg Teddy.

"Ik zit in de gevangenis, beschuldigd van de moord op mijn zus en de man die haar verkrachtte. Ik zweer dat ik het niet heb gedaan. Ik zweer het."

"Ik begrijp het, maar ik weet niet hoe ik je kan helpen. Wil je dat ik een advocaat inhuur?" Anglophone ijsbeerde. Dat zijn dutje was ingekort, maakte hem boos.

"Ik bel je omdat ik hiervoor ten onder ga. Ik pleit schuldig en mijn advocaat zegt dat het niet lang meer duurt voordat de rechter me veroordeelt."

"Hoe kan jouw hachelijke situatie iets met mij te maken hebben? Ik ben een drukbezet man."

"Vierendertig jaar geleden pakte je een jong meisje op. Ze was drijfnat. Ze was 's avonds laat gestrand op de weg."

"Nee, ik heb niet de gewoonte om passagiers op te pikken in mijn limousine."

"Je reed. Oh, dat weet je niet meer. Maar ik weet het nog wel. Ik was het. U haalde me op en samen...U bent Ribby's vader."

Anglo viel vol ongeloof achterover op zijn bed. Hij spitste zijn hersens, probeerde het zich te herinneren. Het was een truc. Hij wist dat het een truc was. "In wat voor auto reed ik?"

"Het was een Mercedes Benz. Grijs."

Het was waar.

"Op die avond heb je mijn leven op meerdere manieren gered. Je moet me geloven. Ik moet weten dat je voor haar zult zorgen. Ze is je dochter. Wil je dat voor me doen? En beloof je me dat je haar nooit zult vertellen dat ik hier ben?"

"Ik weet niet wat ik moet zeggen. Ik ben sprakeloos." Hij ijsbeerde. "Waarom zou je iets toegeven wat je niet hebt gedaan? Waarom voorkomen dat je eigen dochter je bezoekt?"

"Meer vraag ik niet van je."

"Laat het bij mij. Laat me erover nadenken. Als ze mijn dochter is..."

"Dat is ze. Zeker weten." Ze pauzeerde. "En bedankt."

Anglo sloeg de telefoon neer.

Die brutale slet. Hoe durft ze me dit aan te doen?

Teddy kon niet slapen. Zijn hoofd bonkte. Hij was gevoelig voor migraine in bepaalde periodes van het jaar en het nieuws van Martha had hem een flinke dreun gegeven.

Hij belde voor Tibbles.

Tibbles merkte de toestand van zijn meester meteen op. "Zo, zo," zei hij, "Over een paar uur ziet alles er beter uit." Hij bood een snuiver whisky en een slaaptablet aan. Anglophone dronk het in één teug naar binnen en schoof het glas terug naar zijn bediende.

Toen Anglophone kalm en rustig was, wond Tibbles de muziekdoos op en ruimde de kamer op.

"Verder nog iets, meneer?"

Anglophone sliep al vast.

Tibbles glimlachte en sloot de deur achter zich.

***

TIBBLES CONTROLEERDE ZIJN TO-DO lijst van het feest dubbel terwijl hij nadacht over zijn nieuwste werknemer, Abbey. Hij merkte eerder op dat de twee jonge vrouwen aan het fluisteren waren. Dat kon iets goeds of iets slechts zijn. Hij wist dat hij niet populair was en toch kende zijn toewijding aan Anglophone geen grenzen.

Abbey was gekomen, met hoge aanbevelingen van een huishouden in de stad. Een lokaal meisje waarvan hij hoopte dat ze Miss Angela in de gaten zou houden.

Toen hij haar in de tuin aantrof, was hij nieuwsgierig en geagiteerd. "Juffrouw Angela, hoe komt het dat u vandaag in de tuin aan het ontbijten bent?"

"Het was m-m-mijn idee," gaf Abbey toe hem te onderbreken. "Het is zo'n mooie ochtend!"

Tibbles wierp haar een scheve blik toe en richtte zich verder tot Ribby. "Afternoon Tea zal ook in de tuin zijn. Mr. Anglophone wilde dat het een verrassing zou zijn, dus doe alsjeblieft verrast. Hij zal jullie vergezellen."

"Oh, neem me niet kwalijk. Je kunt niet genoeg buiten dineren als het mooi weer is zoals vandaag," zei Ribby knipogend naar Abbey.

"Goed dan," zei Tibbles terwijl hij zich verontschuldigde.

"Oef! Dat scheelde niet veel," zei Abbey terwijl ze haar wenkbrauw afveegde.

"Maak je geen zorgen, Abbey; ik kan die lieve oude Tibbles wel aan. Blijf maar met ideeën komen. Ik zal een goed woordje voor je doen bij meneer Anglo."

"Dank u, mevrouw," zei ze, niet in staat om de sensatie in haar stem te verbergen.

"Niet van dat juffrouw of mevrouw gedoe Abbey, niet als we alleen zijn. We zijn tenslotte vriendinnen."

"Vrienden," zeiden de twee meisjes eenstemmig.

Knevel me met een lepel.

HOOFDSTUK 49

Anglophone ontwaakte uit zijn dutje en riep Tibbles op.

Op een normale dag trok Anglophone één keer aan het oproepkoord. Als het een noodgeval was, trok hij twee keer aan het koord. Vandaag trok hij er drie keer aan.

Tibbles struikelde over zijn eigen voeten toen hij zich langs de gang wierp. Hij wenste dat hij kon vliegen. In zijn armen droeg hij al zijn plannen en bevestigingen voor het feest van het seizoen. Alles was perfect. Hij had meer bereikt dan hij van plan was. De aanwezigheid van alle socialites was bevestigd. Hij kon niet wachten om Anglo in te lichten over de details.

Tibbles klopte aan en stak toen zijn hoofd naar binnen. Anglophone lag nog in bed. De dekens waren tot aan zijn nek opgetrokken en hij had een melkwitte huidskleur.

"Tibbles, ik voel me niet goed, helemaal niet goed. Mijn hoofd tolt en ik ben bang..."

"Neem me niet kwalijk, meneer," onderbrak Tibbles, "Mag ik u nog wat tabletten geven?"

"Nee, nee, Tibbles. Dit is niet het soort hoofdpijn dat snel weggaat. Ik heb de rest van de dag geen werk meer. Ik wil alleen zijn. In het donker."

"Maar vanavond meneer," protesteerde Tibbles. "Het feest."

"Annuleer het."

"Maar..."

"IK ZEI ANNULEREN HET!"

"Heel goed, meneer," zei Tibbles, de woede in zijn keel terugbijtend terwijl hij zich de kamer uit boog. Hij sloot de deur en vertrok.

Tibbles belde Viveca Hartman van The Local Voice. Hij vroeg haar om hulp bij het verspreiden van het nieuws.

"Ik zal alles doen om te helpen," zei mevrouw Hartman.

"Bedankt," antwoordde Tibbles.

HOOFDSTUK 50

V IVECA BEËINDIGDE HAAR GESPREK met de beruchte Theodore P. Anglophone's Manservant, Tibbles. Ze haastte zich naar het kantoor van de stadsredacteur, Frank Munson, en vertelde hem het laatste nieuws.

"Dus je wilt het me vertellen," zei de zwaargebouwde Munson, terwijl hij aan zijn sigaartje rookte. "Het Anglophone evenement op het laatste moment is afgelast?"

"Anglophone is ziek."

"Ik heb hem in de stad gezien en hij is zo gezond als een paard. Het gerucht gaat dat hij het uitmaakt met een jong meisje dat hij heeft meegenomen uit de stad. Ze woont bij hem thuis. God weet wat Anglophone van plan is," zei Munson, toen hij een rookring uitblies en toekeek hoe die opbollde.

"Nou, we zullen moeten wachten om daar achter te komen. En als ze een nieuwe afspraak maken, zal ik er zeker heen gaan en een primeur voor je regelen. Misschien ga ik het meisje eens opzoeken. Ik vraag me af of ze iets weet over de geschiedenis van Anglophone?"

"Niemand kon hem de moord van de laatste in de schoenen schuiven, maar hij stond wel onder verdenking. Als hij niet zoveel geld had en iedereen had omgekocht, hadden ze hem aangeklaagd. De vrouw werd tenslotte op zijn terrein vermoord. Zij tweeën waren de enigen met sleutels van de bibliotheek. Hij zag er ook heel schuldig uit. Ik zou deze zaak graag opblazen en de vrouw gerechtigheid geven."

"Mijn vader had het gevoel dat Anglophone zeker iets verborg. De waarheid zal waarschijnlijk nooit bekend worden," zei Viveca met wroeging. "Dat nieuwe meisje daarboven bij hem, daar hou ik niet van."

"Dat arme meisje!" zei Munson, die zijn opwinding over deze nieuwe informatie niet langer kon verbergen. "Laten we naar binnen gaan en kijken wat we te weten kunnen komen. Hé, waarom begin je niet met een wandeling die kant op, kijken of je haar kunt spotten. Bekijk de situatie. Kun je dat, Hartman?"

"Ik zal doen wat ik kan. Ik wil het low key houden," zei Viveca vol overtuiging.

"Als iemand kan uitzoeken wat er aan de hand is, ben jij het wel," zei Munson terwijl hij het aangestoken deel van de sigaar opstak.

"Rantsoeneert je vrouw ze nog steeds?" vroeg Viveca met een grijns.

"Ja, maar wat ze niet weet, deert haar niet."

"Righto." Viveca liep naar de uitgang.

Munson stopte de gedeeltelijk opgerookte sigaar terug in zijn cellofaanverpakking. "Oh, en rapporteer me hier één keer per dag over - laten we proberen deze s.o.b. te pakken."

"Ja, meneer," Viveca sloot de deur achter zich.

Ze voelde zich ongelooflijk gelukkig over haar gesprek met Munson, want hij had veel vertrouwen in haar kunnen. Ze was opgeklommen zonder veel ervaring, maar met connecties en een sterk verlangen om verslaggeefster te worden. Ze had zich opgewerkt van proeflezen tot de sociale pagina, maar ze wilde meer.

Dit is mijn kans en die ga ik niet verknallen!

Viveca, die alleen woonde in een flatgebouw met twee verdiepingen in Port Dover, stapte in haar auto en reed naar huis. Ze liep de trap op en bedacht hoe blij ze was dat ze alleen woonde. Ze had een rustige avond gepland.

Het was onverwacht voor haar om thuis te komen en haar vader te zien wachten. Haar vader woonde in Brantford, vijfenveertig minuten verderop.

"Hoi pap," zei Viveca.

"Viv, goed je te zien. Ik hoopte dat we vanavond samen konden eten," zei Frank Hartman. Van achter zijn rug liet hij een grote bos bloemen zien. "Ik dacht dat deze je tafel zouden opvrolijken."

"Vanavond bonen op toast, pap," zei Viveca. Hij stond op en ze kuste hem op de bovenkant van zijn kale hoofd.

"Oh, dat is dan een gourmetmaaltijd." Frank lachte ook en schoof opzij zodat zijn dochter erlangs kon om de voordeur van het slot te doen. "Weet je, Viv, als je je lieve oude vader een kopie van je sleutel geeft, dan kan ik iets lekkers voor ons koken en je verrassen. Roerei op toast."

Ze lachten, blij om in elkaars gezelschap te zijn.

"Maar pap," plaagde Viveca, "wat als ik een afspraakje had? Je zou het vreselijk vinden om je ermee te bemoeien en ik zou me zo schuldig voelen."

"Ah, als je een afspraakje had, zou ik blij zijn als je uitging. Ik ben trots op je, Viv, maar ik vind wel dat je verspild wordt op die society pagina. Je verdient meer."

"Ik weet het, ik weet het, pap," zei Viveca, terwijl ze de gebakken bonen in een magnetronschaaltje plofte en de timer op twee minuten zette. Ze stopte twee sneetjes brood in de broodrooster en duwde de hendel naar beneden. "Nog twee minuten tot het eten. Cabernet Sauvignon, oké? Of heb je liever Chardonnay?" Toen de twee minuten om waren, roerde ze de bonen en stopte ze terug in de magnetron voor nog eens dertig seconden.

"Een flesje bier lijkt me prima." Frank knalde voor zichzelf een blikje bier open. "Koud bier en gebakken bonen op toast met HP Saus ernaast - veel gastronomischer kun je het niet krijgen!"

Viveca beboterde de toast en goot toen de gebakken bonen over de sneetjes. Het was een Brits gerecht, de favoriet van haar moeder. Zij en haar vader deelden het vaak. Zonder haar naam te noemen, was het alsof haar moeder bij hen aan tafel zat.

Frank haalde bestek uit de la en ze gingen zitten eten.

"En, wat is er nieuw bij jou?" vroeg hij.

"Niet veel, behalve werk. Ik ben bezig met een nieuw verhaal. En jij, pap? Wat is er nieuw bij jou?"

"Mijn leven is hetzelfde, hetzelfde, maar dat nieuwe verhaal klinkt interessant. Vertel me meer."

"Ik heb er een hekel aan om met jou over zaken te praten pap. Je moet me toch iets interessants te vertellen hebben. Wat gebeurt er in je tuin? Achtervolgt Old Lady Warner je nog steeds door de buurt?"

Frank legde zijn mes en vork op de zijkant van zijn bord. Nam een paar slokken bier.

"Sorry, nu heb ik je in verlegenheid gebracht." Viveca schonk nog wat wijn in haar glas en nam een slok. "Goed, dan praten we over mij. Over werk. Mijn verhaal gaat over Theodore Anglophone."

"Wat is hij dit keer van plan?"

"Grappig dat je dat zegt. Zie je hem nog vaak, pap?"

"De laatste tijd niet meer. Sinds het incident in de bibliotheek is hij nogal een kluizenaar. Hij gaat naar de stad waar hij niet zo bekend is. Ik heb gehoord dat er nog een jong meisje bij hem logeert, Viv. Is dat waar?" Hij nam nog een slok bier, zijn ogen strak op Vivs gezicht gericht.

"Het is waar, en mijn baas heeft me gevraagd om meer over haar te weten te komen."

Frank slikte, verslikte zich bijna. "Nou, je wilt Anglo niet als vijand, niet in deze stad, Viv. Dus wees voorzichtig. Onthoud dat je meer vliegen vangt met honing dan met azijn. Een oud gezegde, maar absoluut waar." Hij kuchte om zijn gedachten leeg te maken en nam toen nog een mondvol eten.

"Ik weet het, papa. Ik wil deze kans ook niet op het spel zetten. Zoals je al zei, ik moet van de sociale pagina af en iets anders gaan doen, iets uitdagenders. Iets meer MIJ." Ze bewoog het eten over haar bord, haar gedachten verloren bij het vooruitzicht van een nieuw verhaal dat haar leven zou kunnen veranderen.

"Ik zal helpen op elke manier die ik kan. Maar ik heb altijd gedacht dat die vrouw die stierf in de bibliotheek nalatigheid was van Anglophone. Er moet een doofpot zijn geweest. Het is niet logisch dat iemand een bibliotheek overvalt en haar vastbindt. Misschien hebben we die vrouw onrecht aangedaan door hem te laten zeggen wat hij over haar zei. Ik heb er nooit een goed gevoel over gehad, ook al zijn Anglophone en ik al jaren bekenden van elkaar. Sindsdien is hij zichzelf niet meer - vrouwen halen, ze terugbrengen. Ze mee uit nemen, ze rondparaderen als showpaarden. Het is ronduit beschamend," zei hij, terwijl hij snoof alsof een slechte geur zijn neusgaten was binnengedrongen.

"Ik weet het, pap. Bedankt voor het advies. Nu ben ik moe en wil ik naar bed. Blijf je slapen?"

"Na twee bier zou ik zeker niet willen rijden."

"Dan wordt het de logeerkamer. Laat de afwas maar staan."

"Je zou een vaatwasser moeten nemen."

"Ik heb er al een! Welterusten, pap," zei Viveca, terwijl ze haar vader op de wang kuste.

"Welterusten, liefje."

HOOFDSTUK 51

OP DE TERUGWEG NAAR haar kamer na het ontbijt ging de telefoon op de gang en Ribby nam op.

"Stephen?" Pauze van een vrouwenstem. "Stephen?"

Ribby opende haar mond, maar voordat ze iets kon zeggen griste Tibbles de telefoon uit haar hand.

"Hallo?" Tibbles wachtte. "Dit is de Engelstalige residentie." Er was iemand. Hij kon ze horen ademen. "Juffrouw Angela, het is niet de bedoeling dat u de telefoon opneemt in dit huis. U bent een bewoner en wij zijn het personeel. Laat ons alstublieft ons werk doen."

"Neem me niet kwalijk, Tibbles."

Tibbles wiegde de telefoon in zijn hand. "Heeft de persoon aan de andere kant iets gezegd?"

"Helemaal niets," zei Ribby terwijl ze wegliep.

"Als u wat gezelschap wilt Miss, Abbey staat tot uw beschikking."

"Nee dank u. Ik wil alleen lopen."

Toen ze eenmaal weg was, legde Tibbles de telefoon weer tegen zijn oor. Oppervlakkige ademhaling. "Rosemary?"

"Ja."

"Ik heb je gezegd hier niet te bellen."

"Ik weet het, maar ik ben wanhopig. Ik moet weg uit deze godvergeten plek. Ik word gek."

Tibbles ijsbeerde en sprak zo stil mogelijk. "Je moet hem gewoon vragen je te helpen."

"Dat heb ik gedaan en hij bood aan om me wat boeken te sturen. Ik heb geen boeken nodig om me af te leiden, ik moet hier weg. Ik zou naar het buitenland kunnen gaan. Niemand zou me kennen."

"Ik kan je niet helpen. Ik moet gaan." Hij gebaarde om de telefoon neer te leggen.

"Wacht!" riep Rosemary uit.

Hij schoof de telefoon weer naar zijn oor. "Je weet wel, wat hij me heeft aangedaan."

Tibbles aarzelde. "Ik moet gaan. Bel hier niet meer." Hij hing op.

Tibbles liep naar het voorraam en keek naar buiten. Ribby zat in een stoel op de veranda. Hij ging de keuken in.

Denk je dat we Stephen moeten vertellen over het telefoontje?

Ik weet het niet zeker.

Misschien mag de beller Tibbles ook niet.

Daar zou je wel eens gelijk in kunnen hebben.

Ribby wees in de richting van de limousine. Toen ze dichterbij kwam, kon ze Stephen zien slapen achter het stuur met zijn chauffeurspet over zijn ogen.

Ribby leunde door het open raam naar binnen.

Als we hem wakker moeten maken, doe het dan tenminste met een kus. Niemand zou het weten.

Ze schraapte haar keel. Ben je gek geworden?

Moet je die lippen zien. "Wakker worden," zei Angela toen Stephen zich verroerde en de hoed van zijn gezicht haalde.

Stephen keek even dubbel.

"Zojuist vroeg een vrouw naar je aan de telefoon."

"Oh?"

"Tibbles griste hem uit mijn hand. Ze moet toen opgehangen hebben."

Stephen greep het stuurwiel vast.

"Het enige wat ze zei was je naam."

"Heb je hem verteld dat ze naar mij vroeg?"

"Nee."

"Bedankt dat je het me verteld hebt." Zijn arm streek langs Ribby's elleboog. "Oh, sorry."

"Uh, dat geeft niet." Ze pauzeerde en leunde voorover, nieuwsgierigheid kreeg de overhand: "Dus, je weet wie het was?"

"Ja, mevrouw. Het was mijn moeder."

HOOFDSTUK 52

T IBBLES' STRENGE EN STARRE versie van een Spidey-zintuig tintelde. Hij wist zeker dat Angela had gelogen, maar waarom? Hij bewoog zich naar een raam in de voorkamer toen Angela wegliep. Hij bleef naar haar kijken. Ze stopte om met Stephen te kletsen. Interessant. Wanneer waren ze vrienden geworden? Of waren ze dat?

Toen realiseerde hij zich wat er aan de hand was. Toen Miss Angela de telefoon opnam, had Rosemary gesproken. Sterker nog, ze had Stephen's naam uitgesproken en nu was Miss Angela daarbuiten om deze boodschap over te brengen. Nog interessanter.

Tibbles dacht dat het het beste was om de jongen bezig te houden. Hij besloot Stephen een taak te geven.

Anglophone was heel duidelijk geweest. Hij mocht niet gestoord worden. Hij zou hem te zijner tijd wel bijpraten. Lof of zelfs een geldelijke beloning zou misschien wel op zijn plaats zijn.

Tibbles liep verder door het huis en vond Abbey hard aan het afstoffen. Hij smeekte haar naar buiten te gaan en Miss Angela gezelschap te houden tijdens haar wandeling.

"Als ze alleen naar buiten is gegaan, meneer Tibbles, wil Miss Angela waarschijnlijk alleen zijn."

"Heeft ze je bevolen om niet met haar mee te gaan?" Tibbles spoorde haar aan om haar stofdoek neer te leggen en haar schort af te doen.

"Nee, meneer," zei Abbey. Haar voeten schuifelden mee terwijl ze haar weg baande.

Tibbles riep: "Sta op jij, dom meisje."

Hij dirigeerde haar naar de voordeur en naar buiten.

"Ja, meneer Tibbles," zei Abbey.

Omdat ze Angela niet kon zien, vroeg ze Stephen waar ze was.

Stephen wees. "Ik denk wel dat ze even alleen wilde zijn."

"Dat zei ik ook tegen Mr. Tibbles - hij stond erop."

Stephen lachte.

✳✳✳

STEPHEN KEEK TOE HOE Abbey wegliep en aan Tibbles dacht. Geen wonder dat het personeel in het huis zo'n groot verloop had. Anderen waren niet zoals hij. Anderen waren Anglophone niet alles verschuldigd. Zonder Anglophone zou hij het zich nooit kunnen veroorloven om zijn moeder in zo'n duur zorgcentrum te houden.

Zijn blik volgde Abbey toen ze dichterbij Angela kwam die nu over het water uitkeek. Toen ze de rand naderde, maakte een beschermend instinct in hem zich zorgen dat ze zou kunnen vallen.

Zijn telefoon ging. Een oproep van Tibbles. Hij liep naar binnen.

"Stephen, je moet een paar dingen voor me ophalen," zei Tibbles, terwijl hij over Stephen heen ging staan om zijn autoriteit af te dwingen. "Mr. Anglophone is verhinderd. Hier is de lijst."

Tibbles overhandigde het. Stephen bekeek het briefje voordat hij het in zijn jaszak stopte.

"Het zal je iets te doen geven, aangezien je onbezet bent."

"Geen probleem, meneer Tibbles." Stephen ging naar buiten. Hij zou de spullen halen en dan meteen terugkomen, nadat hij zijn moeder gecontroleerd had.

HOOFDSTUK 53

DE VOLGENDE DAG BESLOOT Viveca om het Anglogebied in te trekken. Ze zou de toeristische route langs het water nemen. Ze draaide haar raam open en zette haar zonnebril op. De zon stond hoog, er waren weinig wolken. Wilde bloemen stonden verspreid langs de weg, paars, geel en blauw.

De rit was aangenaam genoeg, met weinig verkeer. Toen ze de hoek omsloeg naar de plek met het meest spectaculaire uitzicht, zag ze een jonge vrouw die ze nog nooit eerder had gezien.

Dat moest zij zijn. Ze remde af tot kruipen.

Een tweede meisje haalde het eerste in. Een jongere. De twee omarmden elkaar en liepen vervolgens over het pad.

Viveca stopte en parkeerde haar auto onder een zeer lommerrijke esdoorn. Ze liep een eindje op haar schoenen met hoge hakken, om het gat tussen haarzelf en de twee vrouwen te dichten. Toen ze dichtbij genoeg was zodat ze haar konden horen, riep ze: "Au!" en zakte neer.

Ze hadden haar niet gehoord. Ze probeerde het opnieuw. "HELP!"

De twee meisjes draaiden zich om en baanden zich een weg naar haar. Ze greep in haar handtas en drukte op record. Oké kind, daar komen ze, dus maak dit maar goed. Ze wreef met haar ene hand over haar enkel om het bloed naar boven te laten komen en veegde met de andere krokodillentranen weg.

"Heb je een ambulance nodig?" vroeg Ribby.

"Oh, wat ben ik toch een kluns," zei Viveca. Ze deed een poging om op te staan. "Mijn enkel, ik denk dat hij verstuikt is. Ik had visioenen dat ik hier de hele nacht vast zou zitten met huilende coyotes om me heen, totdat ik jullie twee zag."

"Wat een verbeelding," zei Ribby terwijl ze zich bukte om te kijken.

Abbey deed hetzelfde. Het zag er een beetje rood uit.

"Mijn naam is trouwens Viveca, Viveca Hartman." Ze stak haar hand uit.

"Ik ben Abbey en dit is Angela. Aangenaam kennis te maken."

Een meeuw dook rond Viveca's hoofd en irriteerde haar met gekrijs. Ze joeg hem weg.

"Oh, mag ik?" vroeg Abbey.

Viveca knikte.

Abbey bukte zich en masseerde het een paar seconden. "Zo, is dat al beter?"

"Ja, bedankt," zei Viveca.

"Waar is je auto?" vroeg Ribby.

"Die heb ik daar in de schaduw geparkeerd." Abbey hielp Viveca toen ze probeerde te gaan staan. Toen ze rechtop stond, zei ze: "Ik ben een verslaggever, zie je, en ik doe een verhaal over Natuurwonderen. Ik heb gehoord dat het uitzicht vanaf hier spectaculair is."

"Dat is het ook," zei Ribby. "De volgende keer moet je beter passende schoenen dragen."

Ja, zoals je deed toen je de hele weg terug liep van de bibliotheek.

Hou je mond.

Ze hielpen Viveca naar haar auto.

"Het was leuk je te ontmoeten en heel erg bedankt voor het helpen van deze dame in nood. Oh, hier is mijn visitekaartje voor het geval je ooit contact wilt opnemen."

"Dank je. Weet je zeker dat je kunt rijden?" vroeg Abbey.

"Ja, dank je wel. Oh, omdat het in de buurt is, vroeg ik me af of jullie iets van de bibliotheek weten. Ik hoorde dat die misschien weer open gaat?"

"Nee, daar weten we niets van," zei Ribby.

"Nou, het is al jaren gesloten. Onder verdachte omstandigheden. Je vraagt je af hoe het zit met de nieuwe Bibliothecaris."

"Wat insinueer je?" vroeg Ribby.

"Ik vraag me alleen af of zij, ik bedoel de nieuwe Bibliothecaris..."

"Waarom denk je dat de nieuwe Bibliothecaris een vrouw is?" vroeg Ribby.

"Oh, geruchten. Ik zou zeker met haar willen praten. Misschien zelfs een interview voor de krant."

"Sorry, we kunnen je niet helpen. We moeten nu terug. Succes met je artikel."

"Ik hoop dat je enkel snel beter wordt," voegde Abbey eraan toe.

"Ah, ja, bedankt voor je hulp. Hopelijk tot ziens."

Toen Viveca eenmaal in haar auto zat, liepen Abbey en Ribby weg.

"Heel vreemd," zei Ribby, terwijl ze over haar schouder een blik achterom wierp.

"Ik zou er niet meer aan denken," antwoordde Abbey.

"Ik weet het," zei Ribby met een gefronste wenkbrauw. "Ik heb het gevoel dat ze al wist wie ik was. Alsof ze aan het vissen was."

"Je hebt gelijk, maar ze is nu weg. Bovendien wed ik dat Tibbles daar achter op me zit te wachten. Ik denk niet dat hij had verwacht dat ik zo lang het huis uit zou zijn."

"Oh, hij wilde dat je me zou volgen. Jij bent zijn kleine spion," zei Ribby terwijl ze haar arm om Abbey's schouder legde.

"Dat zou ik nooit doen," zei ze, verbijsterd over de suggestie.

"Natuurlijk, maar hij weet niet dat we vrienden zijn."

"Nou, ik zal hem zeker niet vertellen over die verslaggever."

"Ik zal meneer Anglo laten weten dat we haar hier hebben ontmoet. Het gaat Tibbles niets aan."

Ze rondden het pad dat naar de voorkant van het landhuis leidde en gingen naar binnen.

HOOFDSTUK 54

STEPHEN KWAM AAN BIJ het ziekenhuis en vroeg of hij zijn moeder mocht zien. Zijn verzoek werd afgewezen. Hij werd opgewonden en veroorzaakte een scène.

Twee grote uitsmijters tilden hem van achteren van de grond en verwijderden hem van het terrein.

"Bel mijn werkgever, meneer Theodore Anglophone. Bel hem!"

"Natuurlijk, dat zullen we doen," zei de kleinste van de twee mannen terwijl Stephen's lichaam met een dreun op het asfalt landde.

Zijn banden piepten toen hij wegreed van het ziekenhuis. Hij had de hele weg terug naar het landgoed gevloerd. Het kon hem niet schelen hoeveel stenen er onderweg tegen de auto stuiterden.

VIVECA BONKTE MET HAAR handen op het stuur. Haar plan was niet goed gegaan. Ze hoopte dat ze niet de hele deal had verknald.

Ik moet dat meisje waarschuwen, dus ik zal met papa moeten praten en kijken of hij me kan helpen om een voet tussen de deur te krijgen, dacht Viveca. Als ik zo doorga, krijg ik nooit promotie.

Ze stelde haar telefoon zo in dat alle gesprekken automatisch op luidspreker zouden gaan. Ze schoof haar stoel dichterbij toen ze de parkeerplaats onder de boom uitreed. Bijna de hele weg terug ging haar telefoon en ze opende de lijn.

Een tegemoetkomende limousine met zwarte stretch stak de middellijn over en kwam op haar rijstrook.

De ogen van de limousinechauffeur puilden uit en hij zwengelde aan zijn stuur op hetzelfde moment als zij deed. De twee auto's passeerden elkaar op een paar centimeter afstand.

"Whoa! Kijk uit! Jij, gekke klootzak!" riep Viveca.

"Ik hoop dat je het niet tegen mij hebt," zei Munson.

"Uh nee, baas, het was de chauffeur van Anglophone. Hij schakelde me bijna uit!"

"Wat is er met hem?"

"Geen idee, maar ik ben blij dat we in tegengestelde richting gaan."

"En, heb je haar gevonden?"

"Ja."

"En?"

"Ik heb er een beetje een voorstelling van gemaakt. Deed alsof ik mijn enkel verstuikte."

"Oh boy. Geloofde ze het?"

"Het leek overtuigend genoeg."

"En hoe was ze?"

"Ze heet Angela. Leek aardig, zij het naïef."

"Geen sociale klimmer dan? Of een local?"

"Nee, helemaal niet. Ze is anders. Ik denk dat ze rond de dertig is, rustig, zacht gesproken. Ik hoop dat ik niet te hard van stapel ben gelopen en haar heb uitgeschakeld."

"Verdomme, Viveca, je sociale page training zou je moeten leren hoe je met lastige situaties omgaat. Ik hoop dat je het niet verknald hebt en als dat wel zo is, FIX IT."

"Natuurlijk, baas," zei ze terwijl hij de verbinding verbrak. Ze ging naar huis.

✲✲✲

TERUG BIJ HET HUIS besloot Stephen meteen naar binnen te gaan en Anglophone de biecht af te nemen. Als hij de muziek onder ogen zag, zijn indiscretie toegaf dan zou Anglophone begrip hebben. Anglophone had een zwak voor zijn moeder. Hij zou helpen om het op te lossen.

Aan de andere kant, als hij het telefoontje zou noemen, zou hij Miss Angela verraden; dat ze naar hem toe was gekomen en hem over het telefoontje had verteld.

Dus ik kan het gesprek niet noemen. Ik zal hem moeten vertellen dat ik een onderbuikgevoel had dat mam in gevaar was. Een instinct van een zoon. Ik moest haar toen en daar opzoeken. Anglophone zal het me zeker kunnen vergeven.

Stephen ging naar binnen. Er was niemand. Hij keerde zijn post terug.

HOOFDSTUK 55

ANGLOPHONE WERD WAKKER EN schreeuwde om Tibbles.

Tibbles was in de keuken bezig met een kruisverhoor van Abbey. Het voortdurende gebel van Anglophone leidde zijn aandacht af.

Tibbles wees met zijn vinger in het gezicht van Abbey. "We zijn nog niet klaar! Niet bewegen! Dat is een bevel!"

Toen hij bij de deur van Anglophone aankwam, knalde er iets hards naar binnen. Tibbles duwde de deur open en wat zag hij eruit.

Een meer dan gewoonlijk ongeduldige Anglophone had het belsignaalapparaat van het plafond getrokken. Daar zat hij, met een rood gezicht tussen het pleisterwerk en het puin.

"Het spijt me, meneer," zei Tibbles.

Anglofoon staarde en schreeuwde. "Natuurlijk ben je Tibbles. Je hebt altijd spijt, maar dat terzijde. Vertel me nu eens waarom het ziekenhuis me op mijn privé-nummer belde om te klagen over een van mijn medewerkers?" Hij pauzeerde voor effect en toen er geen reactie kwam van Tibbles.

"IK, IK..."

"Stephen veroorzaakte nogal wat ophef."

"IK, IK..."

"Jij Tibbles, wat heb je zelf te zeggen? Waarom stuur je mijn personeel rond in mijn tijd? Of is mijn chauffeur uit eigen beweging van mijn terrein afgereden? Verklaar je nader, man!"

"Ik, we hadden wat spullen nodig voor het huishouden. Jij was verhinderd. Stephen was onbezet. Hij had specifieke instructies. Ik had geen idee dat hij misbruik zou maken van mijn vertrouwen." Hij pauzeerde. Het zweet droop van zijn voorhoofd. "Jouw vertrouwen. Hij is een impertinent...."

"Dat is hij, maar jij, Tibbles, bent een stuntelende dwaas! Berisp nu Stephen. Zet hem de komende twee weken aan het werk om gras te maaien en regel een andere chauffeur om hem te vervangen. En een loonsverlaging. Hij krijgt vijftig dollar minder loon en jij als zijn handlanger ook. Laat iemand dit ding repareren... en vergeet de slaappillen niet. Ga nu voordat ik er honderd van maak!"

$$* * *$$

Enige tijd later lag Ribby diep in slaap op de vloer van de bibliotheek in het huis met opengeslagen boeken om haar vorm.

De slaappillen die Anglo had gevraagd aan Tibbles om in haar thee te doen, waren effectief geweest. Hij had maar een paar minuten nodig om een monster te nemen terwijl ze zijn kamer opknapten en dan zou hij weten of Angela zijn dochter was.

Anglophone stond over haar heen en keek naar haar, hij wilde haar zo graag dat hij er pijn van kreeg. Hij kon de vader van dit meisje niet zijn. Dat was onmogelijk. Alleen al het idee dat hij zich aangetrokken kon voelen tot zijn eigen vlees en bloed...

Terwijl hij naar haar staarde, kwam er een herinnering aan Martha terug. Ze had de waarheid verteld. Ze hadden elkaar eerder ontmoet. Waarom had hij zich haar niet herinnerd, totdat zij het zei? Herinneringen waren zo als je ouder werd, ze kwamen en gingen zonder rijm of reden.

Hij streelde Ribby's haar, zich afvragend. Hij bleef de rug van haar hand aanraken terwijl hij de mouw van haar blouse oprolde.

Het flesje stond klaar en de naald lag klaar.

Word wakker, Ribby. Wakker worden! De oude klootzak is. Hij is ....

"Mijn liefste Angela," fluisterde Anglo terwijl hij de punt van de naald in haar ader stak. Het bloed stroomde in het flesje. Hij keek naar haar wond en boog zich over haar heen, terwijl hij met zijn tong de open wonde likte. Het bloed smaakte zoet, naar Angela. Hij voelde de verstijving in zijn broek en wist dat hij daar weg moest. Hij haatte het om haar de hele nacht zo ongemakkelijk op de grond te zien liggen.

Hij raapte het monster op en plakte etiketten op de fles. Hij pakte haar telefoon die op tafel lag.

Tibbles stond voor de deur toen Anglophone naar buiten kwam. "Het door u bestelde voertuig wacht op instructies."

"Een moment," Anglophone borg de monsters op in de koeltas. Hij overhandigde ze aan Tibbles. "Zeg tegen de chauffeur dat hij direct naar het lab moet gaan. Ik heb mijn contactpersoon bij het lab al laten weten dat dit hoge prioriteit heeft. Ik verwacht onmiddellijk antwoord." Hij pauzeerde. "Als je klaar bent, breng haar dan naar haar kamer. Oh en," hij overhandigde Tibbles haar telefoon. "Berg deze ergens veilig op tot ik je anders zeg."

Tibbles knikte, "Ik heb hem verstopt, af en toe, zoals je me vroeg, maar dit zal het permanenter maken."

Toen baande hij zich een weg naar de voorkant van het huis.

Anglophone keerde terug naar zijn kamer. Hij had honger, maar de late Afternoon Tea in de tuin zou dat wel oplossen. Ondertussen zou hij geen moment rust krijgen totdat hij zeker wist of hij verliefd was op zijn eigen dochter.

HOOFDSTUK 56

MOE VAN HET WACHTEN tot de bijl viel, sloeg Stephen de autodeur dicht en nadat hij de tas met spullen had gepakt die hij voor Tibbles had gekocht, stormde hij naar binnen. Hij stopte toen hij Tibbles tegenkwam.

Tibbles brulde: "Daar ben je, imbeciel! Ga mijn kantoor in, NU!"

"Niet nu, blaaskaak, ga aan de kant. Ik moet Anglophone spreken."

Tibbles hief zijn hand op om Stephen een klap in zijn gezicht te geven.

Stephen blokkeerde de klap en de twee mannen keken elkaar aan. Stephen hield Tibbles' hand een paar seconden vast en liet hem toen vallen.

De twee mannen stonden oog in oog, neuzen bijna tegen elkaar aan in een strijd wie het eerst zou toegeven.

"Sorry, Tibbles," zei Stephen.

"Dat zou ik moeten zeggen. Excuses aanvaard. Ga nu naar mijn kantoor en wacht op me. Ik moet eerst wat zaken regelen, daarna kunnen we dit oplossen."

Tibbles verliet het huis. Hij leunde in het open raam van de wachtende auto en gaf de instructies van Anglophone door. De auto reed weg. Tibbles keerde terug naar zijn kantoor.

"Ga zitten, Stephen, alsjeblieft." Tibbles ijsbeerde een paar seconden voordat hij sprak. "Meneer Anglophone is extreem opgewonden. Ten eerste is hij boos op me, omdat ik je in zijn tijd heb laten rondlopen. Ten tweede is hij boos op je omdat het ziekenhuis heeft geklaagd over de scène die je hebt veroorzaakt. Wat dacht je in vredesnaam?"

"Ik had het gevoel dat moeder onwel was. Ik moest even kijken. Om te zien of ze in orde was."

"Leugens, allemaal leugens," zei Tibbles onder zijn adem. "Ik weet dat Miss Angela je heeft verteld over het telefoontje. Durf je het te ontkennen?"

Stephen keek naar zijn voeten.

"Je houding zegt alles! Dus toen ik je vroeg om wat spullen te gaan halen, was je van plan om misbruik te maken van mijn vertrouwen."

"Het spijt me Tibbles. Echt waar, maar ik moest gaan."

"Nou, meneer Anglophone heeft je voor twee weken geschorst. Omdat ik je mijn vertrouwen heb geschonken, heeft hij ook mijn loon ingehouden. Bovendien zul je hier een hondenlijf zijn - het gras maaien, de taken doen die je zijn toegewezen. Ik moet een andere chauffeur inhuren. Met een beetje geluk is de nieuwe man niet zo brutaal als jij!"

"Het spijt me dat je loon is ingehouden. Ik vind dat niet eerlijk. Ik kan er met hem over praten."

"Dat doe je niet."

"Trek mijn loon in, maar laat me alsjeblieft niet zonder voertuig zitten. Laat me gaan en met hem praten. Ik zal hem om vergiffenis vragen."

"Mr. Anglophone zegt dat hij je veertien dagen niet wil spreken. Als je hem ziet, blijf dan werken. Toon je toewijding. Toon hem berouw. We hebben geluk dat hij ons niet heeft ontslagen. Na verloop van tijd wordt alles weer normaal."

Tibbles pakte de telefoon en negeerde Stephen's aanwezigheid.

Stephen, onzeker over wat hij nu moest doen, legde zijn hoofd in zijn handen. Tibbles kletste door aan de telefoon. Neerslachtig stond hij op en verliet het kantoor. Hij waagde zich naar buiten met zijn vuisten diep in zijn zakken gebald.

Urenlang slenterde hij rond, het uitzicht in zich opnemend en de dingen in zijn hoofd afwegend.

Hij moest uitzoeken hoe hij zijn moeder daar weg kon krijgen.

Hij moest een manier vinden om onafhankelijk te zijn van Anglophone.

Hij moest zijn leven in eigen hand nemen. Als hij er maar achter kon komen hoe.

HOOFDSTUK 57

R IBBY OPENDE HAAR OGEN. Eerst wist ze niet waar ze was. Het laatste wat ze zich herinnerde was dat ze in de bibliotheek aan het lezen was.

Ze probeerde recht te gaan zitten, maar haar hoofd deed pijn en de kamer tolde. Ze omhelsde zichzelf en zag een grote paarse vlekkerige blauwe plek op haar arm. Ze probeerde zich een gelegenheid te herinneren waarbij de blauwe plek had kunnen ontstaan. Dat lukte haar niet.

Angela kon zich ook niets herinneren. Er zat haar iets dwars. Een vage herinnering, onbereikbaar.

Hoe kon dit gebeurd zijn?

Waarschijnlijk ben je ergens tegenaan gelopen. Het zou niet de eerste keer zijn.

Dat is waar, ik kan een kluns zijn.

Maak je er geen zorgen over. Je hebt belangrijkere dingen te doen.

Ribby rook de toespeling op vis die aan het bakken was en rende door de gang naar de badkamer om te kotsen. Ze waste haar gezicht en dronk een paar slokken water.

Beter nu?

Ik denk het wel, bedankt.

Waar is Teddy eigenlijk? Het lijkt wel of hij zijn interesse verliest. Je had hem in de palm van je hand.

Hij is een drukbezet man.

Ribby heeft zichzelf schoongemaakt en haar tanden gepoetst.

Bovendien is hij niet lekker geweest.

Er knaagde nog steeds iets aan Angela. Iets wat ze zich bijna herinnerde, maar toen gleed het weg.

Maar hij is een man en je moet hem geïnteresseerd houden. Flirt een beetje. Voeg een beetje sexappeal toe. Laat hem raden en hopen. Let wel, ik suggereer niet dat je er snel helemaal voor moet gaan. Bespeel hem.

Ik heb niet veel ervaring op het gebied van mannen.

Ik denk dat hij in hart en nieren een geile oude zak is.

Hij wil iemand die er voor hem is. Iemand op wie hij kan rekenen.

Hij kan kiezen met al dat geld. Dus, verknoei het niet kind— of als je het doet, laat het tellen!!!

Je bent zo walgelijk.

"Juffrouw Angela, juffrouw Angela," riep Abbey terwijl ze op de deur klopte.

"Meneer Anglo wacht op u in de tuin."

"Kom binnen, Abbey. Ik heb geen zin in Afternoon Tea."

"Je moet wel."

Ribby ging op het bed zitten met haar hoofd in haar handen.

"Zeg alsjeblieft tegen Mr. Anglophone dat hij me over een uur ontmoet."

"Zoals u wilt, juffrouw Angela."

"Als je klaar bent, kom dan terug en help me om me klaar te maken."

"Natuurlijk, juffrouw Angela. Ik ben zo terug."

Even later kwam Abbey terug in Ribby's kamer.

"Ik hoop dat meneer Anglo niet boos op me was," zei Ribby.

"Nee, juffrouw Angela. Hij begrijpt dat we er langer over doen om onszelf toonbaar te maken," zei ze lachend. "Ga nu hier zitten en laat me je helpen." Abbey kwebbelde wat, terwijl Ribby zich liet verwennen. "Voila," zei ze.

"Dank je, Abbey."

"Je ziet er prachtig uit!" zei Abbey terwijl ze zich een weg baanden door de gang en naar buiten, de tuin in.

Ribby zag Teddy met zijn gezicht verborgen achter een krant. Ze ging rustig naast hem zitten. Hij had haar niet gehoord. Ze glimlachte.

Tibbles stormde naar de tafel en zei: "Goedemiddag, Miss Angela."

Teddy liet de krant bijna vallen toen hij opstond. "Hoe lang zit je daar al?"

"Eigenlijk was het maar een paar tellen. Heb je me gemist?" fluisterde Ribby, terwijl hij zijn hand in de hare nam.

Anglo trok zijn hand weg en zei: "Ik was heel erg ziek."

Ribby's teint brandde.

Wat de?

"Maar ik dacht wel aan je, vaak."

"En wat dacht je aan mij?"

"Ik dacht aan jou en de bibliotheek."

"Precies, en ik heb wat ideeën die ik met je wil bespreken."

"Waar is Tibbles gebleven? TIBBLES!"

Tibbles keerde terug. Abbey liep achter hem aan. Ze droegen dienbladen gevuld met eten en drinken. Anglofoons bord was al snel gevuld met eten, terwijl Ribby koos voor een sterke kop thee.

"Ik heb nagedacht," zei Ribby terwijl ze in haar thee roerde. "Ik wil graag voorlezen en optreden voor kinderen in de bibliotheek. Ik wil graag plannen maken voor een Kinderdag."

"En wat zou dat inhouden?"

"Auteurs zouden boeklezingen kunnen doen."

"Hmmm, interessant, interessant," zei Teddy.

"Ook zou ik willen dat we boeken doneren aan ziekenhuizen."

"Ja, die ideeën spreken me wel aan, mijn Engel, het zal wat denkwerk vergen, wat organisatie. Voor nu moeten we ons concentreren op de bibliotheek. Als we eenmaal draaiende zijn, misschien over een jaar of twee, dan kun je die andere ideeën uitvoeren. Doe het rustig aan, Angela. Onthoud dat dit geen grote stad is. We hebben het hier over een ander soort mensen."

"Families zijn overal."

"Ik zie wat je bedoelt," zei Teddy, terwijl hij Ribby's hand klopte als een kind dat hij moest smeken.

"Pardon," zei een man met pet in de hand vanuit de ingang.

"Ja? Oh, ik zie het al, u bent de nieuwe chauffeur."

Tibbles kwam klikkend binnen. "Ik zei dat je in de keuken op me moest wachten."

Mijn verontschuldigingen," zei de nieuwe man terwijl hij eerst zijn pet naar Anglophone en toen naar Tibbles ophief. Hij liep achteruit de kamer uit.

"Is Stephen ziek?"

"Nee. Dat is hij niet." Teddy nam een hap quiche. "Hij heeft misbruik gemaakt van mijn vertrouwen. Hij zit de komende twee weken in het hondenhok."

"Het spijt me dat te horen." Ze nam een slok thee. "Ik wil graag mijn moeder bellen en ik schijn mijn mobiel kwijt te zijn."

"Zeker. Gebruik de telefoon in de entree. Ondertussen kijken we rond of we je telefoon kunnen vinden."

Ribby was zo blij dat ze opstond, haar servet op de grond liet vallen en naar Teddy toe snelde. Ze vloog op hem af, vol passie, sloeg haar armen om zijn nek en kuste hem op zijn lippen. Ze opende haar ogen. Hij keek terug naar haar. Hij was steenkoud.

Hij duwde haar weg en stond op. Zijn gezicht was rood.

Ribby rende de kamer uit en de trap op. Ze wierp zich op haar bed en huilde zichzelf in slaap.

Noem je dat sexy?

HOOFDSTUK 58

D E VOLGENDE OCHTEND, NADAT ze de balkondeuren had geopend, rekte Ribby zich uit en gaapte. Het zonlicht verwarmde haar huid en ze voelde een sterk verlangen om dichter bij de waterkant te zijn. Ze kleedde zich aan, douchte, zette haar hoed op, kneep haar wangen samen en liep het landhuis uit.

Op het pad zag ze Stephen. Hij stond met zijn rug naar haar toe, maar ze kon het knipgeluid van de schaar horen. Hij was de rozenstruiken aan het snoeien.

"Stephen," zei Ribby.

Hij rechtte zijn rug en hield zijn hand in de lucht om de zonnestralen van zijn ogen af te schermen.

"Ik vroeg me af of je me ergens heen kon rijden."

Hij gaf geen antwoord. In plaats daarvan draaide hij zich weer om en hervatte zijn tuinklusjes. Hij wachtte tot ze wegliep, bleef knippen en knippen. Na een moment of twee zei hij: "Waarom ik? Vraag het de oude man. Ik kan je niet helpen. Ik kan mezelf niet eens helpen."

"Maar ik heb niemand, Stephen." Ze raakte zijn schouder aan. "Ik wil naar huis."

Hij draaide zich abrupt naar haar toe, waardoor ze bijna haar evenwicht verloor. "Ik kan je niet helpen. Verdomme. Ik zou wel willen, eerlijk waar, maar ik...Er zijn andere mensen die van me afhankelijk zijn. Ik kan je niet helpen. Ga nu weg!"

Ribby stapte achteruit, vechtend tegen de drang om te huilen. "Ik dacht alleen...Het spijt me dat ik je lastig gevallen heb."

Stephen liet haar los. Hij liet haar steeds verder weggaan voordat hij riep. Ribby negeerde hem. Hij rende achter haar aan.

"Kijk, het spijt me. Zijn ogen ontmoetten de hare. "Het is gewoon zo dat ik gedegradeerd ben en ik heb echt een hekel aan tuinieren."

Ribby nam zijn verzachte gelaatstrekken in zich op.

Hij wierp een nerveuze blik terug naar het huis toen er een auto voorbij raasde. De bestuurder stapte uit en rende de trap op waar Tibbles de deur opende. Even later raasde de auto hen voorbij op weg naar buiten.

Ribby trok op Stephen in.

Stephen stapte op Ribby af.

Ze ontmoetten elkaar ergens in het midden.

HOOFDSTUK 59

T IBBLES BRACHT DE ENVELOP naar Anglophone en keerde terug naar zijn werk.

Anglophone zat bij het raam en keek naar zijn nu bevestigde dochter en zoon terwijl ze elkaar met googly eyes aankeken. Hij kon de chemie tussen hen tot in zijn kamer voelen. Hij lachte toen hij toekeek hoe ze fluisterden en blikken uitwisselden.

Hij belde aan en Tibbles kwam binnen een paar seconden terug.

"Tibbles," zei Teddy, "ik ga vandaag naar de stad. Ik moet daar een paar dingen regelen. Waarschuw de chauffeur - ik kom morgen terug.

"Let ondertussen voor mij op Stephen en Miss Angela. Kijk wat ze doen, maar laat ze niet weten dat je ze in de gaten houdt." Hij raakte zijn neus aan met zijn wijsvinger. "Discretie, mijn lieve Tibbles, discretie."

"Natuurlijk, meneer Engelstalig." Tibbles boog zich een weg uit de kamer.

HOOFDSTUK 60

"HOE KAN IK JE helpen?" zei Stephen, terwijl hij Ribby wegleidde van het hoofdpad. "Zoals ik al zei, ik kan mezelf niet eens helpen. Ik heb verantwoordelijkheden."

Tibbles concentreerde zich op hen toen Anglophone zich klaarmaakte om te vertrekken.

"Heeft het iets met je moeder te maken?"

"Dat kan ik je niet vertellen. Hoe minder je weet, hoe beter. Waarom wil je weg? Heeft hij je iets aangedaan?"

"Ik weet niet eens wat ik hier doe," zei Ribby. "Ik bedoel, waarom ik?"

De limousine snelde weg.

"Vraag me af waar hij heen gaat."

"Hij heeft een nieuwe chauffeur."

"Ik weet het, maar het is maar tijdelijk," zei Stephen. "Als je weg moet, doe het dan nu."

"Hoe kan ik dat doen? Ik heb geen auto."

Ribby, je bent helemaal in paniek. Rustig maar.

"Je moet toch wel iemand kennen die je kan helpen."

"Ik heb gisteren een verslaggeefster ontmoet, Viveca Something."

"Ja, bel haar. Vraag het haar."

"Wat als ze niet komt?"

"Vertrouw me, ze komt wel," zei Stephen.

"Hoe weet je dat? Waarom zou ze om mij geven?"

"Heeft ze je niet een heleboel vragen gesteld over Anglo?"

"Niet echt," zei Ribby. "Ze zei dat ze een verhaal schreef over natuurwonderen."

"Dat mag je denken, maar geloof me, jij bent het verhaal. Naast de verslaggevers kun je garanderen dat de politie de situatie ook in de gaten houdt."

"Ik snap het niet. Waarom?"

"Het enige wat ik je kan vertellen Miss, is dat je haar moet bellen. Laat de verslaggever het uitleggen. Maar zeg niets over mij, ik heb al genoeg problemen. En bel in godsnaam niet vanuit huis. Je hebt een mobiele telefoon nodig, of nog beter, kun je Abbey vertrouwen? Ik bedoel, Abbey echt vertrouwen?"

"Ik had een mobiel, maar die ben ik kwijtgeraakt. Wat Abbey betreft, ja, ik denk het wel," zei Ribby. "Ik ben er vrij zeker van dat ik haar met mijn leven zou kunnen vertrouwen."

"Gebruik haar dan. Laat haar de verslaggever gaan bellen. Ik zou jou de mijne laten doen, maar Tibbles heeft hem waarschijnlijk afgeluisterd. Doe het vandaag nog, juffrouw."

"Dank u," zei Ribby terwijl ze zijn hand aanraakte.

"Oké, dan zie ik je nog wel," zei Stephen. Hij wierp een blik omhoog naar het raam, merkte dat de gordijnen bewogen. Tibbles. Hij keerde terug naar het snoeien van de rozen.

Wat een schattig kontje.

Denk je nooit aan iets anders?

Stephen draaide zich om, keek naar Ribby en ging toen weer aan het werk.

Ribby zocht naar Abbey.

Toen ze bijna tegen elkaar botsten in de hoofdgang, zei Abbey: "Tibbles zei dat ik je moest vinden, ONMIDDELLIJK. Ik weet niet waar de ophef over gaat. Alleen maar omdat meneer Anglophone een dag of twee weg is."

"Ja, ik zag zijn auto daarnet."

"Ik moet je schaduw zijn."

Ribby en Abbey gingen de deur uit en liepen door. Toen ze ver genoeg van het landhuis waren zei Ribby: "Ik wil hier weg en ik heb je hulp nodig."

"Als Tibbles erachter komt zal hij heel boos zijn. Hij zou me zelfs kunnen ontslaan."

"Ik wil dat je iemand belt. Die vrouw die we gisteren hebben ontmoet, je weet wel, de verslaggeefster?" Abbey knikte. "Ik wil dat je naar een telefoon gaat, niet hier, ergens anders dan hier, en dat je haar belt. Maak een afspraak voor een ontmoeting. Wil je dat doen?"

"Dat kan ik doen," zei Abbey na enige aarzeling. "Sterker nog, ik ga naar Fairfield Farm verderop om wat kaas te halen. Het was de bedoeling dat de chauffeur me zou brengen, maar nu moet ik lopen. Vanaf daar kan ik haar bellen."

"Je bent een ster," zei Ribby. "Nu ga ik weer naar binnen. Veel plezier op Fairfield Farm."

"Wanneer moet ik het opzetten? Ik bedoel de ontmoeting met jou en Viveca?"

"Ik denk dat ze wel zal weten hoe moeilijk dat voor mij kan zijn. Vertel haar echter dat Mr. Anglophone weg is, en ASAP zou het beste zijn."

"Dat is een plan."

$$* * *$$

OP Fairfield Boerderij draaide Abbey het nummer van Viveca Hartman bij de krant. "Uh, hallo, ik ben het, Abbey."

"Abbey wie?" zei Viveca boos. "Je hebt hier Viveca Hartman van The Local Times."

"Ja, dat weet ik, hoe is het met je enkel?"

"Mijn enkel? I..." Viveca ving op. "Abbey, oh ja. Wat kan ik voor je doen? Is het Angela? Is alles goed met haar?"

"Ja," zei Abbey, "en ik was doodongerust over jou, dat je zo ziek was en je enkel zo verstuikt hebt."

"Oké," zei Viveca, "er is nog iemand anders, klopt dat?"

"Oh, jee ja," zei Abbey, "je moet echt rustig aan doen en er vanaf blijven."

"Abbey," zei Viveca, "ik, weet niet wat je wilt of hoe ik kan helpen. Uh, wil ze me zien? Wil Angela dat ik daarheen kom?"

"Ja," zei Abbey, "Mr. Anglophone is weg in de stad. Zo snel mogelijk zou het beste zijn. Ik ben nu bij Fairfield Farm om wat kaas op te halen."

"Oké, Abbey," zei Viveca, "Wat dacht je van morgen, tussen 10 en 11 uur?"

"We zullen proberen weg te komen. Wacht alsjeblieft op ons bij Fairfield Farm, ook al zijn we te laat."

"Zal ik doen," antwoordde Viveca.

HOOFDSTUK 61

OM 21.00 UUR REED de limousine van Anglophone de hoek om op weg naar Martha's huis. Het was zijn favoriete tijd van het jaar, toen het 's avonds nog licht was. Toegegeven, ze zat in de gevangenis, maar hij wilde kijken of hij iets van de buren te weten kon komen. Hij was nog steeds woedend dat Martha zijn leven weer was binnengeslopen. Hij had zijn bibliotheek en zijn hart geopend en nu...

Martha's huis was weg. Helemaal weggevaagd. Alles wat overbleef was een hoop verschroeid puin. Hij stapte uit de auto om het beter te bekijken. De chauffeur stond naast hem.

Een oudere vrouw slenterde over de stoep. Ze droeg een versleten badjas. Ze naderde Anglofoon. De chauffeur zette zijn lichaam tussen hem en de vrouw.

"Verdomd jammer," zei de vrouw, terwijl ze dichter naar Anglophone toe probeerde te gaan. "Zo'n goede vrouw en dan zo gaan. Zo triest. En haar arme dochter. Niemand weet waar ze is en nu, nu al dat schandaal. Ik weet het niet. Ik weet het gewoon niet." Ze depte haar ogen met de hoek van haar mouw terwijl ze een blik wierp in de richting van de limousine.

"Suggereer je dat de vrouw die hier woonde, Martha, is overleden?"

"Nee, ze is niet gestorven. Haar buurvrouw mevrouw Engle rook rook. Ze heeft de lichamen van Martha en Scamp eruit gehaald. Redde hun leven, ook al wilde Martha niet meer leven. Scamp is geadopteerd door mevrouw Engle." Ze wees naar het huis.

"Hoe bedoel je, ze wilde niet leven?"

"Ze zat vol pillen en drank."

"Ga alsjeblieft verder."

"Het huis ging als een tondeldoos de lucht in. We waren nooit vrienden. Die vrouw had voortdurend mannen die kwamen en gingen. Het was alsof haar huis een draaideur had." De vrouw krabde zich, alsof ze vlooien had. "Ik kan beter naar binnen gaan voordat ik doodga. Goedenavond, meneer." Ze liep weg.

"Wacht. Blijf. Kom in mijn auto en ik geef je een slok whisky om je op te warmen," zei Anglo.

De vrouw stopte. Ze draaide zich naar hem toe. Ze aarzelde en liep toen weg.

"Ik zou je hulp erg op prijs stellen," riep Anglophone. "Ik zal ervoor zorgen dat het de moeite waard is."

"Uh, maar ik, ik ken u niet van Adam," zei de vrouw. "Je zou een van Martha's ontaarde vrienden kunnen zijn. Hier een graantje van mee willen pikken." Ze zwaaide met haar armen en glimlachte, waardoor een tandeloze grijns zichtbaar werd.

"Nou, ik ben Theodore Anglophone, een oude vriendin van Martha. We kennen elkaar al heel lang." Hij schoof een twintigje in haar handpalm.

"Ze zit in de gevangenis."

Hij zwaaide een vijftigje voor haar gezicht, dat ze probeerde te pakken.

"Rustig aan, vriend," zei Anglo. "Vertel me iets wat vijftig dollar waard is. Ik werk hard voor mijn geld."

"Ik kan je dingen vertellen; dingen die je hoofd op hol zouden brengen."

Anglo schoof dichterbij en de scherpe geur van kool deed hem zijn neus bedekken met zijn hand. "Uw koets wacht."

De oudere vrouw lachte terwijl de chauffeur de deur voor haar opende.

Toen ze eenmaal binnen waren, vulde Teddy een glas met whisky en overhandigde het toen aan de vrouw. Ze sloeg het achterover. Hij vulde het bij.

"Nou, Martha en Ribby woonden hier, en Martha was een prostituee, hoewel van wat ik gehoord heb niet erg goed betaald." Ze lachte. "We wisten ervan; al haar buren wisten het, dat wil zeggen. We zagen het door de vingers. Zolang ze uit de buurt van onze mannen bleef, was het leven en laten leven. Toen kwamen de kranten erachter en kwamen hier om het bordeel te bekijken. Ribby was er toen nog niet, zegen haar ziel. Arm klein mormel. Wat ze moet hebben gezien met mannen die kwamen en gingen toen ze opgroeide."

"Ja, kom ter zake, om de vijftig dollar te verdienen," eiste Anglo.

"Toen het huis tot de grond toe afbrandde, vonden ze...Iets...In de schuur...Later...Toen Martha aan het herstellen was in het ziekenhuis..."

"Aan de slag."

De vrouw stak haar glas uit. Toen het vol was, ging ze verder. "Toen hebben ze het gevonden, een mes."

"O jee," zei Teddy, terwijl hij dichter naar de vrouw toe leunde. Hij vulde haar glas bij.

"Dus, daar zat ze, arme Martha, zonder haar dochter, zonder ziel, en ze klaagden haar aan voor de eerste graad. Twee moorden. Haar zus en een van haar Johns - ik denk dat hij van donderdag was. Het stond in alle kranten. Het was een gekkenhuis hier."

"Donderdags?" zei Teddy op een verontwaardigde toon.

De vrouw aarzelde: "Dik, heel erg dik. Niet je gewone soort dik. Heel onaantrekkelijk. En nog getrouwd ook."

"Ga verder met het verhaal. Wat is er dan gebeurd?" vroeg Teddy ongeduldig.

"Hij was dood. In zijn rug gestoken. Volgens de kranten hadden de zussen ruzie om hem." De vrouw kakelde als een kip die een ei legt bij de verwondering over vrouwen die om zo'n prijs vechten.

"Ze zit in de gevangenis te wachten tot de rechter haar veroordeelt. Ze denken dat ze de man en haar zus heeft vermoord. Daarna heeft ze hen van een klif gereden. Ze vonden het mes en een van haar jurken onder het bloed van Carl Wheeler, begraven in het schuurtje buiten." Ze stopte en wachtte in de hoop dat haar verhaal genoeg was geweest om de vijftig te verdienen.

"Je bent echt behulpzaam geweest. Hier is nog eens honderd voor je tijd, en de rest van de fles mag je ook meenemen."

Toen de vrouw geen interesse leek te hebben om uit te stappen, opende de chauffeur de deur. Anglo gaf haar een klein duwtje.

"Nou, je had niet hoeven duwen! Jij, jij!" riep de vrouw uit, terwijl ze achteruit van de auto wegliep.

"Ga door," zei meneer Anglophone tegen de chauffeur toen hij weer op zijn plaats zat. "Breng me naar de gevangenis."

"Ja, meneer Anglophone."

Teddy leunde achterover en sloot zijn ogen.

HOOFDSTUK 62

D E VOLGENDE OCHTEND ONTMOETTEN *Ribby* en *Abbey Viveca op Fairfield Farm.*

"Je ziet er sensationeel uit!" zei Abbey.

"Bedankt, Ang," zei Viveca. "Ik voel me goed genoeg om vandaag zelfs op zo'n paard te springen en een ritje te maken. Op voorwaarde dat je een zachtaardige ziel kiest, zou paardrijden prima bij me passen."

"Abbey kent al onze paarden," zei mevrouw Fairfield. "Ik haat het om me te haasten, maar ik heb een paar klusjes te doen in de stad. Doe alsof je thuis bent. Pak alles wat je nodig hebt. Ik ben tegen lunchtijd terug, als jullie willen blijven?"

"Nee, dank je," zei het trio eenstemmig.

"Druk, druk, druk," zei Ribby en Abbey en Viveca knikten instemmend.

Nadat mevrouw Fairfield het huis had verlaten, vroeg Viveca: "Wat is er?"

Abbey zei: "Ik ga een stukje rijden terwijl jullie praten."

"Bedankt, Abbey. Je bent een juweeltje," zei Ribby terwijl ze toekeek hoe Abbey de deur achter zich dichttrok. Ribby

richtte toen haar aandacht op Viveca, die net zo bezorgd leek als zij.

"Hoe kan ik helpen?" vroeg Viveca.

"Ten eerste, bedankt dat je op zo'n korte termijn bent gekomen. Ik zit tot over mijn oren in het huis met meneer Anglo. Ik wil naar huis."

"En dat mag niet van hem? Word je gevangen gehouden?"

"Niet echt. Hij is aardig tegen me geweest, tot een paar dagen geleden - ook al voel ik me erg geïsoleerd omdat hij altijd weg is voor zaken. Een paar dagen geleden, oh, ik weet niet hoe ik het anders moet uitleggen dan dat ik weg wilde. Bovendien verdween mijn telefoon. Ik weet dat hij wil dat ik blijf en de Bibliotheek openstel, maar ik vermoed dat hij iets voor me verbergt. Ik weet niet waarom hij mij als Bibliothecaris nodig heeft. Ik bedoel, mij in het bijzonder. Het is niet zo dat ik heb gereageerd op een advertentie voor de functie. Eerlijk gezegd ben ik bang."

"Vertel me eerst wat je weet."

"Ik denk dat je beter gewoon bij het begin kunt beginnen."

"Anglophone heeft een reputatie voor de dames. Simpel gezegd, hij vindt zichzelf geweldig. Met al dat geld, en niet te vergeten de macht die hij heeft, is hij in staat om dingen te doen die een normale man niet zou kunnen doen. Hij heeft bijvoorbeeld verschillende leden van de Raad in zijn achterzak. Het is bekend dat hij handjes smeert, maar hij is zo machtig dat niemand bewijs tegen hem kan krijgen. Zoals wat er in de bibliotheek is

gebeurd. Ik bedoel, Stephen's moeder was vastgebonden en voor dood achtergelaten."

"Die vrouw, was dat Stephen's moeder?"

Maar Stephen's moeder is niet dood...

"Bedoel je dat je weet wat er eerder in de bibliotheek is gebeurd?"

"Ja, ik heb er online over gelezen voordat ik hier kwam."

"Maar in de kranten vertelden ze niet het hele verhaal. Toen de verslaggevers als eerste aankwamen en haar vonden, was ze er behoorlijk aan toe. Verslaggevers praten en nou ja, ze zeggen dat ze naakt was, vastgebonden aan een stoel met brandwonden op haar lichaam en er was veel bloed. Forensisch onderzoek ontdekte later dat het dierenbloed was. Sommigen zeggen dat Anglophone aan zwarte magie deed. Vreemde dingen."

Ribby herinnerde zich de man met het silhouet op de achterkant van het boek over magie.

Dit slaat nergens op. Stephen bezoekt haar.

En ze belde hem op.

Viveca vervolgde: "Ja, maar er is meer. Sommigen zeggen dat ze de minnares van Anglophone was. Ze was zeker de enige persoon aan wie hij ooit zijn bibliotheek toevertrouwde."

Dit wordt steeds vreemder.

"Mijn vader gaat ver terug met Anglophone en Stephen woont daar al sinds hij een jongen was."

"Dus met mij dan, waarom ik?"

"Ik weet het niet, maar ik neem het je niet kwalijk dat je naar huis wilt. Heb je geen familie?"

"Jawel," zei Ribby, "mijn moeder is in de stad. Ik moet haar bellen. Ik bel haar nu vanaf hier." Ribby pakte de telefoon op.

"Het spijt me, het nummer dat u belt is niet meer in gebruik. Hang alstublieft op en kies opnieuw."

Ribby draaide opnieuw, met hetzelfde resultaat.

"Misschien kan ik contact met haar opnemen? Dat ze je komt halen met versterking, dus politie. Hoe heet ze?"

"Martha, Martha Balustrade."

"Oh mijn God!" riep Viveca uit. "Jij bent niet de dochter van Martha Balustrade!"

O, o, wat heeft mama Liefste nu weer gedaan?

HOOFDSTUK 63

T EDDY KWAM AAN BIJ de gevangenis. Martha werd in eenzame opsluiting vastgehouden. Hij eiste haar te zien. Hij deed alsof hij haar advocaat was.

Een vrouw aan het bureau bladerde door papieren. Anglophone sloeg met zijn vuist op haar bureau en herhaalde zijn eisen. "Bel Frederick Schmidt. Bel burgemeester Brown. Zij kennen mij. Ze zullen me toestaan mijn cliënt te zien, ONMIDDELLIJK," brulde Anglophone.

Telefoontjes werden gepleegd. Nog steeds wachtte Anglophone uren.

"Wilt u een kopje thee?"

"Nee, dank je," zei Anglophone, "mijn cliënt zien is het enige wat ik wil doen."

HOOFDSTUK 64

"Ken je mijn moeder?"

"Hij heeft je afgezonderd gehouden," zei Viveca. "Iedereen weet van je moeder, door alle pers van de laatste tijd. Ik bedoel, als iemand de moord op twee mensen bekent, waaronder haar eigen zus, dan komt dat in het nieuws - zelfs hier. En dan heb ik het nog niet eens over haar andere streken. Voorpagina in de stad, Angela!" Ze keek toe hoe Ribby's gezicht spierwit werd. "Het spijt me, ze is tenslotte je moeder."

"Een moordenaar? Dan moet je je vergissen." Ze pauzeerde. "Trouwens, mijn echte naam is Ribby Balustrade."

"Waarom dan?"

"Het is een Anglofiel iets."

"Moest je van hem je naam veranderen?"

"Nee, Angela is mooier dan Ribby."

"Viveca is ook niet helemaal gewoon of mooi dus ik snap wat je bedoelt. Maar laten we teruggaan naar je moeder en de moorden. Denk je dat ze het niet gedaan heeft?"

We weten dat ze het niet heeft gedaan omdat wij het hebben gedaan.

Wij hebben er één gedaan; de andere was zelfmoord.

Ribby zei niets.

"Kijk, ik weet dat Anglophone jullie hier heeft afgezonderd. Je zou denken dat hij op zijn minst het fatsoen zou hebben om je te vertellen dat je moeder in de gevangenis zit."

"Ik heb al mijn tijd besteed aan lezen en het opknappen van de bibliotheek. Ondertussen is mijn moeder... Oh mijn God, ik moet nu naar haar toe. Kun je me brengen? Je moet me helpen. Je moet gewoon!"

Abbey stak haar hoofd om de hoek en hoorde Ribby's smeekbede. "Wat is er aan de hand? Waarom is ze zo overstuur? Angela, wat is er aan de hand? Je ziet eruit alsof je een geest hebt gezien!"

"Ik moet naar de stad, vandaag. Nu. Viveca gaat me brengen."

"Mijn vader kan ons waarschijnlijk op een vliegtuig zetten en dan zijn we er zo. Wacht even, ik bel hem en leg het uit. Hij is goed thuis in juridische mumbo jumbo, dus ik zal kijken of hij ons kan vergezellen."

"Is er een vliegveld in de buurt? Waarom vliegt Teddy dan niet naar Toronto? Dat kan hij zich toch wel veroorloven?"

"Bang om te vliegen," zei Viveca, net toen haar vader aan de andere kant de telefoon opnam. Ze legde hem alles uit. Hij stemde ermee in om hen op het vliegveld te ontmoeten. "Oké dames, daar gaan we dan!"

"Wacht," zei Ribby, "kunnen we ook langskomen en Stephen ophalen? Ik, ik wil graag dat hij erbij is."

"Natuurlijk, we komen langs en als hij wil komen, hoe meer hoe beter. Hoe zit het met jou, Abbey? Ga je mee?"

"Nee, ik kan het me niet veroorloven om nu mijn baan te verliezen. Tibbles zou gewoon uit zijn dak gaan als ik de hele dag zou verdwijnen." Abbey keek op haar horloge en begon ongerust te worden. "Ik ben al te lang weg."

"Stap in en ik geef je een lift."

"Maar, hoe zit het met Tibbles?" vroeg Abbey. "Als hij me iets vraagt? Ik ben geen goede leugenaar."

"Zeg dan niets. We moeten opschieten, een voorsprong nemen."

"Oké, laten we gaan," zei Ribby. Ze was buiten zichzelf van bezorgdheid over Martha. Ze vroeg zich af hoe dit ooit had kunnen gebeuren. Ze voelde zich zo schuldig.

Bij het huis stapte Stephen op de achterbank van de auto en ze reden weg, Abbey achterlatend in een stofwolk.

HOOFDSTUK 65

IN DE KOUDE EN bedompte wachtkamer ijsbeerde Teddy heen en weer als een aanstaande vader. Zijn humeur steeg met elk moment dat hij moest wachten. Zestig minuten. Negentig minuten. Honderdtwintig minuten. Geen teken van haar. Geen teken van iemand.

Uren later hoorde Teddy een rinkelend geluid toen de sleutelhouder de deur naderde. "Neem me niet kwalijk," zei hij abrupt toen de vrouw vlak langsliep, "ik sta hier al uren te wachten."

"Meneer Eh, Engelstalig. Op uw verzoek heb ik om een uitzondering gevraagd. Die is geweigerd. Volgt u mij, dan breng ik u terug naar de receptie."

Hij ging helemaal in haar gezicht staan en zei: "Wat bedoel je met het is geweigerd?"

"Mevrouw Balustrade wacht op haar veroordeling," bromde ze. "Nu ben ik een drukke vrouw en het is laat, dus volg me alsjeblieft."

Hij deed wat hem gezegd werd, maar hij was er niet blij mee.

$$* * *$$

TEDDY WAS NOG STEEDS woedend toen hij in de limousine stapte. Hij belde het Four Seasons Hotel en boekte een suite, waarna hij zijn chauffeur opdracht gaf hem erheen te brengen.

Onderweg belde hij Tibbles.

"Tibbles! Ik wil dat je Angela aan de lijn krijgt en snel!"

"Ze is aan het wandelen met Abbey. Wacht even." Tibbles sloeg zijn hand over de telefoon toen hij Abbey zag binnenkomen. Hij vroeg haar waar Angela was. Abbey zei dat zij en Angela uren geleden uit elkaar waren gegaan.

"Mr. Anglophone, blijkbaar is Miss Angela nog niet teruggekeerd."

"Nou, ZOEK HAAR. Bel me terug zodra je weet waar ze is." Hij verbrak de verbinding.

"Kun je Stephen vragen om naar Abbey te komen? Het is dringend." zei Tibbles.

"Ik heb Stephen niet gezien."

"Kijk eens rond op het terrein. Zeg hem dat hij zich onmiddellijk bij mij moet melden."

Abbey keek in de gemeenschappelijke ruimtes van het huis. Ze dwaalde tijdverspillend rond, zowel binnen als buiten. Een half uur later kwam ze terug zonder Stephen. Tegen die tijd stond Tibbles op het punt van ontploffen.

"Waar is HIJ?"

"Ik heb overal gekeken. Hij is nergens te vinden."

"Doe alles zelf. Doe alles zelf," mompelde Tibbles. Zijn schouder raakte de hare toen hij langsliep. "Als ik hem daar vind, zal ik je loon met vijftig dollar korten en de volgende keer zul je kijken als ik het vraag!"

"Maar, meneer," Abbey begon nog meer te zeggen, maar Tibbles sloeg de deur achter zich dicht.

Tibbles keek ook overal. Geen teken van Stephen. Geen teken van juffrouw Angela. Hij keerde terug naar het huis en riep Anglophone.

"Tibbles?"

"Ja meneer, ik ben het. Ik kan Stephen en Miss Angela niet vinden."

"Zijn ze samen?"

"Ik heb geen idee."

"Maar dat meisje zou het vast wel weten. Je zei dat ze Angela's schaduw zou zijn. Geef haar aan de telefoon."

"Ze is niet bij de hand."

"Waar betaal ik je voor? Vind haar en geef haar aan de telefoon." Tibbles haakte de telefoon los en nam hem mee. Toen hij boven beweging hoorde, ging hij naar boven.

Abbey was het nachtkastje van Miss Angela aan het opruimen. Ze pakte een boek met een schaduwfiguur op de achterkant.

Tibbles kwam binnen en duwde de telefoon in Abbey's hand. Ze liet het boek vallen en het viel op de grond.

"Hallo," zei ze timide.

"Abbey," zei de Anglofoon, "ik heb je hulp nodig om Miss Angela te vinden. Het is dringend. Waar is ze?"

"Ik heb haar eerder buiten laten lopen. Ze wilde alleen zijn."

"En Stephen. Heb je Stephen gezien?"

"Hij was eerder de rozenstruiken aan het trimmen." Haar handen trilden en haar stem ook.

"Zet Tibbles weer op," eiste Anglo.

"Ze liegt," zei Anglophone tegen Tibbles. "Zoek uit wat ze weet en bel me terug."

"Maar hoe?"

"Het maakt me niet uit hoe. Op welke manier dan ook. Zoek het uit en NU!" schreeuwde Anglofoon over de lijn.

Tibbles balde zijn vuisten en stond op. Hij stak de vloer over en toen hij oog in oog stond met Abbey, gaf hij haar een backhand.

De onverwachte klap stuurde Abbey achteruit en ze belandde op Ribby's bed. Hij klom bovenop haar en hield haar handen en benen vast. Het zwarte poetsmiddel van zijn laarzen schuurde over het dekbed.

"Vertel!" schreeuwde hij in haar gezicht. Toen ze niet wilde antwoorden, hield hij het kussen tegen haar gezicht en liet haar tegenstribbelen. Hij tilde het er weer af. Haar ogen. Zacht, als die van een hinde. "Vertel!" Hij duwde het kussen weer naar beneden en ze spartelde. Toen hij het kussen weghaalde, bekende ze eindelijk en hij liet haar rechtop zitten om op adem te komen.

Hij belde Anglophone die een gejuich liet horen aan de andere kant van de telefoon. "Goed gedaan, Tibbles. Je loyaliteit zal beloond worden."

Tibbles hing de telefoon op en draaide zich toen om naar het jonge meisje.

Abbey bleef op het bed zitten en staarde hem met die ogen aan. "Stop met naar me te kijken!" riep hij terwijl hij het kussen in haar gezicht duwde. Eerst spartelde ze een beetje tegen, maar toen gaf ze zich over. Hij hield het kussen erin geduwd terwijl de tijd stilstond.

Toen hij het weghaalde, waren de ogen van het meisje wijd open. Ze zag er vredig uit. Als een engel.

Tibbles begon te trillen. Hij greep naar het nachtkastje en merkte dat er een boek op de grond lag. Hij raapte het op en herkende meteen de ogen van de schaduwfiguur op de rug. Ze waren van zijn meester. Even zat hij te staren naar de kaft van Alles wat je ooit wilde weten over zwarte magie (maar niet durfde te vragen). Zijn gedachten dwaalden af naar Rosemary en haar smeekbede om hulp.

Tibbles opende de schoorsteen en stak het vuur aan. Hij gooide het boek erin en keek hoe het brandde.

Hij rolde Abbey in Ribby's dekbed, slingerde haar over zijn schouder en droeg haar lichaam naar buiten, de tuin in. Hij groef een ondiep graf onder de rozenstruiken. Nadat ze begraven was, zette hij de rozen terug waar ze stonden en sproeide een beetje water in de tuin. Het was een mooie rustplaats.

Terug binnen ging Tibbles douchen en ruimde hij zichzelf op. Daarna hield hij zich bezig met de kamer van juffrouw Angela. Hij maakte het bed op met schone lakens, kussenslopen en een nieuw dekbed. Perfect.

Toen hij klaar was met al zijn taken, werd de stilte oorverdovend. Zelfs zijn eigen voetstappen weerklonken luid in zijn oren.

Na een tijdje kon hij het geluid van zijn eigen ademhaling niet meer verdragen. Het leek zo luid, zo lawaaierig.

Hij ging terug naar zijn kamer en trok het gewaad aan dat Anglophone hem ooit had gegeven. Hij ging in zijn onderste lade en haalde er een pistool uit.

Zittend in zijn favoriete stoel in zijn favoriete smoking jacket, schoot hij zijn hersens eruit.

Niemand was thuis om het schot te horen.

Alleen de vogels werden opgeschrikt door het onnatuurlijke geluid.

HOOFDSTUK 66

Rosemary Franklin, de moeder van Stephen, was allang weg. Ze had zich voorgesteld dat ze uit het sanatorium kon ontsnappen, ze had er zo vaak van gedroomd. Toen de kans zich voordeed, ging ze ervoor en klom achterin het Clean-it-4-U busje. Het was 4 uur 's nachts en ze was onderweg.

Het busje reed een hele tijd door met haar verborgen achterin. Zodra ze buiten de hekken van het ziekenhuis waren, kleedde ze zich om in een outfit die ze had gestolen. Ze had ook een diamanten ring en wat muntgeld meegenomen.

Bij zijn eerste stop klom Gus, de chauffeur, eruit. Rosemary keek toe hoe hij het eethuis binnenging. Toen de kust veilig was opende ze de deur en rende weg. Ze verstopte zich naast de buitenmuur tussen de gebouwen. Van daaruit kon ze toekijken hoe Gus zijn gezicht voedde en wachten tot hij wegging. Ze rook de aangename geur van verse koffie die aan het zetten was en spek dat binnen stond te sissen. De gedachte alleen al deed haar watertanden. Zoveel verleidelijker dan de vieze stank van ziekenhuiseten waar ze aan gewend was geraakt.

Een deur kraakte en ze rilde toen de zon zich een weg naar boven baande. Gus klom in het busje, rommelde wat aan de radio, zette zijn zonnebril op en reed weg.

Rosemary bleef nog even verborgen. Beter het zekere voor het onzekere nemen. Toen het busje duidelijk uit het zicht was, streek Rosemary met haar vingers door haar haar. Ze ging het eethuis binnen, bestelde een kop koffie en dronk die op. De smaak van vers gezette wegrestaurantkoffie was niets minder dan hemels. De serveerster kwam meteen langs en vulde het bij. Van het tweede kopje genoot ze.

Toen ze klaar was om te gaan, liet Rosemary wat muntjes op tafel vallen. Ze wist dat ze niet genoeg had, maar hoopte dat de serveerster haar een pasje zou geven. Rosemary barstte in tranen uit en snikte ongecontroleerd in haar hand.

De serveerster kwam terug: "Is alles in orde lieverd?"

Rosemary loog. "Mijn man slaat me. Ik ben weggelopen. Deze verandering is alles wat ik heb. Ik moet verdwijnen. Als hij me vindt, sleurt hij me terug."

De serveerster reikte haar een zakdoekje aan. "Kun je ergens veilig heen? Of moet ik de politie bellen?"

"Ja, ik heb een zoon, Stephen. Ik hoef alleen maar bij hem te komen. Als je een taxi kunt bellen en de situatie kunt uitleggen, zou ik dat op prijs stellen. Ik heb hulp nodig om weg te komen."

"Waarom geef ik je mijn telefoon niet en kun je zelf bellen?"

"Omdat mijn man elk taxibedrijf in de provincie zal bellen. Als ze mijn naam hebben, zal hij me vinden." Ze snikte weer in de tissue.

De serveerster vertelde haar dat ze een taxi had gebeld en dat die zo zou komen.

"Mag ik nog één gunst vragen?" Toen het meisje knikte, vroeg Rosemary om een paar sigaretten en een pakje lucifers. Met een glimlach voldeed het meisje.

Toen de taxi arriveerde, bedankte Rosemary de serveerster. "Ik zal mijn zoon een keer meenemen om je te ontmoeten, lieverd." De jonge vrouw glimlachte en zwaaide, wat Rosemary beantwoordde.

"Waarheen, dame?" vroeg de chauffeur.

"Het landgoed van Theodore Anglophone."

Hij keek haar aan in zijn achteruitkijkspiegel en knikte.

"Onderweg vraag ik me af of je me naar een pandjeshuis kunt brengen. Ik heb iets wat ik graag wil verkopen. Je kunt natuurlijk de meter laten lopen," zei Rosemary.

"Het is jouw geld, dame. Er is een pandjeshuis hierlangs op ongeveer twintig minuten afstand. Ik zet je af en haal voor mezelf een kopje thee en een stuk kersentaart a la mode."

"Heel erg bedankt, Jimmy," zei ze nadat ze een blik op zijn foto I.D. had geworpen die op het dashboard lag.

Jimmy keek weer in zijn achteruitkijkspiegel. Toen ze haar haar naar achteren deed, weerkaatste het zonlicht tegen de steen op haar vinger. Hij week uit om een tegenligger te ontwijken. "Dat is nog eens een steen, dame."

"Dank je," zei Rosemary terwijl ze in de verte staarde.

"We zijn er," zei hij.

HOOFDSTUK 67

A L SNEL KWAM HET vliegtuig aan in Toronto.

"Ik moet mijn moeder zien," zei Ribby.

Viveca belde de gevangenis en legde uit dat ze de dochter van Martha Balustrade bij zich had.

Toegang werd geweigerd.

"Het vonnis wordt morgen in het gerechtsgebouw uitgesproken. Laten we een hotel boeken en een goede nachtrust nemen," stelde Viveca voor.

"Waarom mag ik haar niet zien?"

"Ze vertelden me alleen dat de gevangene vanavond geen bezoek mocht ontvangen," zei Viveca. "Wat is het dichtstbijzijnde hotel bij het gerechtsgebouw?" vroeg ze aan de chauffeur.

"Het Hilton is op loopafstand."

Viveca belde vooruit en boekte drie kamers. "Ik gebruik mijn onkostenrekening," zei ze.

Ze schreven zich in bij het hotel en spraken af elkaar in de lobby te ontmoeten. Van daaruit zouden ze samen naar het gerechtsgebouw gaan.

DE VOLGENDE OCHTEND PROBEERDEN Stephen en Viveca Ribby iets te laten eten. Het lukte ze om een kopje thee naar binnen te krijgen, maar meer ook niet.

"Ik ben zo blij dat je mee kon voor morele steun, Stephen," zei Ribby.

Angela gaf hem een knipoog.

Viveca kromp ineen bij het ongepaste gedrag van Ribby. Ze merkte dat Stephen zich er ongemakkelijk bij voelde. Ze betaalde de rekening en ze verlieten het gebouw. Het lawaai op straat was oorverdovend.

"Chaos in het verkeer. Blij dat we erheen kunnen lopen. Welkom in de stad," zei Stephen.

Ze baanden zich een weg naar het gerechtsgebouw.

HOOFDSTUK 68

ANGLOPHONE HAD EEN ONRUSTIGE nacht gehad zonder Tibbles om hem te leiden. In zijn afwezigheid had Anglophone het huis gebeld. Dat had hij al vaker gedaan. Tibbles hielp maar al te graag door het muziekdoosje op te winden en tegen de telefoon te houden. Deze keer nam hij echter niet op.

Als hij hem de volgende keer zag, kon Tibbles maar beter een verdomd goede verklaring klaar hebben. Hij was dol op de man, maar hij kon soms woedend nalatig zijn.

Terwijl hij uren wakker lag, vroeg hij zich af hoe het met zijn zoon en dochter was. Waar waren ze? Ze moeten ergens in de stad zijn. Hij herinnerde zich dat de twee elkaar in de ogen keken. Niet wetend dat ze broers en zussen waren. Ook hij had zich aangetrokken gevoeld tot zijn eigen dochter - voordat hij wist wie ze was, natuurlijk.

Even stelde Anglophone zich voor dat hij zijn kroost het vaderschap zou opbiechten. Hij ging verder en stelde zich bruiloften voor, dan kleinkinderen die gillend door zijn huis renden en hem achtervolgden.

Hij haatte kinderen. Al zijn geld uitgeven. Hij schudde zijn hoofd, pakte de lelijke lamp naast zijn bed in de hotelkamer en gooide hem tegen de muur. Hij versplinterde, de lamp vonkte en stierf toen. Ze zouden het nooit te horen krijgen. In ieder geval niet van zijn lippen. Hij was geen familieman. Zou hij ook nooit worden. Familiebanden zorgden alleen maar voor complicaties.

Hij overwoog Martha's hachelijke situatie. Ze had om zijn hulp gevraagd.

s Ochtends ontbeet hij in zijn kamer. De koffie was onsmakelijk. Hij riep zijn chauffeur en ze gingen op weg naar het gerechtsgebouw.

HOOFDSTUK 69

ROSEMARY VERPANDDE DE RING. Daarna bezocht ze een kantoorboekhandel waar ze een pen, wat papier en een envelop kocht. Onderweg naar het landgoed van Anglophone schreef ze een brief. Toen ze klaar was, verzegelde ze de envelop en schreef op de voorkant: "Aan Stephen Franklin. Privé en vertrouwelijk." Ze vermeldde geen retouradres.

Bij Anglophone's landhuis vroeg Rosemary aan Jimmy om de envelop in de brievenbus te doen. Ze wilde niet het risico lopen Tibbles tegen te komen.

"Waarheen nu, dame?"

"De bibliotheek. Ik bedoel de bibliotheek van Anglophone. Weet je waar het is?"

Zijn hoofd draaide zich om. "Ik kan je erheen brengen."

"Dank je."

Even later kwamen ze aan bij de bibliotheek. Eerst bleef Rosemary op de achterbank van de taxi met draaiende meter zitten, niet in staat om te bewegen.

Jimmy vroeg: "Is alles in orde?"

Rosemary vouwde haar armen om zich heen bang om uit te stappen. Bang om terug te zijn. Bang voor wat ze van plan was. "Het gaat prima," zei ze.

Jimmy zette de radio aan. Zong mee met Elvis.

Rosemary opende haar deur. Ze legde een paar biljetten in zijn handen, "Dank je, Jimmy. Je bent geweldig geweest - en je hebt ook een behoorlijk goede zangstem."

"Dank je, er zal nooit een andere Elvis zijn." Hij stapte weer in zijn taxi en reed weg.

Toen hij eenmaal uit het zicht was, nam Rosemary de bibliotheek volledig in zich op. Het was ooit haar favoriete plek geweest. Haar heiligdom. En de lucht buiten rook nog steeds heerlijk. De pijnbomen, oh de pijnbomen. Het voelde alsof ze eindelijk vrij was.

Dat gevoel duurde niet lang. Al snel begonnen de nare herinneringen weer rond te dwarrelen in haar hoofd. Anglophone die over haar heen stond. Haar martelen. De zwarte magie. Dierenbloed over haar gieten. Allemaal voor dat rossige boek.

Haar handen trilden toen ze in haar zak greep en een kromme sigaret tevoorschijn haalde. De serveerster was echt zo vriendelijk geweest om haar die te geven. Ze stak hem aan en nam een lange trek. Ze hoestte, maar ging door met trekken tot haar handen weer rustig werden.

Meer herinneringen kwamen boven. Herinneringen waar ze zich voor verstopt had, kwamen naar boven als een zomerstorm. Anglophone die haar als proefkonijn gebruikte. Zij die dreigde naar de politie te gaan. Hij dreigde hun zoon te vermoorden. Er moest een einde aan komen, aan zijn marteling van haar. Haar dreigement om Stephen te vertellen wie hij was.

Toen werd er een plan gevormd. Een compromis. Rosemary zou voorgoed verdwijnen en er zou een overlijdensakte worden afgegeven. Omdat ze in het geheim getrouwd waren, wist niemand dat ze haar naam had veranderd. Stephen zou een baan voor het leven hebben, maar hij zou nooit weten wie zijn vader was. Hij zou nooit weten dat hij erfgenaam was van het fortuin van Anglophone. In ruil daarvoor zou Rosemary de zorg krijgen die ze nodig had. Haar brandwonden zouden genezen en alle onkosten zouden worden vergoed. Om haar zoon te beschermen stemde ze ermee in om voor de rest van haar leven opgesloten te worden. In theorie leek het op dat moment haalbaar.

Nadat ze Anglophone had gevraagd haar vrij te laten en hij had geweigerd, had ze geen andere keuze dan te ontsnappen. Bovendien verdiende Stephen het om de waarheid te weten. Rosemary moest degene zijn die het hem zou vertellen. Ze ging op de trap tussen de bogen van de bibliotheek zitten en stelde zich voor dat haar zoon de brief zou vinden en lezen. Haar moederintuïtie vertelde haar dat ze het juiste deed.

Rosemary stond op en liet de sigaret op de grond vallen. Ze spendeerde wat tijd aan het verzamelen van materiaal. Stammen, stokken, alles wat brandbaar was. Wat ze maar kon dragen. Ze legde het aanmaakhout op de vooringang en stak het aan, waarna ze de grotere stukken toevoegde. Ze stond tussen de houten bogen met haar armen wijd open en wachtte tot de vlammen haar zouden overspoelen.

De rook zou mijlenver te zien zijn geweest, maar iedereen die het had kunnen opmerken was weg of dood.

De houten bogen stortten in voordat het vuur Rosemary bereikte. Terwijl de vlammen in haar perifere zicht dansten, sloegen de instortende zware balken haar schedel in. Geen lijden meer. Geen pijn meer.

HOOFDSTUK 70

N het gerechtsgebouw gebruikte Viveca haar perskaart om hen vooraan te krijgen, ook al zat de rechtszaal bomvol. Op weg naar hun zitplaatsen zag Ribby een paar bekende gezichten, waaronder buren. Ze haatte het idee dat haar moeder terecht moest staan, laat staan naar de gevangenis moest.

Laten we naar buiten gaan om te roken.

Nee, moeder komt zo binnen.

Nou en? Ze gaat nergens heen.

Ha. Ha.

De sfeer in de rechtszaal was uit de hand gelopen. Roddelaars waren aan het roddelen. Degenen die niets belangrijks te zeggen hadden, voegden nog steeds hun eigen twee centen toe. Toen Martha werd binnengebracht, stopte iedereen en staarde.

De gevangene was onverzorgd. Het grijze pak dat ze droeg deed haar niets. Ze was afgevallen. Ribby vond dat haar gevlamde gezicht op een wandelend lijk leek.

Jeetje, zelfs ik heb een beetje medelijden met haar.

Ribby snikte.

Martha keek op naar haar dochter en glimlachte bijna, maar toen keek ze weg.

"Allen opstaan," zei de Baljuw. "De rechtbank van deze provincie is nu in zitting. De edelachtbare rechter Delvecchio zit voor."

De rechter erkende alle aanwezigen en ging zitten. De deurwaarder gaf aan dat iedereen in de rechtszaal hetzelfde moest doen.

Ribby keek naar de vrouw die het lot van haar moeder in handen had. Ze had vriendelijke ogen, zelfs van deze afstand, en Ribby hoopte dat de vrouw genade zou tonen.

"Martha Balustrade, ik acht u schuldig aan alle aanklachten."

Er heerste pandemonium in de rechtszaal.

Rechter Delvecchio stond op en riep: "Stilte!" Ze viel terug in haar stoel. "Ik ben nu klaar om het vonnis te vellen." Ze pauzeerde. Alle aanwezigen hielden hun adem in.

"Martha Balustrade, u wordt veroordeeld tot twintig jaar gevangenisstraf."

Martha zweeg.

Ribby stond op en zei: "Maar ze heeft het niet gedaan."

"Orde, orde!" zei Delvecchio terwijl ze de voorzittershamer naar beneden sloeg. "Orde of ik ontruim deze rechtszaal!"

Zwijg Ribby! Hou je mond!

Toen er stilte was, sprak de rechter tegen Ribby. "En wie bent u?"

In godsnaam, Ribby hield zijn bek.

"Edelachtbare, mijn naam is Rebecca Balustrade, maar iedereen noemt me Ribby. Ik ben Martha's dochter."

Stemmen klonken. Meer chaos. De rechter dreigde opnieuw de zaal te ontruimen. Ze gebood Ribby om verder te gaan.

Anglo kwam binnen.

"Mijn moeder is onschuldig en ik weet dat dit waar is."

Ribby, alsjeblieft.

"En hoe weet je dat?" Vroeg rechter Delvecchio.

Er was een moment of twee stilte, terwijl Ribby haar vuisten balde en ontblootte, precies zoals Angela haar geleerd had.

Ribby verdween en Angela nam het over. Ze rommelde in haar handtas, haalde er een sigaret uit en stak hem aan. Ze nam een trek, liet de sigaret op de grond vallen en drukte hem uit. Ze keek in de richting van rechter Delvecchio.

"Zij, Ribby, weet helemaal niets. Ze is zo onvolwassen dat ze mij heeft gecreëerd - haar denkbeeldige vriend - en ze is in de dertig. Ze heeft veel moeten doorstaan in haar leven, waaronder leven met dat armzalige excuus voor een moeder." Angela draaide zich om en wees naar Martha.

De tranen rolden over Martha's wangen.

Angela. Nee.

Angela vervolgde: "Dus deed ik de dingen die zij niet kon doen. Allemaal."

Iedereen leunde naar voren. Ze had hun volledige aandacht. Het publiek hing aan haar lippen. Ze voelde zich gesterkt, alsof ze in een toneelstuk van Shakespeare een soliloquy opvoerde. Ze was nooit een fan geweest van de Bard, maar Ribby las hem. Hij verveelde haar tot tranen toe. "Wat de persoon Wheeler betreft, hij was tante Tizzy aan het verkrachten. Ik had geen keus. Ik moest hem van haar af krijgen. Hij was haar aan het vermoorden."

Angela stopte met spreken. Ze richtte haar blik eerst op Anglophone, toen op Martha voordat ze zich weer naar de rechter richtte.

Haar publiek had lang genoeg gewacht. "Ik besloot om van het lichaam af te komen. Het plan was om hem in zijn busje van de klif af te rijden. Opgeruimd staat netjes. Hij was niets meer waard. Tizzy zou uit het busje springen voordat het omviel, maar dat deed ze niet. Zij ging ook over de kop."

Martha stond op. Ze probeerde te spreken, maar haar advocaat legde haar het zwijgen op en trok haar terug in haar stoel.

"Orde! Orde!" schreeuwde rechter Delvecchio. "Ik ontruim deze rechtszaal als iedereen niet stil is."

Angela liep naar Martha's tafel. Ze schonk voor zichzelf een glas water in. Nam een slok en keek terug naar de rechter die zei: "We wachten."

"Ik mag meestal niet veel praten," zei Angela. "Niet hardop in ieder geval. Het is dorstig werk."

Er werd wat gelachen in de rechtszaal. Rechter Delvecchio werd ongeduldig en sloeg haar voorzittershamer een paar keer neer. Ze stond op en opende haar mond ....

Angela onderbrak. "Ik beken ook de moord op een uitsmijter aan de andere kant van de stad. Uit zelfverdediging heb ik hem gedood omdat hij me probeerde te verkrachten."

Wat? Angela?

Je weet niets, Ribby.

Angela pauzeerde. "Dus hier sta ik voor je. Schuldig aan alles. Ik vertel jullie geen leugens. Ik heb deze dingen gedaan, maar Rebecca, ik bedoel Ribby Balustrade, is onschuldig. Zie je, vanaf het begin kon ik haar blokkeren. Ik kon haar volledig overnemen. Dus als je iemand wilt vervolgen, dan moet je mij vervolgen. Het punt is dat ik niet eens besta. Ik ben Ribby niet. Ik ben Angela."

Anglo stond op.

Angela zei: "Ze is zelfs ontmaagd zonder het te weten. Ze weet het nog steeds niet."

Ribby gilde.

Anglo schoof langs zijn rij, naar buiten en het middenpad in. Hij stak zijn wandelstok in de lucht en werd onmiddellijk ontwapend en tegen de grond getackeld. Terwijl hij naar buiten werd gesleurd, schreeuwde hij: "Ik ben Theodoor Anglofoon!"

Niemand trok zich daar iets van aan.

"Orde in de rechtbank! Ik zei orde!" schreeuwde rechter Delvecchio terwijl ze meerdere keren met de voorzittershamer sloeg. Toen iedereen stil was, zei ze: "In het licht van deze nieuwe informatie, zaak geseponeerd. Martha Balustrade, je bent vrij om te gaan. Een nieuw proces zal onmiddellijk beginnen na een psychiatrisch onderzoek. Agenten, breng mevrouw Balustrade naar de cel in afwachting van verder onderzoek."

Martha stond met tranen over haar gezicht, "Maar ik pleit schuldig. Ik accepteer het vonnis. Sluit me alsjeblieft op. Laat mijn dochter gaan."

"Too little too late, Mommy Dearest."

De hamer ging weer omlaag en de rechter zei: "Dit is een rechtbank en we berechten hier moordenaars, geen slechte moeders. Ik zou je in minachting kunnen houden. Ik zou je kunnen beboeten voor het verspillen van de tijd van de rechtbank. Voor meineed. Voor het herbergen van een moordenaar. Voor belemmering van de rechtsgang. Begrijp je de essentie? Ik adviseer je om te gaan en het hof te laten doen wat we moeten doen. Deze zitting is nu verdaagd. Ontruim de rechtszaal, deurwaarder." Rechter Delvecchio stond op. Alle anderen volgden haar en keken toe hoe ze in haar kamer verdween.

Martha keek naar haar dochter toen de agenten haar de handboeien omdeden en haar wegvoerden. Angela wierp over haar schouder een blik op Martha en grijnsde. Het was bijna alsof die blik Martha's hart tot stilstand bracht, of zo vertelden ze het verhaal achteraf. Martha viel op de grond en stierf voordat de ambulance er was.

HOOFDSTUK 71

MARTHA BALUSTRADE WERD BEGRAVEN in aanwezigheid van haar dochter. Ribby werd bewaakt door twee agenten en was gekleed in haar grijze gevangeniskleding met haar handen en voeten gebonden. De bewakers stopten bloemen in haar handen. Ze gooide ze op de kist terwijl ze afscheid nam.

Is dat niet de limousine van Anglophone?

Ja. Ik vraag me af waarom hij niet uitstapt.

Na zijn optreden in de rechtszaal is het verrassend dat hij hier überhaupt is.

Hij kende mijn moeder nauwelijks.

Ik heb nog steeds geen idee wat hij probeerde te doen.

Hij had geluk dat ze hem niet neerschoten.

Anglophone was er ook, maar koos ervoor om in zijn limousine te blijven. Hij heeft wel een paar keer overwogen om uit te stappen en zijn respect te betuigen. Hij overwoog ook om alles op te biechten. In plaats van de dingen onder ogen te zien, gaf hij zijn chauffeur opdracht hem naar huis te brengen.

Onderweg sliep hij een beetje en toen de auto voor het huis stopte, zag hij een feloranje envelop uit de brievenbus steken. Nadat hij het gelezen had, scheurde hij het aan flarden.

Anglo riep zijn chauffeur terug. "Breng me naar de bibliotheek."

Tegen de tijd dat Anglophone aankwam, was het vuur vanzelf uitgebrand.

Anglophone keek naar het zwartgeblakerde puin. Alles wat overbleef van Rosemary. Hij realiseerde zich dat Stephen daarom zijn moeder niet had mogen zien. Waarom hij gedwongen was geweest om zo'n herrie te schoppen in het ziekenhuis. De idioten hadden haar laten ontsnappen. Hij voelde zich bijna slecht omdat hij zijn loon had ingehouden. Bijna. Hij zou het ziekenhuis moeten bellen, ze hierheen halen om haar brokstukken te verzamelen. Ze zouden het in de doofpot stoppen, want hij was hun grootste donateur. Het uit de kranten houden. Niemand zou er ooit wijzer van worden. Rosemary was tenslotte al dood. Door zelfmoord te plegen had ze het Stephen in feite onmogelijk gemaakt om ooit te weten wie zijn vader was.

Anglo was geschokt toen de chauffeur hem thuis afzette. Hij verwachtte dat Tibbles er zou zijn, om hem te begroeten, om hem te troosten - maar er was geen teken van zijn vertrouwde knecht.

"Tibbles!" brulde hij.

Zijn stem galmde door het hele huis, maar er kwam geen antwoord. Anglophone was te uitgeput om te proberen hem te vinden. Hij ging naar zijn kamer, wond de muziekdoos op en viel even in slaap.

Toen hij wakker werd, voelde hij een verschrikking door zijn ziel gaan en hij schreeuwde het uit om Tibbles. Hij trok zo vaak aan de bel dat hij weer uit het plafond viel. Toch kwam er niemand.

Hij voelde zich erg alleen, en dat was hij ook.

Behalve Tibbles die dood was in zijn eigen kamer en Abbey die begraven lag onder de rozen.

HOOFDSTUK 72

N A EEN UITGEBREID PSYCHIATRISCH onderzoek kwam Ribby snel voor de rechter. Ze werd veroordeeld tot twintig jaar gevangenisstraf. Tien jaar voor elke moord, verminderd met de tijd die ze had gezeten. De dood van Tizzy werd beschouwd als zelfmoord.

Ribby huilde dagenlang non-stop en dat werden weken. Ze kon de vijandige omgeving niet aan. Ze overleefde op het randje.

"Ze praat weer tegen zichzelf," zei Ribby's celgenoot Shona. Shona was veroordeeld voor de moord op haar man en twee kinderen.

De gevangenisbewaarder kwam de situatie beoordelen. Hij zag Ribby koeiend en schommelend op haar bed liggen. Hij berispte Shona en zei dat ze moest stoppen met schreeuwen, anders zou hij haar in de isoleercel stoppen.

"Ach kom op," zei Shona. "Ik heb niets gedaan."

"Nog één woord en je gaat naar de SHU," zei de bewaker.

Shona stak uitdagend haar tong uit toen de bewaker zich omdraaide en wegliep. Ze stond een paar seconden naar hem te kijken voordat ze zich omdraaide en tegenover Ribby ging staan. "Ik hou je in de gaten, trut!"

Ribby draaide haar gezicht naar de muur.

"Keer me niet de rug toe, trut!" zei Shona terwijl ze haar een duw gaf.

Angela stond op en greep Shona bij de keel. Ze duwde haar tegen de verre muur met een kracht die de celgenote verraste. Shona's hoofd knakte naar achteren. Het kraakte toen het de koude stenen raakte.

Met haar handen om Shona's nek zei ze: "Laat me een paar dingen duidelijk maken. Nummer één, je zult niet met me praten. Nummer twee, je raakt me niet aan. En nummer drie, als je een van de twee dingen doet die ik net noemde, dan vermoord ik je."

Shona's ogen zwommen rond in hun kassen. Ze probeerde te reageren, maar naar lucht happen was het enige wat ze kon doen. De vrouw stemde toe met een knikje.

Angela keerde terug naar haar bed, maar voordat ze op het dunne matras ging liggen, pakte ze wat water en gooide het in Shona's gezicht. Deze actie haalde de celgenote uit haar roes.

Shona verspreidde het nieuws over Ribby. Met haar viel niet te spotten. Een paar anderen probeerden het, maar Angela legde ze meteen neer. Ze had genoeg van Ribby's gesnotter en slachtofferschap voor een heel leven.

Jaren gingen voorbij. Celgenoten kwamen en gingen.

Angela bleef de volledige controle houden. Ze werd zowel gerespecteerd als gevreesd. Na verloop van tijd was de gevangenis van haar. Het was nu haar gevangenis en ze had er controle over en over Ribby. Het leven was leefbaar.

HOOFDSTUK 73

N A EEN PAAR JAAR bracht Anglophone een onverwacht bezoek aan de gevangenis. Hij bezocht Ribby niet. In plaats daarvan ontmoette hij de pas aangestelde gevangenisdirecteur, J.B. Bedford. Bedford was de kleinzoon van een oude kennis die hem een gunst schuldig was.

"Ik wil hier graag een bibliotheek financieren," zei Anglophone. Anglophone was nu haarloos. Zijn lichaam trilde de hele tijd en hij kon niet lang staan.

"Dat is heel gul van je," antwoordde Bedford. "Hoewel om eerlijk te zijn, de gevangenen kunnen wel veel spullen gebruiken. Ik bedoel, voor boeken."

Anglo leunde dicht tegen Bedford aan. "Maak een lijstje en bezorg het me. Geld is geen bezwaar, maar een bibliotheek is een must en snel. Ik ben een oude man."

"Zeker weten," zei Bedford. "Als je het geld hebt, noemen we het zelfs naar jou."

"Nee," zei Anglo. "Ik wil geen erkenning. Ik wil echter wel dat je een van de gevangenen erbij betrekt. Zij kan helpen bij het opzetten en onderhouden van de bibliotheek zelf. Haar naam is Ribby Balustrade. Ze is een gediplomeerd bibliothecaresse. Natuurlijk zal ik dozen vol boeken doneren."

Bedford kende Ribby Balustrade. Ze was een ballenbreker die tijdens haar verblijf tot nu toe naar de top was gestegen als de nieuwe koningin van de groep gevangenen. Bedford veinsde zijn verbazing niet toen hij zei: "Ze lijkt me zeker geen bibliothecaresse."

"Ribby Balustrade is inderdaad het bibliotheektype. Zijn we het eens?"

"Zeker weten," antwoordde Bedford.

"Oh, en nog één ding," zei Anglofoon. "Ze mag nooit van mijn betrokkenheid weten. Ik bedoel, nooit."

"Begrepen," zei Bedford.

✳ ✳ ✳

Toen Angela het nieuws hoorde over de nieuwe bibliotheek was ze not amused. Bibliotheken en boeken waren kreupel. Ze had hard gewerkt aan haar reputatie. Ze wilde haar status in de gevangenis behouden. Ze moest haar profiel hoog houden. Angst in stand houden. Zonder angst zou ze alles verliezen waar ze zo hard voor had gewerkt. Ze zou Ribby niet kunnen beschermen als ze altijd in de bibliotheek rondzwierf.

Lezen is positief saai en als je wilt dat ik je bescherm, dan moet ik hier de leiding hebben.

Zodra de gevangenen een bibliotheek hebben, hebben ze iets te doen. Dan wordt het beter.

Oh mijn God, Ribby, kun je zo stom zijn? Echt?

Voor het idee van de bibliotheek was Ribby's persoonlijkheid graag op de achtergrond geraakt. Nu kwam hij weer naar boven. Ribby voelde zich bijna gelukkig.

Ik zal anderen kunnen helpen. Ze kennis laten maken met boeken. En als bonus kan ik lezen wat ik maar wil.

Alle tijd van de wereld om ons te vervelen en een doel op onze rug te zetten.

Het komt wel goed. Dat weet ik zeker.

Maak me maar wakker als het voorbij is.

R IBBY STOND IN HET midden van de ongebruikte kamer. Het zou binnenkort een bibliotheek worden. Het was ruim genoeg, maar de naakte houten spanten in het plafond waren lelijk. Net als de koude bakstenen muren en de leistenen vloeren. Ze kon de muren opknappen door er boekenplanken op te zetten en de vloeren met vloerbedekking. Het plafond was echter een heel ander probleem.

Dagelijks kwamen er dozen aan, gevuld met oude boeken en nieuwe boeken. Een paar van de kisten moesten worden geopend met een koevoet. In de dozen waren de boeken met touw in categorieen gebonden. Ribby vulde de planken en zette alles op volgorde.

Toen de nieuwe bibliotheek klaar was, stond Ribby naast directeur Bedford. De gevangenen verzamelden zich voor de grote opening. Er werd een lint doorgeknipt.

Haar medegevangenen kwamen in kleine groepjes binnen. Ribby liet het gebouw zien. Ze was trots op de tafels en stoelen, de tapijten. En de boeken, zoveel boeken! Om nog maar te zwijgen van de uitschuifbare ladders voor gemakkelijke toegang. Wat ze echter niet konden veranderen waren de houten balken aan het plafond. Ze waren nog steeds lelijk, maar de verlichting hielp om het te verbergen.

De meeste gevangenen reageerden positief op de bibliotheek. Behalve Angela.

Ribby, die vrouwen zijn extreem gevaarlijk. Het is slechts een kwestie van tijd voordat ze weer achter ons aan komen.

Doe niet zo belachelijk. Deze bibliotheek verandert alles.

Ribby's obsessie met de nieuwe bibliotheek gaf Angela alle reden om steeds verder weg te blijven.

Op een middag sprak Ribby met de directeur over het starten van een boekenclub. Hij vond het een goed idee, maar omdat ze maar één exemplaar van elk boek hadden, zou het moeilijk zijn om een traditionele boekenclub te organiseren. Ribby vroeg of ze contact kon opnemen met plaatselijke boekwinkels en om extra exemplaren kon vragen. Bedford gooide haar een paar munten toe voor de telefooncel. Het duurde een paar dagen voordat ze een ja kreeg en toen kwam er een donatie van vijfentwintig boeken. Het allereerste boek voor de boekenclub in de gevangenis zou Misdaad en straf van Fjodor Dostojevski worden.

Toen de eerste vijfentwintig exemplaren beschikbaar waren, spraken de gevangenen over het boek. Ze wilden het ook lezen. Het concept van de maandelijkse boekenclub veranderde in een wekelijkse boekenclub. Gevangenen stonden in de rij om mee te doen.

Wanneer hebben we nu eens plezier?

Dit is leuk en we maken een verschil. Kijk naar de andere gevangenen. We doen hier iets goeds.

Je bent zo'n goedzak.

Dank je wel.

Je hebt de bore in het woord boring gestopt.

Ga dan maar weg. Ik heb je niet meer nodig.

De directeur merkte een enorm verschil in de houding van zijn gevangenen. Hij riep Ribby naar zijn kantoor. Hij bedankte haar voor de suggesties. Als nieuwe directeur wilde hij graag zijn stempel drukken en Ribby hielp hem om op te vallen.

Hij vroeg of ze nog andere ideeën had om dingen voor haar medegevangenen te verbeteren. Ribby stelde auteurslezingen voor. De directeur zei dat hij iemand kende die een populaire auteur uit Maine kende. Ribby stuurde een brief via de vriend van de directeur, waarin ze vertelde dat de boekenclub binnenkort Stand By Me zou gaan lezen. Al snel doneerden auteurs van over de hele wereld boeken en vroegen ze of ze naar de gevangenis konden komen om hun boeken te bespreken.

De directeur riep Ribby weer bij zich en vroeg of ze nog andere ideeën had. Ze noemde een familiedag waarop gevangenen hun kinderen konden voorlezen. Ze zag vaak gezinnen bij elkaar in de vergaderzaal, omringd door gevangenisbewakers. De kinderen leken te bang om te praten. Dit was niet effectief voor de hele familie. Ze stelde voor om een deel van de bibliotheek af te zetten, waar één gezin tegelijk kon lezen. De directeur vond het een uitstekend idee en bood aan om het te proberen. Mond-tot-mondreclame zorgde voor meer donaties van boekwinkels. Ze voegden een kinderafdeling toe.

Ribby's volgende suggestie: gedetineerden die niet konden lezen leren lezen.

Vervolgens vroeg ze om donaties om een Job Corner op te zetten. Computers kwamen binnen en werden aangesloten op de WI-FI zodat gevangenen aan hun CV konden werken voor hun vrijlating.

Het nieuws verspreidde zich door het hele gevangenissysteem. Directeur Bedford ontving lofbetuigingen en onderscheidingen. Hij liet nooit na om Ribby's bijdrage te noemen.

✳✳✳

EEN DOOS MET BOEKEN moest nog uitgepakt worden. Ribby sneed het open. Op de achterflap stond een silhouet van een man.

Engelstalig.

Denk je dat hij dit allemaal heeft gedaan? En waarom hebben we niet eerder gemerkt dat hij het was?

Ik weet het niet zeker, het lijkt nu duidelijk. Ik vraag me echter af waarom hij het heeft gedaan?

Schuldgevoel? Wroeging?

Liefde?

Ribby stond bovenaan de ladder toen Angela het touw om de houten spant strak trok. Ze maakte een strop en legde haar hoofd erin. Toen ze klaar was, begon ze te zingen:

Goody Two-shoes, Goody Two-shoes!

Ribby hield stand. Ze haalde het touw om haar nek weg.

Nee.

Angela spande zich in om de controle te krijgen, greep het touw vast en legde haar hoofd er opnieuw in. Terwijl ze zichzelf van de ladder duwde, wist Ribby met één hand de bovenste sport vast te houden. Met het touw nog steeds om haar nek hing Ribby haar leven lang vast.

Angela probeerde zich weer af te duwen, nog steeds het deuntje neuriënd. Alleen al door de kracht kwam Ribby's hand los.

Ribby en Angela hingen even en leken toen naar het licht te vliegen. Maar het touw was niet lang genoeg. Ze slingerden en botsten toen tegen de ladder. Die zwaaide opzij en schoof naar de verre muur waar hij met een dreun neerkwam.

Een ambulance kwam te laat.

Epiloog

EEN PAAR JAAR LATER kwam er een brief van de advocaat van Anglophone, gericht aan Stephen.

Daarin werd de waarheid onthuld: Stephen was de zoon en enige erfgenaam van Anglophone.

"Nog iets interessants?" vroeg zijn vrouw Viveca.

"Helemaal niets," antwoordde Stephen terwijl hij het in het vuur gooide.

Het gelukkige stel zat samen op de bank terwijl hun dochter Rebecca een boek las.

Citaat

"Mevrouw de burgemeester klaagde dat de potage
koud was
En al lang van je geklungel,' zei ze
Waarom dan, Goody Two-shoes, wat als het zo is?
Hou je vast, als je kunt, met je kletspraat, zei hij."
CHARLES COTTON

Van de auteur

Beste lezers,

Bedankt voor het lezen van Ribby's geheim. Ik hoop dat jullie het net zo leuk vonden om te lezen als ik het vond om te schrijven!

Ribby's Geheim begon als kort verhaal in 2011. Het verhaal eindigde toen Ribby in Martha's drankje spuugde.

Het duurde niet lang voordat Angela tegen me begon te praten. Ik negeerde haar en zei dat het project klaar was, maar ze bleef volhouden.

Toen kwam Theodore Anglophone.

Acht jaar later zijn we hier.

Ik wil graag mijn proeflezers en bètalezers bedanken - door de jaren heen zijn er veel geweest. Last but not least wil ik mijn eindredacteuren LF & MC bedanken - jullie twee dames ROCK!

Dank ook aan mijn man en zoon, die er altijd voor me zijn.

Zoals altijd - Veel leesplezier!
Cathy

Over de auteur

De meermaals bekroonde auteur Cathy McGough woont en schrijft in Ontario, Canada, met haar man, zoon, twee katten en een hond.

Als je Cathy wilt e-mailen, kun je haar hier bereiken:

cathy@cathymcgough.com

Cathy hoort graag van haar lezers.

Ook door:

FICTIE
Ledereen Zijn Kind
13 korte verhalen (waaronder: De paraplu en de wind;
De openbaring van Margaret
Paardenbloem Wijn (READERS' FAVOURITE Finalist
Prijs BoekT))
Interviews met legendarische schrijvers van gene
zijde (2e plaats Beste Literaire Referentie 2016
METAMORPH PUBLISHING)
Plus Size Godin
NON-FICTIE
103 Fondsenwerving ideeën voor oudervrijwilligers bij
Scholen en Teams (3RD plaats Beste referentie 2016
METAMORPH PUBLISHING.)
+ Boeken voor kinderen en jongeren.